读客悬疑文库

认准读客读悬疑,本本都是大师级。

X的悲剧

[美]埃勒里·奎因 著 百里 译

The Tragedy of X

河南文艺出版社
·郑州·

THE TRAGEDY OF X
copyright © 1932 BY BARNABY ROSS,COPYRIGHT RENEWED BY ELLERY QUEEN
This edition arranged with JABberwocky Literary Agency,Inc.
Through Big Apple Agency,Inc.
Simplified Chinese edition copyright © 2023 Dook Media Group Limited
All rights reserved.

中文版权 © 2023 读客文化股份有限公司

经授权，读客文化股份有限公司拥有本书的中文（简体）版权

豫著许可备字-2023-A-0027

图书在版编目（CIP）数据

X的悲剧/（美）埃勒里·奎因著；百里译.— 郑州：河南文艺出版社，2023.9（2025.5重印）

（读客悬疑文库）

ISBN 978-7-5559-1547-8

Ⅰ.①X… Ⅱ.①埃… ②百… Ⅲ.①侦探小说–美国–现代 Ⅳ.① I712.45

中国国家版本馆CIP数据核字(2023)第126694号

X的悲剧

著　　者	［美］埃勒里·奎因
译　　者	百　里
责任编辑	张恩丽
责任校对	丁淑芳
特约编辑	顾珍奇　徐陈健
策　　划	读客文化
版　　权	读客文化
封面设计	陈绮清
出版发行	河南文艺出版社
印　　刷	河北中科印刷科技发展有限公司
开　　本	880mm × 1230mm 1/32
印　　张	11.25
字　　数	255千
版　　次	2023年9月第1版　2025年5月第10次印刷
定　　价	69.90元

如有印刷、装订质量问题，请致电010-87681002（免费更换，邮寄到付）
版权所有，侵权必究

感谢"汤姆"·马奥尼
是他让哲瑞·雷恩先生"死而复生"

致读者的公开信

亲爱的读者：

　　九年前，在某些人和某些事的促使下，两个一直以"埃勒里·奎因"为共用笔名联合发表小说的年轻人创作了一个新的推理小说系列。

　　经过这番新的努力，哲瑞·雷恩先生诞生了。他是一位莎士比亚戏剧演员，年事已高，却拥有非凡的侦查能力。

　　显而易见，歌颂哲瑞·雷恩先生事迹的系列，不能公然采用"埃勒里·奎因"这一笔名，因为埃勒里·奎因系列理应称赞埃勒里·奎因先生的功绩。

　　于是，这两个年轻人拟定了第二个笔名——巴纳比·罗斯；而这位"巴纳比·罗斯"突然发表哲瑞·雷恩四部曲的首部《X的悲剧》时，并未在读者中激起多大的反响。

　　可以说，作家埃勒里·奎因和作家巴纳比·罗斯几乎毫无联系：他们的作品由不同的出版社出版；他们也都故意让自己笼罩在晦暗神秘的氛围之中。事实上，在"双笔名"时期，这两个年轻人曾多次公开在火药味十足的演讲中针锋相对。他们安全地躲在各自的面具背后，一个扮演埃勒里·奎因，另一个扮演巴纳比·罗斯，假装暴怒不已，将对方视为推理小说作家圈内的死敌。从新泽西州的梅普尔伍德到伊利诺伊州的芝加哥，他们在满怀好奇的演讲听众面前侃侃而谈，但在互相恭维之外，也难免彼此抨击。就这样，他们依靠纯粹的"欺骗"，保持了埃勒里·奎因和巴纳比·罗斯是两位截然不同的作家的假象。

不过，一条不易被人察觉的线索却始终存在。倘若机敏的"安乐椅神探"发现了这一线索，无疑就会确定埃勒里·奎因和巴纳比·罗斯的关系，进而揭露他们对轻信的公众实施的长达九年的"可耻欺骗"。

如果你翻开《罗马帽子之谜》（以埃勒里·奎因为笔名创作的关于侦探埃勒里·奎因的首部作品）的序言，在第十页的第十七行到第二十二行会发现如下值得注意的提示：

> 举个例子，听说在古老的巴纳比·罗斯谋杀案中，"理查德·奎因取得了骄人的侦探成果，并凭借这一功绩牢牢确立了比肩那些侦探大师的名声……"

两个年轻人在有必要取个新笔名时，就是从这段杜撰的引文中选取了"巴纳比·罗斯"这个名字。因此，巴纳比·罗斯实际上诞生于一九二八年，也就是两人创作第一本奎因小说的序言的时候。不过，直到一九三一年，巴纳比·罗斯才被两位"生父"公开施洗，搬入自己家中。

所以，现在可以说：巴纳比·罗斯过去是，现在是，将来也永远都是——埃勒里·奎因；反之亦然。

再说一下哲瑞·雷恩先生。对那个表演做作、一惊一乍的老怪物，我们总是会在心中为他保留一份温柔——他既是骗子也是天才，还是迄今为止最杰出的侦探（或许要除开一人，此处姑隐其名）。

和他的兄弟埃勒里·奎因一样（难道他们不是由这两个"诡计多端"的年轻人创造的吗？），哲瑞·雷恩先生属于"演绎推理派"——推理小说的这一特殊分支尤其推崇对读者公平。因此，在《X的悲剧》和以后的其他"悲剧"系列中你会发现，所有的线索已在真相大白之前提供给你。

在这重新登场的庄严时刻，让我们高呼：哲瑞·雷恩万岁！

"Ellery Queen"

你真诚的埃勒里·奎因

一九四〇年九月十三日，星期五，于纽约

剧中人物

哈利·朗斯特里特　　　证券经纪人
约翰·O.德威特　　　　哈利·朗斯特里特的合伙人
弗恩·德威特　　　　　约翰·德威特的妻子
珍妮·德威特　　　　　约翰·德威特的女儿
克里斯托弗·洛德　　　珍妮的未婚夫
富兰克林·埃亨　　　　德威特的邻居
彻丽·布朗　　　　　　女演员
波卢克斯　　　　　　　男演员
路易斯·因佩里亚莱　　外国访客
迈克尔·柯林斯　　　　政客
莱昂内尔·布鲁克斯　　律师
弗雷德里克·莱曼　　　律师
查尔斯·伍德　　　　　电车乘务员
安娜·普拉特　　　　　秘书

胡安·阿霍斯	乌拉圭领事
沃尔特·布鲁诺	地方检察官
萨姆	探长
席林医生	法医
哲瑞·雷恩先生	退休演员／侦探
奎西	哲瑞·雷恩的密友
福斯塔夫	哲瑞·雷恩的管家
德洛米奥	哲瑞·雷恩的司机
克罗波特金	哲瑞·雷恩的导演
霍夫	哲瑞·雷恩的舞台设计师

证人、警官、办事员、仆人、侍者等

地点：纽约及周边地区
时间：现在

第一幕

第一场

哈姆雷特山庄
九月八日，星期二，上午十点三十分

　　下方的蓝色雾霭中，哈德孙河波光粼粼，一片白帆从河面飞掠而过，一艘悠闲的汽船缓缓逆流而上。

　　汽车沿着狭窄蜿蜒的盘山公路稳步爬升。车里的两名乘客向车外上方望去，只见远远的高处，云中浮现出一幅令人难以置信的景象：有中世纪风格的塔楼、石头垒砌的防御墙、带射击口的城垛，还有奇异而古老的教堂尖塔。远远望去，教堂尖塔的顶端仿佛是从郁郁葱葱的茂密森林中刺出来的一样。

　　车上的两人面面相觑。"我开始觉得自己就是那个康州美国佬[1]了。"一个人微微颤抖着说道。

另一个人身材魁梧,粗声粗气地说:"嘿,说不定咱们会见到一名身披铠甲的骑士哩。"

车子猛然停住,前面是一座造型奇特而简陋的桥。桥边的茅草小屋里走出一个红光满面的小老头儿。他一言不发地指着门上方,那里挂着一块摇来荡去的木头告示牌,上面用古老的英文字体写着:

No Trespassing
The Hamlet

禁止入内

哈姆雷特山庄

大个子从车窗探出头来喊道:"我们想要拜访哲瑞·雷恩先生!"

"好的,先生。"小老头儿连忙跑过来,"那你们二位有通行证吗?"

两名拜访者瞪眼看着他,小个子男人耸耸肩,大个子厉声道:"雷恩先生在等我们呢。"

"噢。"守桥老头儿挠了挠头发花白的脑袋,消失在小屋

---

[1] 美国作家马克·吐温在《康州美国佬大闹亚瑟王朝》中塑造的穿越时空的角色。——译者注(本书注释如无特别说明,均为译者注)

里,不一会儿又精神饱满地回来了:"非常抱歉,两位先生,这边请。"他急忙赶到桥头,打开一扇嘎吱作响的铁门,然后退到一边。车过了桥,在一条干净的碎石路上加速驶去。

匆匆穿过一片青翠的橡树林,车子进入一块宽阔的空地。城堡横亘在他们面前,宛如一个沉睡的巨人,面朝哈德孙丘陵,四周是低矮的花岗岩围墙。车靠近城堡时,墙上一扇带铁搭扣的大门轰然打开。门边站着另一个老人,手压帽檐,对他们露出喜悦的微笑。

车子又驶入一条弯弯曲曲的道路,穿过一片片精心料理、五颜六色的花园。设计精密、修剪细致的树篱将车道与花园隔开,路旁不时还能看到几棵紫杉。花园向下延伸到平缓的沼泽地,园内小径两旁散落着几座带山形墙的农舍,仿佛童话里的房子。旁边一座花园的中央,爱丽儿[1]的石像正在滴水……

车子终于来到堡垒面前。又有一位老人在等候他们到来。一座巨型吊桥当啷当啷地放下来,横跨在波光粼粼的护城河上。紧接着,吊桥另一头,一扇高达二十英尺[2],用铁件加固的橡木大门豁然洞开。一个小个子男人站在门后,面色红润得惊人,着一身闪闪发光的仆人制服。他按照古老的礼仪,右脚擦地后退,鞠了一躬,脸上挂满笑意,仿佛正被一个鲜为人知的大笑话逗得忍俊不禁。

两名访客惊讶得双目圆睁,笨手笨脚地下了车,噔噔噔地走过铁桥。

---

1 莎士比亚戏剧《暴风雨》中的精灵。

2 1英尺合30.48厘米。

"是布鲁诺地方检察官和萨姆探长吗？这边请。"大腹便便的老仆人又做了一遍刚才那种健美体操般的欢迎动作，乐呵呵地在两人前面缓步而行，将他们引入了十六世纪。

他们站在一个中世纪领主宅邸风格的宽广大厅里，敬畏之情油然而生。巨大的横梁在天花板上纵横交错；骑士塑像的盔甲锃亮耀眼；到处都挂着古画。在最远的那面墙上，高挂着一张目光邪恶的巨型喜剧面具，俯视着这座瓦尔哈拉神殿[1]；在对面的墙上，则挂着一副愁眉苦脸的悲剧面具，与前者俨然一对。两者都由饱经岁月侵蚀的橡木雕刻而成。一座巨大的锻铁枝形烛台从面具之间的天花板上垂下，粗大的蜡烛形电灯从外表看根本没有连接电线。

就在这时，最远那面墙上的一扇门开了，走出一个仿佛来自古代的奇怪人物，一个驼背老头儿——秃顶，络腮胡子，满脸皱纹，像铁匠一样围着破旧的皮革围裙。布鲁诺地方检察官和萨姆探长面面相觑，萨姆嘀咕道："这里怎么全是老头儿呀？"

驼背老头儿敏捷地上前欢迎他们："你们好，两位先生，欢迎来到哈姆雷特山庄。"他说话的腔调很奇怪，短促却又清晰，仿佛一扇门在嘎吱作响，让人怀疑他从前压根儿就没说过话。他转头对穿仆人制服的老人说："这里没有你的事了，福斯塔夫[2]。"听到这话，布鲁诺地方检察官的眼睛瞪得更大了。

"福斯塔夫……"布鲁诺沉吟道，"哎呀，这绝对不可能。他不可能叫这个名字！"

---

[1] 北欧神话中主神奥丁接待战死者英灵的殿堂。
[2] 莎士比亚戏剧《亨利四世》和《温莎的风流娘儿们》中一个肥胖、机智、乐观、爱吹牛的武士。

驼背老头儿捋了捋自己的络腮胡:"没错,先生。他过去叫杰克·平纳,是个演员。但雷恩先生就是这么叫他的……这边请。"

驼背老头儿带着两人走回自己刚才出来的小门,地板上传来低沉的脚步声。他在墙上碰了一下,门就滑开了。是电梯!在这个侍臣出没、宛如宫廷的地方,居然装有电梯!布鲁诺和萨姆摇了摇头,随他们的向导进入电梯。电梯迅速上升,轻轻停下,另一扇小门立刻打开,驼背老头儿说:"这里就是雷恩先生的私人套房。"

宏大,宏大而古老……房间里的一切都散发着古风古韵,洋溢着伊丽莎白女王时代英格兰的气息。映入眼帘的不是皮革加橡木,就是橡木加石头。十二英尺宽的壁炉上,横着因长年烟熏而变成古铜色的实心木制壁炉架,炉中燃着一团小小的火焰。布鲁诺瞪着一双警觉的褐色眼睛,不由得忽然感激起这份温暖来。毕竟,天气还有点冷。

驼背老头儿像传说中守护宝藏的地精一样,做了个请坐的手势,两人一屁股坐进宽大的古老椅子里,用惊叹的目光望着对方。驼背老头儿一动不动地站在墙边,手捋胡须。接着,他身子一动,吐字清晰地通报道:"雷恩先生来了。"

两人不由自主地站起来,只见一个身材高大的男人正从门口打量他们。驼背老头儿低头行礼,皮革般的苍老面孔上露出一抹诡异的微笑。无助又惊愕的布鲁诺地方检察官和萨姆探长也不由自主地跟着鞠躬。

雷恩先生大步走进房间,伸出一只苍白而强壮的手:"二位,我很高兴你们能大驾光临。请坐。"

布鲁诺注视着那双无比沉静的灰绿色眼睛。他开口说话时,惊觉那双眼睛忽然垂下视线,落在自己的嘴唇上。"您能接见萨姆探长和我,真是太好了,雷恩先生,"他嘟哝道,"我们——呃,我们不知道该说什么才好。您的宅邸简直让人叹为观止啊,先生。"

"乍看上去是有点惊人,布鲁诺先生,但这只是因为,二十世纪的人厌倦了苛刻的审美视角,而这里恰恰为他们呈现出时空错位般的奇特景象。"这位演员的声音同目光一样平静,但在布鲁诺听来,又比先前听过的任何人的声音都深沉。"不过,看惯了的话,你会像我一样慢慢喜欢上这里。我的一位同事曾说,哈姆雷特山庄是背景幕布,是效果十足的镜框式舞台,而周围的美丽山丘就是镜框。但对我而言,它却是活着的,有呼吸的,是从老英格兰的精华中撷取的一块瑰宝……奎西!"

驼背老头儿走到雷恩身边,雷恩漫不经心地将手放到他的驼背上:"二位,这是奎西,我须臾不可分的密友。我可以向你们保证,他是个化装天才。这四十年来都是他给我化装的。"

奎西又低头行礼。两位访客心中生出某种难以名状的温暖,因为他们感到在这两个截然不同的人物之间,存在着时间酝酿出的浓厚的亲密感情。于是,布鲁诺和萨姆不约而同地说起话来。雷恩的视线在两人的嘴唇间迅速地来回移动,原本毫无表情的脸上露出一个极难察觉的笑容:"请你们一个一个地说。你们知道,我的耳朵完全聋了。我一次只能读懂一个人的唇语——读唇语是近年来我引以为傲的学习成就。"

布鲁诺和萨姆结结巴巴地道歉,坐回各自的座位。雷恩也从壁炉前拉来一把椅子,面朝他们坐下。那把椅子是所有古老椅子中当之无愧的"曾祖父"。萨姆探长注意到,雷恩将椅子摆放得恰到好处,既可以让火光照到客人的脸庞,又能将自己的身影没入黑暗之中。奎西已经退入角落,尽量不引人注意。萨姆用眼角余光搜索,好不容易才发现他一动不动地蹲伏在靠着最远那面墙的椅子里,如同一头扭曲变形的滴水嘴怪兽。

布鲁诺清了清嗓子:"这样来见您,雷恩先生,萨姆探长和我都觉得有点冒昧。当然,若不是您先前通过那封惊人的来信为我们破解了克拉默疑案,我这次也不会给您拍电报叨扰。"

"从本质上说,那封信并没有什么惊人之处,布鲁诺先生,你太客气了。"缓慢而洪亮的声音从王座般的椅子深处传出,"我的做法并非全无先例。你应该还记得,埃德加·爱伦·坡曾给纽约的报纸写过一系列信件,提供了玛丽·罗杰斯谋杀案的破解之道。至于克拉默疑案,经过分析,我认为真相被三件事实所掩盖,从而无助于破案。不幸的是,你们诸位果然误入歧途了。你们今天来找我,是想征求我对朗斯特里特谋杀案的意见吧?"

"雷恩先生,您真的有空为萨姆探长和我——呃,我们知道您有多忙。"

"不,布鲁诺先生,无论我有多忙,都可以抽时间涉猎戏剧的最基本形式。"此时雷恩的声音中透出一丝活力,"我被迫从舞台退下来之后才开始意识到,人生本身是多么富于戏剧性。舞台是受约束的,空间相当有限。戏剧中的人物,借用茂丘西奥[1]对梦的评

---

[1] 莎士比亚戏剧《罗密欧与朱丽叶》中的人物,罗密欧的密友,聪明机智,爱开玩笑,喜怒无常。

价,'本来是痴人脑中的胡思乱想'[1]。"

雷恩声音里迸射出的魔力令两位访客不禁心头一震。

"然而,现实生活中的人在情感爆发时,却能上演更精彩的戏剧。他们绝不会'像空气一样稀薄,像风一样变幻莫测。'"

"我懂了。"布鲁诺地方检察官缓缓地说,"我现在懂了。没错,现在非常清楚了。"

"犯罪——激情驱使下的暴力犯罪——是最纯粹的人类戏剧,而其最高表现形式就是谋杀。在我一生中,曾同戏剧行当最杰出的兄弟姐妹同台——"雷恩伤感地微微一笑,"莫杰斯卡[2]、埃德温·布思[3]、埃达·里恩[4],以及其他所有光芒四射的演员——我同他们演绎了刻意表现出的感情高潮。现在,我希望诠释真实的感情高潮。我想,在这方面,我可以贡献独特的才能。我曾在舞台上'杀人'无数。我饱尝了谋划行凶的痛苦,经历了良心谴责的折磨。我演过麦克白,演过哈姆雷特,还有其他或许不那么高贵的角色。然而,就像小孩子第一次见证一个简单的奇迹,我如今才意识到,世界充满了麦克白和哈姆雷特。这是陈词滥调,却又千真万确……

---

1 此句和下面一句引文均出自莎士比亚戏剧《罗密欧与朱丽叶》第一幕第四场。本书莎翁戏剧译文均出自朱生豪先生。
2 莫杰斯卡,即海伦娜·莫杰斯卡(Helena Modjeska, 1840—1909),美国波兰裔戏剧女演员,擅长莎士比亚戏剧。
3 埃德温·布思(Edwin Booth, 1833—1893),美国戏剧演员,在美国和欧洲主要国家的首都巡演莎士比亚戏剧。
4 埃达·里恩(Ada Rehan, 1857—1916),美国戏剧女演员,是十九世纪"个性"表演风格的典型代表。

"以前我是受戏剧大师操控的提线木偶；现在，我心中涌出了一股强烈的渴望，要在比虚构的戏剧更伟大的作品中，自己来操纵提线。一切条件都准备得恰到好处，就连这不幸的残疾，"雷恩用瘦骨嶙峋的手指碰了碰耳朵，"都有助于我提升注意力。我只要闭上眼睛，就能进入无声的世界，避免物质世界的干扰……"

萨姆探长看上去有些张皇失措，仿佛陷入了同他的务实作风格不入的某种情绪之中。他眨了眨眼，怀疑这是不是英雄崇拜，不禁暗暗自嘲起来。

"你们应该懂我的意思吧。"雷恩继续道，"我有理解力，有背景经历，有洞察力，有观察力，有集中意志的能力，而且我敢说我也有推理和侦查能力。"

布鲁诺咳了两声，雷恩那双令人不安的眼睛紧盯住布鲁诺的嘴唇。"雷恩先生，恐怕我们这个小案子配不上——呃，您崇高的侦探抱负。这真的只是一桩单纯的谋杀案……"

"看来我没有把自己的意思说明白。"雷恩的声音此时充满了幽默的意味，"'一桩单纯的谋杀案'，布鲁诺先生？但是——说真的，我为什么非得追求那种花哨的谋杀案呢？"

"噢，"萨姆探长突然开口道，"不管是单纯还是花哨，反正是个难题。布鲁诺先生认为您应该会感兴趣。不知您从报纸上看过这桩案子的相关报道没有？"

"看过。但报纸上说得乱七八糟，毫无价值。我想不带任何先入为主的观念来对待这个案子。请你仔仔细细、一丝不漏地给我讲讲这桩案子吧，探长。描绘相关的人物，叙述周遭的环境，不管表面上多么不相干或者不重要。总而言之，将一切都告诉我。"

布鲁诺和萨姆交换了一下眼神。布鲁诺点点头,萨姆探长那张丑陋的面庞皱缩起来,露出即将展开话题的表情。

高大的墙壁渐渐模糊;炉火也微弱下来,仿佛被宇宙中的某种神秘力量调小了一样。哈姆雷特山庄,哲瑞·雷恩先生,古老的物品、古老的时光和古老的人物的强烈气息,这一切交融在一起,沉浸在萨姆探长低沉沙哑的声音里。

第二场

格兰特酒店套房
九月四日,星期五,下午三点三十分

上星期五午后——以下案情经过,源自萨姆探长讲述的事实和布鲁诺地方检察官不时做出的补充——纽约第四十二街和第八大道的交叉口,在用钢筋混凝土建造的格兰特酒店的一间套房的起居室里,两个人正紧紧拥抱着坐在一起。

他们是一对男女——男的名叫哈利·朗斯特里特,是一个高大的中年人,原本强壮的身体被常年的放荡生活严重消磨,面庞呈现出不健康的深红色,一身粗花呢衣服;女的名叫彻丽·布朗,是个音乐喜剧明星,黑发,拉丁美洲人面孔,眼睛乌黑发亮,嘴唇弧线迷人,大胆不羁,热情奔放。

朗斯特里特用湿漉漉的嘴唇吻着彻丽。彻丽依偎在他怀里:"好希望那些人不会来呀。"

"你喜欢我这个老男孩的安抚,对吧?"朗斯特里特松开手,像人老心不老的运动员一样骄傲地炫耀着肌肉,"但他们会来的——他们会来这里的。约翰尼[1]·德威特那家伙,我叫他跳起来——相信我,宝贝儿——他就肯定会跳起来。"

"但既然德威特那帮不友好的家伙不想来,你干吗非要让他们过来呢?"

"因为我喜欢看那个老糊涂局促不安的样子。他对我恨之入骨,而我却乐此不疲。让他见鬼去吧。"

他粗鲁地将女人从大腿上放下,走到房间另一头的餐具柜前,从一排酒瓶里拿出一瓶,给自己倒了杯酒。女人像猫一样懒洋洋地盯着他。

"有时候,"她说,"我真猜不透你。我不明白你折磨他能得到什么好处。"她耸了耸白皙的双肩:"嗐,那是你自个儿的事。咱们喝个痛快!"

朗斯特里特咕哝一声,猛一仰头,将酒一饮而下。就在他仰头的一瞬,女人若无其事地说:"德威特太太也来吗?"

他随手将威士忌酒杯放回餐具柜:"干吗不来?哎,你别老是念叨她了,彻丽。我已经告诉你一百遍了,我跟那个女人没有任何关系,从来都没有。"

"我才不在乎你们有没有关系哩。"她笑道,"不过你这种人,倒是也干得出勾引德威特太太的事儿来……还有谁会来?"

他做了个鬼脸。"一大群人。老天,我真想看看德威特拉长

---

[1] 约翰的昵称。

那张虚伪臭脸的样子!还有他的密友,与他同住西恩格尔伍德的那个叫埃亨的家伙——简直就像个老太婆,成天都在抱怨自己肚子不舒服。肚子!"朗斯特里特用蒙眬醉眼看着自己微微隆起的肚皮,"那种一本正经生活的布道士好像总是肚子不舒服;朗斯特里特可没有这方面的毛病,亲爱的!另外,小珍妮·德威特也会来。她也恨我,但她爸爸一定会让她来的。这将是一场美妙的聚会。尤其是,珍妮那位弗兰克·梅里韦尔[1]一样的男朋友基特[2]·洛德也会现身。"

"嘿,他是个很好的男孩呀,哈尔[3]。"

朗斯特里特目露凶光:"当然,好男孩。他就是个自命不凡、爱管闲事的讨厌鬼。办公室里有他这种油头粉面的毛头小子转来转去,真叫人受不了。我早该让德威特把他踢出去的……噢,算了。"他叹了口气,"还有一个人——他会惹你发笑的。一个吃瑞士干酪长大的家伙,"他不快地笑了笑,"叫路易斯·因佩里亚莱。我跟你提过他,他是德威特的朋友,来美国做生意……当然啦,还有迈克[4]·柯林斯。"

这时门铃响了,彻丽连忙跳起来去开门。

"波卢克斯,你这老家伙!进来吧!"

来者是一个有点上年纪的老人,衣着光鲜,脸盘黝黑,稀疏的头发上仔细涂抹了发油,尖尖的八字胡用蜡固定。他抱了抱彻丽。

---

[1] 美国作家吉尔伯特·帕滕(1866—1945)小说中的主人公,是一名体育健将。
[2] 克里斯托弗的昵称。
[3] 哈利的昵称。
[4] 迈克尔的昵称。

朗斯特里特摇摇晃晃地站起来,喉咙里发出威胁的声音。彻丽·布朗脸一红,推开来客,开始不安地拨弄头发。

"还记得我的老朋友波卢克斯吧?"她用愉快的声音说,"波卢克斯,伟大的波卢克斯,当代的读心术大师,每天上台表演两次。你们俩握握手吧。"

波卢克斯勉强同朗斯特里特握了握手,然后马上朝摆满酒瓶的餐具柜走去。朗斯特里特耸耸肩,坐回自己的椅子,但又立刻站起来,因为门铃又响了。彻丽打开门,迎进一小群人。

首先进门的是一个须发皆白的瘦小中年男人,看起来畏畏缩缩的。朗斯特里特面露喜色,大步走上前去,流露出热诚友善的神情。他用深沉的嗓音打招呼,紧握住小个子男人的手。约翰·O.德威特因为疼痛和恶心涨红了脸,半闭着眼睛。他们在外表上对比鲜明:德威特矜持内敛,脸上刻满忧虑的皱纹,显然一直在坚决果断和恐惧担心之间摇摆不定;朗斯特里特则体格壮硕、胸有成竹、傲慢自大、专横强硬。

朗斯特里特经过德威特身边,去迎接剩下的人,德威特往后缩了缩身子。

"弗恩!你能来可真是个惊喜呀。"这话是对一个年老色衰、身材微胖的西班牙裔女人说的,她那张涂脂抹粉的脸上还残留着一丝昔日的美貌。她是德威特的妻子。珍妮·德威特则是个有着小麦色皮肤的娇小姑娘,紧靠在身材高大的金发小伙克里斯托弗·洛德身边,冷冷地点头致意。朗斯特里特完全忽视了洛德,径直去同埃亨和因佩里亚莱用力握手。因佩里亚莱是一位穿着一丝不苟的大个子中年瑞士男子。

"迈克！"朗斯特里特冲上前，拍了拍刚刚无精打采地走进门的宽肩男子的后背。迈克尔·柯林斯是个肌肉结实的爱尔兰人，长着一对猪眼，脸上表情僵硬，明显带着敌意。他咕哝了两声，算是打了个招呼，目光凶狠地扫视众人。朗斯特里特抓住他的手臂，目光闪烁。"听着，别破坏这次聚会，迈克。"他用沙哑的声音耳语道，"我说过了，我会让德威特处理那个问题的。去那边给自己倒杯酒吧——对你有好处。"

柯林斯挣脱手臂，一言不发地朝餐具柜蹒跚而去。

侍者来了。冰块在琥珀色的酒杯中发出悦耳的撞击声。德威特那群人基本不说话，神情紧张——彬彬有礼，但很不自在。德威特自己坐在椅子边缘，脸色苍白，毫无表情，机械地从高脚杯中啜着酒，但拿酒杯的手因为太用力，指关节都发白了。

朗斯特里特猛地伸出一只粗壮的胳膊，搂住彻丽·布朗，不顾后者突然拘谨害羞起来，大声宣布道："朋友们！你们全都知道今天为什么来这儿。对老哈利·朗斯特里特来说，今天是个喜庆的日子；事实上，对整个德威特与朗斯特里特公司，以及本公司的所有朋友和祝福者来说，今天都是个好日子！"说到这里，朗斯特里特的声音变得有点混浊，脸色越发绯红，目光无比犀利："我荣幸地向各位介绍——未来的朗斯特里特太太！"

大家按照听闻喜讯后的惯例小声议论起来。德威特站起身，僵硬地朝女演员鞠了一躬，同朗斯特里特草草握了下手。路易斯·因佩里亚莱大步走上前来，像军人一样脚跟一碰，殷勤地弯下腰，亲吻女演员修剪过指甲的手指。坐在丈夫身边的德威特太太抓住手帕，努力挤出一个苍白的笑容。波卢克斯从餐具柜边摇摇晃晃地走过来，笨手笨脚地搂住彻丽的腰。朗斯特里特毫不客气地将他推开，他自言自语地嘟囔着醉话，回到餐具柜边。

女士们对女演员左手上璀璨夺目的钻戒赞不绝口。又有几名侍者进入房间，搬来了桌子和餐具……

大家吃了顿简餐。波卢克斯打开收音机，调到合适的频率。音乐响起，大家无精打采地跳起了舞，只有朗斯特里特和彻丽·布朗两人笑逐颜开。大个子准新郎像孩子一样嬉闹，开玩笑似的抱住珍妮·德威特。金发的克里斯托弗冷冷地插入他们中间，于是这对年轻恋人就迈着舞步跳开了。朗斯特里特窃笑起来；彻丽就在他身边，样子虽然甜美，神色却有几分严厉……

五点四十五分，朗斯特里特关掉收音机，兴奋地嚷嚷道："忘了告诉你们，我在西恩格尔伍德的家里安排了一场小小的晚宴。没想到吧，嗯？够惊喜吧！"他大喊大叫起来："所有人都来。不来不行。你也要来，迈克尔。还有你，那边那个，波卢克斯，还是叫什么的来着——你也可以来，读读我们的心之类的。"他一本正经地看了看手表："现在走的话，还赶得上火车。走吧，各位！"

德威特细声细气、吞吞吐吐地表达了异议，说他晚上有别的安排，自己做东请了别的客人……朗斯特里特怒目圆睁道："我说过了，所有人都来！"因佩里亚莱耸耸肩，面露微笑；洛德轻蔑地看着朗斯特里特——转头向德威特看去时，洛德眼里浮现出一丝迷惑……

五点五十分，一行人离开彻丽·布朗的套房，留下满屋的狼藉，酒瓶、纸巾、酒杯到处都是。他们挤进电梯，下楼来到酒店大厅。朗斯特里特大喝一声，唤来侍者，要他去买一份最新的报纸，并叫出租车来。

然后,一行人来到人行道上——就在面朝第四十二街的酒店出口外面。门卫拼命吹口哨,想拦几辆出租车,但街上塞满了龟速运动的车辆。头上雷雨云密布,从昏暗的天空飞掠而过。连续几周的干热天气,突然让位于一场即将到来的倾盆大雨。

终于,暴雨兜头浇下,来势之迅猛,令人措手不及。人和车混杂在一起,大家争先恐后,大呼小叫,挤来挤去,呈现出一幅混乱不堪的图景。

门卫疯狂地吹口哨拦车,回头对朗斯特里特露出绝望的苦笑。一行人跑到第八大道拐角附近的一家珠宝店的遮篷下躲雨。

德威特慢慢凑到朗斯特里特身边:"差点忘了,关于韦伯的抱怨,就按照我建议的那样处理,你觉得如何?"说着,他将一封信交给自己的合伙人。

朗斯特里特右臂搂住彻丽的腰,从外套左口袋里掏出一个银制眼镜盒,松开女人,戴上眼镜,把眼镜盒塞回口袋。他从信封中抽出一封打印出来的信,漫不经心地浏览起来。德威特半闭着眼睛等他读完。

朗斯特里特嗤之以鼻道:"没门儿!"他把信丢回给德威特。

小个子男人没有接住,信掉在湿漉漉的人行道上。德威特面如死灰,弯腰捡起信。

"不管韦伯情不情愿,我都不会改变决定。这件事就此打住,别再来烦我了。"

波卢克斯兴奋地大叫起来:"穿城电车来了,我们上车吧!"

面前的混乱车流中,一辆红脸狮子鼻模样的有轨电车慢吞吞地朝他们驶来。朗斯特里特摘下眼镜,放回盒中,并把眼镜盒收入外套左口袋,左手依然留在左口袋中。彻丽·布朗紧贴住他伟岸的身躯,他挥了挥右手。"别等出租车了!"他高喊道,"坐电车吧!"

伴随着一阵长长的尖啸,电车停了下来。一群被淋得湿透的人拼命互相推搡着,朝打开的车后门挤去。朗斯特里特一行人也冲入人群之中,奋力朝门后挪动。彻丽·布朗仍紧抓着朗斯特里特的左臂,而朗斯特里特的左手仍插在口袋里。

他们终于踏上了电车。乘务员嘶声大叫:"快!上车!"

雨水浸透了他们的衣服。

德威特夹在埃亨和因佩里亚莱两人的庞大身躯中间。他们不顾一切地往上挤,因佩里亚莱颇有骑士风度地帮德威特太太上车。他这会儿回首朝埃亨探过头去,幽默地挤了挤眼睛,压低声音说,这是他有幸参加的——该死!——最奇特的宴会。

第三场

第四十二街穿城电车
九月四日,星期五,下午六点

现在,他们全都在后门附近,湿热拥挤的环境令他们几乎窒息。他们刚才手脚并用,拼命扒拉,好不容易越过乘务员座位,进入靠里的位置。高大的朗斯特里特伫立在通往车厢内部的台阶旁,彻丽·布朗这时已松开他的左臂，努力跟上同行的其他人。

乘务员一边声嘶力竭地吆喝，一边用力将乘客推进车厢，终于关上了黄色双开门。车厢内和后门附近都塞满了人。大家挥舞着手中的车费，但乘务员谁的钱都没拿。直到车门紧闭，他招呼司机继续前进之后，才开始收钱。没挤上车的众人被留在车外，可怜巴巴地紧紧依偎在雨中。

朗斯特里特的身子随电车的颠簸而摇晃。他右手抓着一美元钞票，越过后门附近其他乘客的头顶，递向乘务员。车内本就闷得要命，车上所有的窗户还都关得严严实实，湿气让人极不舒服，几乎喘不过气来。

乘务员一边继续吆喝，一边钻来钻去，终于拿到了朗斯特里特手中的钞票。乘客不停地推搡挣扎，朗斯特里特像一头被激怒的大熊一样咆哮起来。不过，他总算拿到了找回来的零钱，开始用肩膀顶开人群，与同伴会合。他在车厢中段找到了大家，彻丽·布朗的位置最靠里。彻丽抓住他的右臂，紧靠上去。朗斯特里特则伸手抓住了吊环。

电车在倾盆大雨中朝第九大道艰难驶去，越是往前走，雨声就越是震耳欲聋。

朗斯特里特将手伸进口袋去摸眼镜盒，就在这一霎，他突然咒骂一声，从口袋里飞快地抽回手，带出了银制眼镜盒。彻丽问："怎么啦，哈尔？"朗斯特里特满腹狐疑地检查自己的左手：手掌和指尖的皮下组织有几处出血了。他眼神飘忽，呆滞的面部扭曲起来，呼吸有点急促。"肯定被扎伤了。到底是什么呀……"他含糊地嘟哝道。电车猛地一震，摇晃了几下，停了下来，大家不由自主地一齐向前倒去。朗斯特里特本能地用左手去抓吊环,彻丽紧抱他的右臂做支撑。电车突然又向前冲出几英尺。朗斯特里特用手帕使劲按了按出血的那只手,又把手帕放回裤子口袋,然后从眼镜盒里取出眼镜,再把眼镜盒放回口袋。他将夹在右腋下的报纸取出来,像是要打开来看——他的所有动作都给人以不真实的感觉,仿佛是在越来越浓的雾中进行的一样。

电车停在第九大道上,喧闹的人群猛敲紧闭的车门,但乘务员大摇其头。雨越下越大,电车又缓缓开动了。

朗斯特里特突然松开吊环,尚未阅读的报纸掉在地上。他扶着额头,极其痛苦地喘息呻吟起来。彻丽·布朗惊恐万状地抱住他的右臂,转过头去,像是要找人求助……

电车这时来到第九大道和第十大道之间,在迷宫般的车阵里走走停停。

朗斯特里特大口喘息,全身僵硬地痉挛着,像受惊的孩子一样瞪大了双眼,然后如同被刺穿了的气球一般,整个人瘫倒在坐在他跟前的姑娘的大腿上。

朗斯特里特左侧站着一个体格粗壮的中年男人,先前一直在俯身同姑娘说话——那姑娘肤色浅黑,涂着厚厚的口红,相当漂亮——男人此时怒不可遏地拽住朗斯特里特无力耷拉着的胳膊。"你给我起来!你他妈的以为自己在哪儿?"他吼道。

但朗斯特里特只是从姑娘腿上滑下来,重重地摔在他们脚边的地板上。

彻丽立刻尖叫起来。

全车死寂了片刻,然后渐渐骚动起来。众人伸长脖子看过来,朗斯特里特的同行者朝事发地点挤过来。"怎么回事？""是朗斯特里特！""他倒地上了！""醉倒了？""小心——她晕过去了！"

迈克尔·柯林斯在彻丽东倒西歪的时候一把抱住了她。

涂着厚口红的姑娘和她魁梧的护花使者吓得面如死灰，一个字也说不出来。姑娘嗖地跳起来，抓住男人的胳膊，魂飞魄散地盯着蜷缩在地板上的朗斯特里特。"噢，老天！"她突然惨叫起来，"大家怎么都愣着不动呀？看他的眼睛！他……他……"她瑟瑟发抖，把脸埋到男伴的外套里。

德威特面无表情地站在一旁，紧攥着两只小手。埃亨和克里斯托弗·洛德费了九牛二虎之力，才把朗斯特里特沉重的身躯拖到姑娘空出来的座位上。一名中年意大利裔男子立刻起身，帮着让斜靠在椅子上的朗斯特里特躺下来。此刻，朗斯特里特双眼圆睁，嘴巴半张，虚弱地喘着气，点点白沫从他嘴唇滴落。

骚动愈演愈烈，一直传到车厢前部。有人大喝一声"让开"，众人向两边退开，一个袖子上佩有警佐条纹的壮硕警察正拨开人群往前挤。这名警察先前站在司机身后的前门附近。司机这时也刹了车，和乘务员一起匆匆走过来。

警佐粗暴地推开朗斯特里特的同行者，俯身检查朗斯特里特。朗斯特里特的身体再次僵硬，然后一动不动了。警佐直起腰，一脸阴沉地说："他死了，嗯哼！"他突然看见死者的左手，手指和手掌皮肤上，交织着十几条正在凝固的细细的血道，它们是从相同数量的针眼里流出来的，针眼周围还有点肿胀。"看上去像是谋杀。你们这帮人，别过来！"

他用怀疑的目光打量了朗斯特里特的同行者。他们现在挤成一团，像是在保护彼此一样。

警佐大喊道："任何人都不准下车——听懂了吗？留在原地！喂，你！"他专横地对司机打了个手势，"这车子也一点不能动。回到你的驾驶座上。保持门窗紧闭——听懂了吗？"司机的身影消失在人群中。警佐呼唤道："嘿，乘务员！跑到第十大道拐角，找正在执勤的交通警察，让他给当地警察分局打电话，嘱咐他一定要让总局的萨姆探长也知道这件事。听懂了吗？走吧——我亲自来给你开门。我决不允许有谁趁开门溜走。"

警佐随乘务员来到后门附近，拉下车门拉杆，打开双开门，一见乘务员步入雨中，便立刻把门关上。乘务员朝第十大道飞奔而去。警佐瞪着门口一名身材高大、面目丑陋的乘客："你来看门，要确保谁都不碰门，伙计——听懂了吗？"这名男子愉快地点点头，警佐又挤回朗斯特里特的尸体边。

电车后面挤了一大堆车，司机又是大声咒骂又是狂按喇叭，场面混乱不堪。惊魂未定的乘客可以看见车外有人脸贴着雨水不停滑落的车窗，努力向内窥探。这时，那个身材高大、面目丑陋的乘客大喊道："嘿，长官，有个警察想上车！"

"等等！"警佐又艰难地回到后门，亲自打开车门，放进来一名交警。交警行了个礼，道："我在第九大道执勤。这里出了什么事，警佐？需要我帮忙吗？"

"似乎有人被谋杀了。"警佐关好门，对那名身材高大的乘客打了个意味深长的手势，后者又点了点头。"我可能需要你帮忙，警官。我已派人去通知警察分局，还有总局的萨姆探长。你到前门那边去，确保谁也不准上下车。盯住前门。"

两人一起往前挤。交警奋力拨开人群，来到前门附近。

警佐站在朗斯特里特的尸体旁，两手叉腰，眼放精光，环顾四周。"呃，是谁第一个发现的？"他质问道，"谁坐在这两个座位？"

那个姑娘和中年意大利男子同时开口。

"一个一个来。你叫什么名字？"

年轻女郎瑟瑟发抖："埃米莉·朱伊特，我……我是个速记员，正下班回家。这个人……他刚才倒在我腿上，我连忙站起来，把位子让给他。"

"你呢，墨索里尼？"

"我叫安东尼奥·丰塔纳。我什么也没看见。这个男人，他倒了，我就起来，把位子让给他。"意大利人答道。

"这个死者——他之前是站着的？"

德威特挤上前来。他看上去无比平静："听着，警佐，我可以告诉你到底出了什么事。这个人叫哈利·朗斯特里特，是我的合伙人，我们正要去参加晚宴——"

"晚宴，对吧？"警佐不怀好意地扫视众人，"大家高高兴兴、和和气气的那种晚宴，对吧？你先省点力气吧，先生。待会儿萨姆探长会找你问话的。乘务员带另一个警察回来了。"

警佐匆匆赶回后门附近。乘务员用力拍打后门，雨水从帽舌不停泻下。他旁边站着一名警察。警佐亲自打开门，将两人放进来，然后立刻关上门。

警察举手到帽檐边，行礼道："第十大道执勤警员莫罗报到。"

"很好。我是第十八分局的达菲警佐。"警佐粗声粗气地说，

"通知总局了吗?"

"通知了。当地分局也通知了。萨姆探长和当地分局的警察应该随时会到。探长指示说,要你带电车前往第四十二街和第十二大道交叉口的绿线车库。他会到那里同你会合。探长还说,任何人都不准碰尸体。另外,我还叫了救护车。"

"被害人再也用不上那玩意儿了。莫罗,你就留在后门这里,任何人都不准下车。"

达菲转头问后门附近那个身材高大、面目丑陋的乘客:"有没有谁试图逃走,伙计?车门有没有开过?"

"没有。"其他乘客也异口同声地答道。

达菲费力地穿过人群,来到电车前部:"司机!把车开到终点。停进绿线车库。快!"

红脸的年轻爱尔兰司机咕哝道:"那不是我们的车库,警佐。这是第三大道电车公司的路线,我们不——"

"快开车,行不?"达菲警佐充满厌恶地喝道,然后转头看向第九大道的交警,"吹警笛,叫其他车让路。你——叫什么名字?"

"西滕费尔德,警号8638。"

"嗯,你也要负责看守前门,西滕费尔德。刚才有人试图下车吗?"

"没有,警佐。"

"很好,出发。"

电车缓缓开动,达菲回到尸体边。彻丽·布朗正在低声呜咽,波卢克斯轻拍着她的手安慰她。德威特一脸严肃地站在朗斯特里特的尸体旁,仿佛在守护他一样。

*

电车轰隆隆地驶入纽约绿线的巨大车库里。一大群便衣警察默然站立,注视着电车开进来。车库外,依然暴雨如注,狂风呼啸。

一个彪形大汉——花白的头发,肥厚的下巴,目光锐利的灰色眸子嵌在一张几乎有点讨人喜欢的丑陋面庞上——正用力地拍打着后门。车内的莫罗警员高喊达菲警佐。达菲走过来,往外一看,认出了萨姆探长的庞大身影,便猛地拉起车门拉杆,双门打开了。萨姆探长艰难地爬上车,示意达菲关门,又对等在车外的警察打了个手势,这才慢慢钻进电车内部。

"干得不错呀。"萨姆说,漫不经心地俯视着尸体,"达菲,这到底是怎么回事?"

达菲警佐对萨姆探长耳语起来。萨姆依旧一副满不在乎的表情:"朗斯特里特,对吧?那个证券经纪人……嗯,谁是埃米莉·朱伊特?"

那姑娘在魁梧的护花使者的庇护下走上前来,后者挑衅似的瞪着萨姆。

"你说你看见这个人倒下来,小姐,在他倒下之前,你有没有注意到什么反常的现象?"

"注意到了,长官!"姑娘兴奋地说,"我看见他把手伸到口袋里拿眼镜。他的手一定是被什么东西扎伤了,因为他把手抽出来的时候,我看见他的手在流血。"

"哪个口袋?"

"外套左口袋。"

"这是什么时候的事?"

"呃,在电车停在第九大道前不久。"

"那是多久之前的事呢?"

"呃,"姑娘细眉紧蹙,"电车重新启动后,我们用了大概五分钟开到这儿,而从电车启动到他倒下来也大概有五分钟,然后呢,从他扎伤手到他倒下来,应该只有几分钟时间——两三分钟吧。"

"不到十五分钟,对吧?左口袋。"萨姆重重地跪下,从臀部口袋里摸出手电筒,抓住死者敞开的衣服贴袋,用力扯开,将细细的手电光束照进口袋内部。他满意地哼了一声,放下手电筒,拿出一把个头不小的折刀,小心翼翼地割开口袋一侧的缝线。两件东西在手电光束下闪闪发亮。

萨姆并没有把东西从割开的口袋里拿出来,而是就这样观察起来。其中一件东西是银制眼镜盒。萨姆端详了一会儿。里面的眼镜,死者已经戴上了,此时正微微歪斜地挂在他青紫的鼻梁上。

萨姆把注意力转回口袋。另一件东西相当奇特。那是个小而圆的软木塞,直径一英寸[1],上面插了至少五十根普通缝衣针,每根针露出软木塞四分之一英寸,布满整个圆球,使其成为一个总直径一英寸半的凶器。针尖上沾着红褐色物质。萨姆用折刀的刀尖戳了戳软木塞,将它翻过来,发现另一面的针尖上沾着类似的红褐色物质——一种柏油似的黏糊糊的物质。他探出身子,用力嗅了嗅。

1　1英寸合2.54厘米。

"闻起来像发霉的香烟。"他对越过他肩头观望的达菲嘟哝道,"就算多给我一年的薪水,我也不要不戴手套去碰这玩意儿。"

萨姆直起身,摸了摸自己的口袋,掏出一个小镊子和一盒烟。他将烟全倒进口袋,然后用镊子牢牢夹住插满针的软木塞,小心翼翼地将其从朗斯特里特的口袋里取出来,放入空烟盒。他小声吩咐了达菲一句,达菲走开了,不一会儿就把萨姆要的东西——一份报纸——拿了回来。萨姆用报纸把烟盒包起来,一共裹了六层,再整个儿交给达菲。

"这可是炸药,警佐。"萨姆站起身来,表情严厉地说,"就把它当成炸药一样对待吧。由你负责保管。"

达菲全身僵硬,直挺挺地站着,将拿着那包东西的手尽量伸得远远的。

萨姆探长没有理会朗斯特里特同行者的焦灼目光,径直往前走去。他询问了司机和站在前门附近的乘客,然后转身穿过车厢,询问了乘务员和后门附近的乘客。最后,他回到朗斯特里特的尸体前,对达菲说:"咱们还算走运,警佐。这辆电车从第八大道出发后,就没有一个人下过车。就是说,自从这家伙上车之后……听着,让莫罗和西滕费尔德返回各自的岗位。这里的人手足够了。还有,在外面布设警戒线,让车上所有人都下去。"

达菲仍然捧着那个致命的包裹,从后门下了车。达菲一下车,乘务员就立刻关上了车门。

五分钟后,后门再次打开。从后门的外包钢皮的台阶,到车库另一头的楼梯,警察和探员站成两排,形成警戒线,中间留出通道。萨姆探长已要求朗斯特里特的同行者先下车。他们排成一列纵队默默下车，穿过警戒线之间的通道，被护送到车库另一头二楼的一个私密房间内。房间的门已关上，一名警察守在外面。房内还有两名探员监视他们。

朗斯特里特的同行者下车后，萨姆探长又监督车上所有其他乘客下车。他们同样排成长长的纵队，在六名探员的护送下，拖着踉跄的脚步，同样穿过警戒线之间的通道，来到二楼的一个普通房间。

现在，萨姆探长独自站在被清空的电车上——独自陪伴着四肢摊开躺在座位上的死者。他若有所思地注视着那张扭曲的面庞。在耀眼的灯光下，死者的双眼依然睁着，瞳孔诡异地放大。外面救护车的鸣笛声令萨姆猛地回过神来。两个身穿白衣的小伙子冲入车库，身后跟着一个矮胖的男人，这男人戴着老式金框眼镜，顶着过时的灰色小布帽——后面的帽檐卷起来，前面的帽檐拉下去。

萨姆拉下后车门拉杆，探出身子："席林医生！这边！"

这个矮胖的男人正是纽约县的法医。他气喘吁吁地爬上车，两名实习法医紧随其后。席林医生俯身查看死者时，萨姆探长小心翼翼地伸手到尸体左口袋里，拿出了那个银制眼镜盒。

席林医生直起身来："我可以把这具尸体抬到哪儿去检查呢，探长？"

"二楼。"萨姆的眼中闪出一丝冷酷的幽默。"把他抬到那边楼上的私密房间里，同他的伙伴在一起，"他冷冷地说，"那会非常有趣。"

席林医生监督两名实习法医抬尸体时，萨姆跳下车，叫来一个探员："我要你马上去办一件事，副队长。给我仔仔细细地搜索这辆车，车上的每片垃圾都要收集起来。然后，顺着朗斯特里特的同行者和其他乘客刚才穿过的警戒线之间的通道认真检查一遍。我要百分百确定没有谁丢掉什么东西。听明白了吧！好好去干，皮博迪。"

皮博迪副队长咧嘴一笑，转身离去。萨姆探长说："跟我来，警佐。"达菲依然战战兢兢地捧着那个用报纸包起来的凶器，带着一丝苦笑，跟萨姆探长走向通往二楼的楼梯。

第四场

车库私密房间
九月四日，星期五，下午六点四十分

车库二楼的私密房间很大、很空、很压抑。四面墙下环绕着连接在一起的长椅。朗斯特里特的同行者散坐其上，或痛苦，或紧张，神情不一，但所有人都沉默不语。

萨姆探长和达菲警佐先进屋，接着是席林医生，然后是用担架抬着尸体的两名实习法医。席林医生征用了一扇屏风，三名医生就将担架放在屏风后面，忙碌起来。法医兴高采烈地开始尸检，整个屋子没有丝毫噪声打扰这场仪式。朗斯特里特的同行者仿佛接到了一条无声的命令，全都扭头不去看屏风。彻丽·布朗靠在波卢克斯颤抖的肩膀上，轻声哭起来。

萨姆探长将强壮有力的双手交握于背后，用一种冷静到近乎冷漠的眼神观察着这伙人。"现在，我们全来到这个不错的私密房间了。"他愉快地开口道，"我们可以理智地探讨问题了。我知道大家都心烦意乱，但还不至于无法回答几个问题吧。"这伙人全像小学生一样规规矩矩地坐着，抬头注视萨姆探长。"警佐，"萨姆探长继续道，"你说这里有人确认死者是哈利·朗斯特里特。那人是谁？"

达菲警佐指着长椅上坐在妻子身边的约翰·德威特。先前一动不动的德威特扭了扭身子。

"明白了。"萨姆探长说，"现在，先生，先前你在车上对警佐反映的情况，可以对我再说一遍——务必把这些话都记下来，乔纳斯。"探长对门边一名探员说。后者点点头，掏出铅笔，摊开笔记本，做好记录准备："呃，先生，你叫什么名字？"

"约翰·O.德威特。"德威特的言谈举止中悄悄恢复了坚定和自信。萨姆探长注意到，这伙人中有几人脸上闪过惊讶之色，德威特的态度似乎令他们颇为满意。"死者是我的合伙人，我们公司名叫德威特与朗斯特里特证券经纪公司，位于华尔街。"

"那这些女士、先生又是谁？"

德威特平静地介绍了其他的同行者。

"呃，那你们为什么都搭这辆电车？"

那个虚弱矮小的男人枯燥而精确地描述了他们在第四十二街搭上穿城电车前的一连串事情，包括朗斯特里特在酒店宣布婚约，酒店还发生了什么，朗斯特里特邀请他们去他家共度周末，他们离开酒店，突然遇到暴雨，于是决定搭这辆电车前往渡口。

萨姆默默听着，未做表态。德威特说完后，萨姆笑道："说得

"很好,德威特先生。刚刚在车上,你看到我从朗斯特里特的口袋里取出了那个插满针的奇怪软木塞,你以前见过那玩意儿吗?或者听说过那玩意儿吗?"

德威特摇摇头。

"这里有其他人见过或听说过吗?"

所有人都摇头。

"很好,现在仔细听着,德威特先生,看看我下面说的是否都是事实。当你、朗斯特里特和其他人,站在第四十二街和第八大道交叉口的遮篷下躲雨的时候,你曾给朗斯特里特看过一封信。他将左手伸到左口袋里取出眼镜盒,然后又将手伸到口袋里放回眼镜盒。你当时有没有注意到他的左手出了状况?他有没有尖叫?有没有很快缩回手来?"

"完全没有。"德威特冷静地答道,"你显然想确定那件凶器是何时暗中放进他口袋里的。但肯定不是在那时候,探长。"

萨姆转向其他人:"有谁注意到什么不寻常的地方吗?"

彻丽·布朗略带哭腔道:"没什么不寻常的地方。我就站在他身旁,如果他被针扎了,我肯定会察觉到的。"

"很好。那么,德威特先生,朗斯特里特先生看完信,再次将手伸到口袋里拿出眼镜盒,把眼镜放回盒中,然后再次——这是第四次,也是最后一次——将手伸到口袋里,放回眼镜盒。这时候,他有没有叫出声,或有表现出被针扎到的迹象?"

"我敢发誓,探长,"德威特答道,"他没有叫出声,也没有表现出被针扎到的迹象。"

其他人纷纷点头同意。

萨姆轻轻摇晃着身子。"布朗小姐,"他对女演员说,"德威特先生说,他看到朗斯特里特把信还给他后,马上同你一起冲向电车,直到你们上车之前,你都一直紧抓着你未婚夫的左臂。这是真的吗?"

"是的,"她微微颤抖道,"我被挤得紧贴着他,一直抓着他的左臂,他……他的左手也一直插在口袋里。我们就保持着这种姿势,直到……直到我们来到后门附近。"

"你在后门附近有没有看见过他的手——他的左手?"

"看见过。他把手从口袋里拿出来,伸到背心口袋里找零钱,但没找到。那是我们上车后不久的事。"

"那时他的手上没有异样——没有针眼,也没有血,对吗?"

"是的。"

"德威特先生,你给你合伙人看的那封信,也给我看看。"

德威特从胸袋里掏出被泥水弄脏的信封,交给萨姆探长。萨姆开始读信——表达不满的是一个名叫韦伯的客户,他抱怨说,他要德威特与朗斯特里特证券经纪公司在某个时间以某个价格卖出他的股票,但经纪公司并没有听从他的指令,结果令他损失了一大笔钱。他在信中声称,这要归咎于经纪公司的疏忽,并向公司索要赔偿。萨姆一言不发地把信还给了德威特。

"如此看来,事情已经大体清楚了。"萨姆接着说,"换言之——"

"那件凶器,"德威特用平板单调的声音继续道,"一定是朗斯特里特上车之后,才放进他口袋的。"

萨姆探长冷笑道:"没错。在街角等车的这段时间,他一共把手往口袋里伸了四次。当朗斯特里特与布朗小姐跑过马路去上车的时候,你又亲眼看见布朗小姐紧靠在朗斯特里特左侧,而朗斯特里特的左手一直留在那个至关重要的左口袋里。如果有哪里不对劲,你和布朗小姐一定会注意到。上车之后,布朗小姐还看到了他的左手,毫无异样。所以,在朗斯特里特上车之前,这个插满针的软木塞还不在他口袋里。"

萨姆挠了挠下巴,沉思片刻,然后摇摇头,在朗斯特里特的同行者面前踱来踱去,询问每个人在车上同朗斯特里特的相对位置。他发现,因为车厢的摇晃和乘客的不停移动,这伙人分布得比较松散。萨姆紧抿嘴唇,但并没有流露出失望的神色。

"布朗小姐,为什么朗斯特里特会在车上拿眼镜出来?"

"我觉得他是想看报纸。"彻丽有气无力地答道。

德威特说:"朗斯特里特总是在前往渡口的路上阅读晚报上的股市收盘行情表。"

"就在看报纸的时候,朗斯特里特拿出了眼镜,惊叫一声,看了看自己的手,对不对,布朗小姐?"萨姆点头问道。

"是的,他看起来吓了一跳,有点生气,但也就仅限于此了。他开始检查自己的口袋,想看看是什么扎了手,但车摇得太厉害,他连忙抓住吊环。然后,他才说他刚才被扎伤了。但在我看来,他那时候就已经站不稳了。"

"可他还是戴上眼镜,开始阅读股票版,对吗?"

"他正要打开报纸,但还没翻到那一页,他就……他就倒下去了,我都没来得及意识到出了什么事。"

萨姆探长眉头紧锁:"他每天晚上都在电车上读股票版,对吧？他今天晚上有没有什么看报纸的特别理由？毕竟，在那么拥挤的环境中看报纸可算不上多么礼貌……"

"听上去无比荒谬。"德威特冷冷地打断他道，"但你不了解——或者说你过去不了解——朗斯特里特这个人。他向来随心所欲，想干什么就干什么。他哪里需要什么你说的特别理由？"

不过，泪痕未干的彻丽·布朗似乎想到了什么。"说起来，"她说，"或许还真有一个特别理由。就在今天下午，他也叫人去买过报纸——不是有收盘行情那份——要看看某只股票的涨跌情况。他或许——"

萨姆鼓励似的咂了咂嘴："这是一条线索，布朗小姐。你想得起来是哪只股票吗？"

"我觉得……是国际金属公司。"她偷偷朝迈克尔·柯林斯坐的那部分长椅扫了一眼，后者正闷闷不乐地盯着脏地板。"哈利说，他看到国际金属公司跌得厉害，柯林斯先生或许需要他紧急帮忙。"

"我明白了。柯林斯！"那个大块头的爱尔兰人哼了一声作答，萨姆好奇地看着他，"你也掺和到这伙人里头了呀。我还以为你一直在忙所得税部门的工作呢……柯林斯，说说看，你怎么会参与国际金属公司的股票交易？"

柯林斯龇牙咧嘴道："这不关你的事，萨姆。但你非要知道的话，朗斯特里特建议我大量买入国际金属公司的股票——他一直在为我留意这只股票。可是该死，这只股票今天跌破了最低价。"

德威特转过头，目瞪口呆地看着柯林斯。萨姆立刻问德威特：

"你知道这笔交易吗,德威特先生?"

"当然不知道。"德威特直面萨姆,"听到朗斯特里特建议客户买入国际金属公司的股票,我非常惊讶。我上星期就预见到这只股票会暴跌,并极力劝阻我的许多客户买入。"

"柯林斯,你第一次听说国际金属公司股票暴跌的消息是什么时候?"

"今天下午一点左右。可是德威特,你说你不知道朗斯特里特的交易信息是什么意思?你们开的是哪门子经纪公司?我——"

"别激动,"萨姆探长说,"别激动,孩子。我问你,从今天下午一点到你在酒店看到他这段时间,你有没有跟朗斯特里特说过话?"

"说过。"柯林斯的声音阴沉可怕。

"在哪里?"

"时代广场那边的分公司。正午过后不久。"

萨姆再次摇晃身子:"你们没有吵架吧?"

"噢,老天!"柯林斯突然大叫起来,"你找错人了,萨姆!你到底想干什么——把罪名安在我头上?"

"你还没回答我的问题。"

"好吧——我们没有吵架。"

彻丽·布朗尖叫起来。萨姆像中枪了一样猛然转身,但只看见快活矮胖的席林医生卷着袖子从屏风后面现身。大家瞥见了朗斯特里特那僵死的面容……

"把那玩意儿给我——那个软木塞什么的,就是小伙子们在楼下告诉我的那玩意儿,探长。"席林医生说。

萨姆朝达菲警佐点点头，达菲如释重负般将那包东西交给了法医。医生接过来，哼着歌，又消失在屏风后面。

彻丽·布朗这时站起来，眼神疯狂，面孔扭曲，像极了梦魇的蛇发女妖美杜莎。最初的冲击刚要结束，她却忽然看到朗斯特里特那铅灰色的面容，不由得歇斯底里起来——她是故意这样做的，也多少带着几分狡黠。她指着德威特，冲到他面前，揪住他的衣领，对着他苍白的面孔尖叫道："你杀了他！是你干的！你恨他！你杀了他！"男士们都面无血色地站起来，萨姆和达菲往前一跃，将尖叫的女人拉开。整个过程中，德威特都一动不动地站在那里。珍妮·德威特脸色煞白，嘴唇紧抿，气势汹汹地逼近那个女演员。克里斯托弗·洛德挡住她的去路，开始低声安抚她。她再次坐下，惊恐地瞪着自己的父亲。因佩里亚莱和埃亨神情严肃地站在德威特两旁，像仪仗兵一样。柯林斯挑衅似的坐在角落里。波卢克斯这时站起来，对彻丽飞快耳语了几句。彻丽渐渐平静下来，开始哭泣……只有德威特太太泰然自若，一眨不眨地用明亮却残忍的目光观察着这一切。

萨姆探长低头对颤抖不已的彻丽说："你为什么这么说，布朗小姐？你怎么知道是德威特先生杀了他？你看到德威特先生把软木塞放进朗斯特里特的口袋了吗？"

"没有，没有。"她摇晃着身子，呻吟道，"噢，我不知道，我不知道。我只知道，他恨哈利，恨之入骨……哈利跟我这样讲过好多次了——"

萨姆哼了一声，直起身来，意味深长地紧盯着达菲警佐。达菲向做笔录的探员打了个手势，后者打开门，他的搭档走进屋来。波卢克斯对彻丽俯下身,用他那套神奇的咒语加以安抚。这时萨姆厉声道:"所有人都待在这里,等我回来。"然后就大步走出打开的房门,负责做笔录的探员乔纳斯温顺地跟在身后。

第五场

车库普通房间
九月四日,星期五,晚上七点三十分

　　萨姆探长直接走进其他乘客所在的车库普通房间。迎接他的是一幅光怪陆离的画面——男男女女或站或坐,有的扭来扭去,有的喋喋不休,房间里充斥着烦躁、恐惧和不安。探长对负责看管这群人的探员咧嘴一笑,用力一跺脚,以引起注意。大家果然都闻声跑了过来,呼哧呼哧地喘着气,又是抱怨抗议,又是质问责骂……

　　"往后退!"萨姆发号施令般竭力喝道,"我先说清楚,你们不要抱怨,不要提意见,也不要辩解。你们越是乖乖配合,就能越早回家。"

　　"朱伊特小姐,你先来。你有没有看到谁把什么东西放进了被害人的口袋——我指的是他站在你前面的时候?"

　　"我那会儿正在和我的同伴聊天,"女孩说,舔了下嘴唇,"车上非常热——"

　　萨姆咆哮道:"回答问题!有还是没有?"

"没有。没看见,长官。"

"如果有人把什么东西偷偷放进他的口袋,你会注意到吗?"

"我觉得不会。我那会儿正同我朋友聊天……"

萨姆立刻转向那个体格粗壮的男人——头发花白,有张冷酷到近乎狠毒的脸——朗斯特里特在车上倒下去的时候,就是他拉住了朗斯特里特的胳膊。他说他叫罗伯特·克拉克森,是个会计。没有,尽管出事时他就站在朗斯特里特身旁,但他并没有觉察到什么异样。是的,在朗斯特里特的左边。克拉克森回答问题时,严肃的面庞因为忧虑而霎时发白,先前的狠毒神情忽地消失了,半开的嘴微微抽动,看上去有点滑稽。

中年意大利男子安东尼奥·丰塔纳——他是个皮肤黝黑、蓄着浓密的八字胡的男人——说他是理发师,正要下班回家,对前面几个人的发言,他没什么好补充的,因为他在电车上一直在阅读一份叫《罗马人》的意大利文报纸。

接下来接受询问的是乘务员,他自称名叫查尔斯·伍德,编号2101,在第三大道电车公司工作了五年。他身材高大魁梧,一头红发,五十岁上下。他说他见过被害人的脸,记得被害人是在第八大道和一伙人一起上车的。他说被害人用一美元钞票给十个人买了票。

"这伙人上车时,你有没有察觉到什么不寻常的地方,伍德?"

"没有。车上塞满了人,我忙着关车门收车费呢。"

"你之前有没有在车上见过被害人?"

"见过。他常常在那个时间上车。好几年都是如此。"

"知道他的名字吗？"

"不知道。"

"被害人的同行者当中，有没有人经常搭这辆电车呢？"

"好像有一个。一个矮小瘦弱的男人，头发有点花白。我经常见到他和被害人一起搭车。"

"你知道他的名字吗？"

"我哪里知道？不知道。"

萨姆盯着天花板："现在，你再仔细想想，伍德。这非常重要，我必须彻底弄明白。你说这伙人是在第八大道上车的。你关上了车门，很好。那么，车离开第八大道之后，有没有人上下车？"

"没有，长官。车上塞满了人呀，就连到第八大道转角的时候，我都没开门。没有人再上来。我守着的后门这边也没有人下车——这是毫无疑问的。但我不知道有没有人从前门下车。我的搭档吉尼斯很可能知道，他是司机。"

萨姆从众人中找到了那个肩膀宽大的爱尔兰裔司机。吉尼斯，编号409，说他在这条路上开了八年车，他觉得自己之前从没见过被害人。"不过话说回来，"他补充道，"我的位置不够好，不像查理[1]那样可以看到乘客。"

"你确定没见过？"

"呃——他看上去是有点面熟。"

"车从第八大道开出之后，有人从前门下车吗？"

"连门都没开过。你是知道这条线路的，探长。搭乘穿城电

---

[1] 查尔斯的昵称。

车的大部分乘客都要坐到终点站，然后换乘渡船去新泽西。这条线路上有许多公司嘛。而且，达菲警佐也可以证明我的话。他刚好就站在我旁边——正要下班回家，对吧，警佐？幸好他也在这趟车上。"

萨姆眉头紧锁，但这是为了掩饰他的心头暗喜："这么说，伙计们，过了第八大道之后，无论是前门还是后门，就再也没开过，对不对？"

"没错。"吉尼斯和伍德答道。

"很好，你们可以退下了。"探长转过身，开始询问其他乘客。似乎没人看到有什么东西被偷偷放进朗斯特里特的口袋，也没有任何可疑的迹象。有两名乘客提供了模糊的陈述，但他们的推测显然只是天马行空的幻想，萨姆厌恶地转过了身。他吩咐乔纳斯探员将所有在场者的姓名和住址都记下来。

就在这时，皮博迪副队长扛着满满一麻袋杂物，气喘吁吁地走进房间。

"有发现吗？"萨姆问。

"全是破烂，你看。"皮博迪将麻袋里的东西倒在地板上，里面有碎纸片、撕烂的脏报纸、空烟盒、没有芯的污秽铅笔头、点过的火柴棒、半块被踩扁的巧克力，还有两张破旧的时刻表——全都是常见的垃圾，没有任何软木塞或针的痕迹，也没有任何同软木塞或针有丝毫关联的东西。

"我们仔仔细细地搜查了那辆车，还有乘客穿过车库时走的路，探长，结果一无所获。无论这伙人下车的时候带着什么东西，肯定都还在他们身上。"

萨姆的灰眼睛闪烁着兴奋的光芒。他是纽约警察局最具大众知名度的探长,凭借充沛的体力、灵敏的反应、丰富的常识,以及威严的声音,一路爬到现在的位子。他严格按照警察的规则办事,行动力超群……"那就只剩一件事可做了。"他微微张口道,"搜身,这间屋里的每个人都不放过。"

"你要找什么?"

"软木塞、针,所有与场合或身份不符的东西。要是有谁发牢骚,就揍他一顿。行动吧。"

皮博迪副队长咧嘴一笑,走出房间,不一会儿就带着六名探员和两名女警回来了。他跳上长椅大叫:"所有人都来排队!女士一边,男士一边!不许抱怨议论!越早行动,就越早回家!"

接下来的十五分钟里,萨姆探长背靠着墙,叼着香烟,注视着与其说严肃,倒不如说滑稽的这一幕。女警用强劲有力的手毫不客气地给女士搜身、翻口袋、查钱包,就连帽子的衬里和鞋子的后跟都不放过,全然不顾女士的尖叫怒吼。男士则顺从得多,这更体面,但也显得有些胆怯。每个人搜完身之后,乔纳斯探员都会记下相应的姓名、公司地址和家庭地址。萨姆探长会偶尔向那些被放走的人投去锐利的目光,搜寻可疑之处。一个男人从乔纳斯身边走过后,萨姆探长断然喝住了他。那是一个瘦小苍白、办公室职员模样的家伙,他穿着一件褪色的外套。萨姆探长打了个手势,要他到一旁脱掉外套——那是一件茶褐色的华达呢风衣。男人吓得嘴唇发紫。萨姆把风衣上的每条缝隙都检查了一遍,一言不发地还了回去。这个人如释重负,欣喜若狂地逃了出去。

房间很快就空了。

"没什么发现,探长。"皮博迪垂头丧气地说。

"再查查这个房间。"

这一次,皮博迪率领手下将房间里的所有垃圾都收集起来,连墙角和长椅下都不放过。萨姆跨在从麻袋里倒出来的垃圾堆上,跪下来,用手指拨来捅去。

然后,他看了看皮博迪,耸耸肩,快步走出房间。

第六场

哈姆雷特山庄
九月八日,星期二,上午十一点二十分

"请理解,雷恩先生,"布鲁诺地方检察官这时插话道,"萨姆探长几乎把所有可以交代的细节都讲了。其中许多都是我们后来才发现的,比如先前当事人谈话的附带信息。事实上,大部分细节我们都不关心,因为那并不重要……"

"亲爱的布鲁诺先生,"哲瑞·雷恩先生说,"没有什么是不重要的,这句话是多么老套又多么真实呀!不管怎样,萨姆探长到目前的说明都非常出色。"雷恩在大扶手椅中挪了挪身子,在壁炉前伸了伸长腿:"我们休息一会儿再继续吧,探长。"

尽管雷恩的脸被笼罩在阴影中,但借助摇曳的火光,他们两人还是看见雷恩平静地闭上了眼睛,双手在大腿上轻轻地十指交握着。他白皙平和的面庞毫无表情。在那个仿佛来自另一时代的房间中，古老的寂静降临在黑暗的高墙之上。

在黑暗的角落里，奎西发出了窸窸窣窣的声响，仿佛是在翻动一张老羊皮纸。布鲁诺和萨姆伸长脖子朝那边望去。那个驼背老人正在轻轻地暗自发笑。

布鲁诺和萨姆面面相觑。就在这时，哲瑞·雷恩那富有节奏、弹性和质感的声音再度响起，把两人吓了一跳。

"萨姆探长，"他说，"到目前为止，我只有一个地方没有完全明白。"

"什么地方，雷恩先生？"

"根据你刚才的描述，电车行驶到第七大道和第八大道之间的时候下起了雨。我记得你说过，当朗斯特里特一行人在第八大道上车时，车窗处于紧闭的状态。你的意思是，每扇车窗都是关着的吗？"

萨姆探长丑陋的脸上浮现出茫然的神情："当然，雷恩先生。这是毫无疑问的。达菲警佐完全肯定。"

"很好，探长。"那浑厚的声音轻轻低语道，"这么说，从那时候开始，每扇窗户都是紧闭着的？"

"绝对是紧闭的，雷恩先生。事实上，车开进车库时，雨比之前下得更大了。暴风雨来了之后，车窗没有一分钟不是关闭的。"

"越来越好了，探长。"那双深陷在白眉底下的眼睛闪闪发亮，"请继续。"

第七场

车库私密房间
九月四日，星期五，晚上八点零五分

　　根据萨姆探长的描述，车上其他乘客被允许离开之后，事态有了急剧的发展。

　　萨姆回到私密房间，朗斯特里特的同行者正在萎靡不振地等待。路易斯·因佩里亚莱，这位完美的绅士立刻站起来，脚跟一碰，用荒谬的军事礼节一丝不苟地朝萨姆鞠了一躬。

　　"亲爱的探长，"他以无比殷勤的态度说，"请恕我冒昧，我相信，不管我们多么没有食欲，现在都需要吃点东西了。不知你可否提供一点食物，至少为女士提供一点？"

　　萨姆环顾众人。德威特太太半闭着眼睛，依然僵硬地坐在长椅上；珍妮·德威特靠在洛德寇大的肩膀上，两人都脸色苍白；德威特和埃亨正在无精打采地低声交谈；波卢克斯两手十指交握放在双膝之间，从座位上探出身子，在彻丽·布朗耳边不停地嘀咕；彻丽皱着眉，咬着牙，美丽的面孔荡然无存；迈克尔·柯林斯则双手捂着脸。

　　"好的，因佩里亚莱先生。迪克，你赶紧下楼去，给大家弄点吃的。"

　　一名探员接过因佩里亚莱递过来的钞票，离开了房间。瑞士人顺利完成了任务，自鸣得意地坐回了自己的位子。

　　"呃，医生，检查结果如何？"

席林医生站在屏风前，穿上外套，那顶破烂的布帽怪异地戴在光秃秃的脑袋上。席林医生勾勾手指。萨姆探长穿过房间，两人绕到屏风后，站在尸体前。乘救护车来的两个年轻医生，一个坐在尸体旁的长椅上认真填写报告，另一个则轻轻吹着口哨修剪指甲。

"好吧，先生，"席林医生热情快活地开口道，"这是一起手法高超的犯罪，非常高超。死因是呼吸麻痹，但这只是细枝末节。"他高举起左手，开始用短粗的右手手指计数："首先说毒药。"他朝长椅的方向点了点头，凶器已从包裹中取出，放在朗斯特里特脚边，看上去全无危险。"圆软木塞上共插着五十三根针，从针尖到针眼都沾有尼古丁——我想是高浓度尼古丁。"

"难怪我觉得闻到了发霉烟草的味道。"萨姆喃喃道。

"没错。你当然会闻到那种味道。新鲜纯正的尼古丁是无色无味的油性液体，但在水中或静置一段时间之后，它会很快变成暗褐色，散发出典型的烟草味。毫无疑问，直接死因就是这该死的玩意儿。不过，我们还是会进行解剖，得排除其他的致命原因。毒药是直接进入身体的——针在手掌和手指上总共扎出二十一个眼儿，尼古丁立刻由此进入血流。根据我的判断，被害人过了几分钟才死亡。这意味着，这个男人是一杆老烟枪，对尼古丁的抵抗力非常强。"

"其次，这个凶器，"他扳下第二根短粗的手指，"它应该成为你们警察博物馆里的珍宝，探长。如此平凡，如此简单，如此奇特，如此致命！只有天才才想得出来。"

"第三，可能的毒药来源。"第三根指头也扳了下来，"萨姆，我的朋友，我不羡慕你。除非这些尼古丁是通过合法渠道取得的，不然就无法追踪其源头。纯尼古丁很难买到，如果我是下毒者，就绝不会去药店购入。当然，从大量的烟草中可以蒸馏出尼古丁，因为香烟中一般含有百分之四的尼古丁。可是，你要怎样追踪这个尼古丁制造者呢？最简单的方法是去买一罐。"席林医生提到了一种很有名的杀虫液，"你就能轻而易举地获得尼古丁。这种杀虫液含有百分之三十五的尼古丁，加热之后，你就可以得到树脂一样黏的尼古丁，就像针上沾着的那种。"

"我反正还是会派人去查正常渠道的。"萨姆闷闷不乐地说，"这种毒发作要多长时间，医生？"

席林医生抿起嘴唇："一般只需要几秒钟，但如果尼古丁的浓度不够高，而朗斯特里特又是杆大烟枪的话，可能需要三分钟左右，实际情况就是如此。"

"那毒药就是尼古丁了。还有其他发现吗？"

"我这个人并不过分挑剔，探长，但这人的身体状况太糟糕了。"席林医生答道，"哼！他的内脏情况，得等我解剖了之后再告诉你——我明天就动手。目前知道的就这么多了，探长。实习的小伙子会把这位先生抬走的，车就在外面。"

萨姆探长把插满针的软木塞重新放回烟盒，用报纸包好，回到朗斯特里特的同行者当中。他把凶器交给达菲警佐，退到一旁，给两名实习法医让路。他们用担架抬走了覆盖着毯子的尸体。席林医生笑容满面地跟在后面。

尸体被运走时，屋里再度陷入死寂。

去找食物的探员似乎轻松完成了任务。众人打开包装，慢慢咀嚼着三明治，从杯子里啜着咖啡。

萨姆对德威特打了个手势："作为朗斯特里特的合伙人，你可能最适合来告诉我他的生活习惯，德威特先生。乘务员说经常看到朗斯特里特搭那辆电车，对此你有什么解释？"

"朗斯特里特的日常作息极有规律。"德威特尖刻地说，"尤其是下班的时间。坦白地说，他对长时间的艰苦工作没多大兴趣，大部分苦活儿累活儿都丢给了我。我们公司总部在华尔街，但每天华尔街收盘后，我们就会回到时代广场那边的主要分公司去，再从那儿回西恩格尔伍德。朗斯特里特每天都在大致相同的时间离开，就是六点前一点。他总是在新泽西那边搭乘同一班火车回家。我想，就是因为这个固定的习惯，使他定下了我们今天从酒店离开的时间，好赶上那班火车。这就是我们都在同一辆电车上的原因。"

"据我了解，你自己也经常搭这辆电车。"

"是的，如果我没留在办公室加班，通常会同朗斯特里特一起回西恩格尔伍德。"

萨姆探长叹了口气："你们两个为什么不开车上下班呢？"

德威特冷笑道："纽约的交通太麻烦了，我们都把车留在恩格尔伍德车站那边了。"

"朗斯特里特在其他方面也是这样循规蹈矩吗？"

"在小的事情上非常循规蹈矩，探长。虽然他在私生活方面鲁莽冲动，不值得信任，但他总是阅读同一份报纸，总是在前往渡口的电车上查看报纸上的股市收盘报道，就像我告诉过你的那样。他穿同一款衣服上班，抽同一个牌子的香烟和雪茄——他是杆老烟枪——没错，在生活中的大部分细节上，他都严格遵守着固定的习惯。"德威特的眼神迷离起来,"就连直到中午才到办公室也是固定的。"

萨姆若无其事地瞟了眼德威特,接着又用火柴点燃一支烟,问道:"他阅读时必须戴眼镜吗?"

"是的,尤其是做精细工作的时候。他基本上是个虚荣的人,认为眼镜会破坏个人形象,因此在外出与社交时能不戴就不戴,尽管没了眼镜会给他带来不便。不过,阅读的时候,不管是在室内还是户外,他都不得不戴眼镜。"

萨姆友善地把手放在德威特瘦削的肩膀上:"我们来坦诚面对这件事吧,德威特先生。刚刚你也听见布朗小姐指控你杀了朗斯特里特,当然,这是胡说八道。但她反复强调你恨朗斯特里特,这是真的吗?"

德威特动了动,萨姆放在这位证券经纪人肩上的大手竟然滑落了下来。德威特冷冷地说:"我没有谋害我的合伙人,如果你的'坦诚面对'就是这个意思的话。"

萨姆直直地盯着德威特清澈的眼睛,然后耸耸肩,转头对其他人说:"在场的诸位,请大家明天早上九点,到德威特与朗斯特里特证券经纪公司的时代广场分公司见我,我还有问题要问你们。每一位女士、先生都得来,没有例外。"

众人疲惫地起身,拖着步子朝门口走去。

"请等一下,"萨姆探长继续道,"非常抱歉,但你们必须接受一次搜身。达菲,马上找个女警来给女士搜身。"

众人都倒抽一口凉气,德威特怒气冲冲地表示抗议。萨姆笑眯眯地说:"谁敢打包票这里没有人身上藏着什么东西呢?"

几分钟前在普通房间进行的搜身，现在又在萨姆眼前重复了一次。男士都紧张不安起来，女士则气得涨红了脸。几个小时一言不发的德威特太太打破沉默，冲着探长宽阔的胸脯蹦出一个西班牙单词。萨姆探长扬起眉毛，对女警斩钉截铁地挥了下胳膊。

搜完身，众人开始排队往外走。乔纳斯站在门口，用低沉单调的声音说："请留下你们的姓名和住址。"

达菲看起来有点沮丧："什么也没有，长官。没有针或软木塞之类的东西，也没有别的什么可疑的东西。"

萨姆双脚生根般牢牢站在房间中央，皱着眉头，咬着嘴唇。"搜房间。"他粗暴地说。

房间立即被搜了个遍。

萨姆探长在手下的簇拥下离开车库时，依然眉头紧锁。

第八场

德威特与朗斯特里特证券经纪公司
九月五日，星期六，早晨九点整

星期六早晨，萨姆探长走入德威特与朗斯特里特证券经纪公司的分公司时，紧张的暗潮还没有翻涌到表面上来。他风风火火地走过房间，职员和顾客都抬起头，吓了一跳，但生意显然仍在正常进行。萨姆的手下也到了现场，他们没有干扰公司的正常工作，只是静静地走来走去。

在公司深处标有"约翰·O. 德威特"字样的私人办公室里,萨姆探长发现昨晚朗斯特里特的同行者全数到齐,由高度戒备的皮博迪副队长监管。隔壁办公室的玻璃门上标有"哈利·朗斯特里特"几个字,达菲警佐那穿着蓝色制服的宽大后背就靠在玻璃门上。

萨姆平静地扫视着众人,用低沉的嗓音打了个招呼,便示意乔纳斯探员跟上,一同走进朗斯特里特的办公室。萨姆在里面看到一名引人注目的年轻女子,正紧张地坐在椅子边缘——她高大丰满,皮肤浅黑,看上去很漂亮,但有点俗气。

萨姆一屁股坐进大办公桌前的转椅里。乔纳斯则坐到角落里,准备好铅笔和本子。"我想,你就是朗斯特里特的秘书吧?"

"是的,先生。我姓普拉特,安娜·普拉特。我担任朗斯特里特先生的私人秘书四年半了。"安娜·普拉特鼻子笔挺,鼻尖红红的,像小姑娘一样,眼中噙满泪水。她用一条柔软的手帕轻轻擦拭着眼角:"噢,太可怕了!"

"当然,当然。"探长挤出一丝苦笑,"现在别哭,小姐,咱们先干完正事你再好好去哭。你看上去是那种对老板的工作和私生活都了如指掌的女孩,告诉我——朗斯特里特和德威特的关系好不好?"

"不好,他们经常争吵。"

"那通常是谁赢呢?"

"噢,当然是朗斯特里特先生!每次觉得朗斯特里特先生做得不对,德威特先生就会提出反对意见,但最终屈服的总是德威特先生。"

"朗斯特里特对德威特是什么态度?"

安娜·普拉特绞拧着手指说："我想，你是要了解实情……他总是欺负德威特先生。他知道德威特先生是更高明的商人，心里很不痛快，于是对德威特先生大肆打压，而且做事一意孤行，即便那样做不对，会令公司蒙受损失。"

萨姆探长上上下下地打量着这个女孩："你是个聪明的女孩，普拉特小姐。我们继续吧。德威特是不是恨朗斯特里特？"

她害羞似的垂下眼帘："是的，我想他非常恨朗斯特里特先生，而且我也知道为什么。这是尽人皆知的丑闻，朗斯特里特先生——"她的声音严肃起来，"和德威特太太有染，性质很严重……我相信德威特先生也知道这件事，虽然我从没听过他向朗斯特里特先生或其他人提过这件事。"

"朗斯特里特爱不爱德威特太太？为什么朗斯特里特后来同布朗小姐订婚了呢？"

"朗斯特里特先生谁都不爱，就爱他自己。但他也一直在拈花惹草，交往过的女人有好几十个，德威特太太应该就是其中之一。我猜，她就像朗斯特里特先生所有的女人一样，认为他疯狂地爱上了自己，而且只爱自己一个……我告诉你一件事，"她用聊天气似的口吻继续道，"你一定会感兴趣的，探长——我有没有称呼错？有一次，朗斯特里特先生还对珍妮·德威特动手动脚的，就在这间办公室，结果闹得不可开交，因为洛德先生进来撞见了这一幕，就把朗斯特里特先生打倒在地。德威特先生很快跑进来，把我打发走了。我不知道后来发生了什么，但他们似乎重归于好了。这是两三个月前的事。"

探长冷冷地打量着安娜·普拉特，这个证人的出现正合他的心意:"非常好,普拉特小姐,真的非常好。你认为德威特是不是有什么把柄落在朗斯特里特手里?"

女秘书犹豫起来:"这我就说不准了。不过,我知道朗斯特里特先生每隔一阵子就会找德威特先生要一大笔钱。朗斯特里特先生总是坏笑着说这是'私人借款',而且每次都会拿到钱。事实上,就在一个星期前,他又向德威特先生要了两万五千美元。德威特先生气疯了,我觉得他差点就要中风……"

"中风了也一点都不奇怪。"萨姆喃喃道。

"他们就在这个房间大吵了一架,但德威特先生还是屈服了——像往常一样。"

"他有没有威胁朗斯特里特?"

"呃,德威特先生说:'事情绝不能再这么下去了。'他还说,他们必须一次性把事情说清楚,否则他们都会完蛋。"

"两万五千美元。"探长说,"老天,朗斯特里特要这么一大笔钱干什么?他单是从这家公司就能得到丰厚的收入吧。"

安娜眨了眨褐色的眼睛。"朗斯特里特先生比你见过的任何人花钱的速度都更快。"她恨恨地说,"他生活奢靡,又是赌博,又是赛马,又是买卖股票——而且几乎一直在赔钱。他本该拿的那部分收入眨眼间就挥霍殆尽,没钱了就找德威特先生索要'借款'。借款!我敢说,他从来没有还过一分钱。哎呀,我还常常给银行打电话,替他解释支票透支的事。他很久以前就把债券和房地产证券兑现了。我打赌他一个子儿都没留下来。"

萨姆若有所思地敲着盖在办公桌上的玻璃板:"这么说,德威特从来要不回借出去的钱,而朗斯特里特像傍上了大款的小姐一样

051

肆意索取。好，很好！"他紧盯着安娜，安娜突然惶恐地垂下视线。"普拉特小姐，"他用友好的语气继续道，"我们都是成年人了，不会相信白鹳送子[1]之类的美好童话。你和朗斯特里特之间是不是有什么关系？我觉得你是那种自由散漫、无拘无束的秘书。"

安娜怒气冲冲地跳起来："你是什么意思！"

"坐下，小姐，坐下。"萨姆露齿一笑，安娜一屁股坐回椅子上。"这只是我的看法。对了，你们同居多久了？"

"我没有跟他同居！"她厉声否认，"我们只是玩玩罢了，差不多有两年。仅仅因为你是警察，我就得坐在这里任你侮辱吗？我要让你知道，我是一个正派体面的女孩！"

"当然，当然，"探长安抚道，"你和父母住在一起吗？"

"我父母住在北部郊区。"

"我猜也是。朗斯特里特是不是也答应过要娶你？他肯定答应过。又一个好女孩误入歧途的故事。他甩了你，去追求德威特太太了，对吧？"

"呃……"安娜犹豫起来，闷闷不乐地打量着地板瓷砖，"呃——是的。"

"不过，无论如何，你都是个聪明的女孩。"萨姆再次带着欣赏的目光把安娜从头到脚审视了一遍，"没错，小姐！同朗斯特里特这种男人发生暧昧关系，被甩掉之后，还能保住自己的工作——真了不起呀，宝贝。"

---

[1] 鹳鸟常在高塔上或废弃不用的烟囱上筑巢。根据欧洲民间传说，有鹳鸟筑巢的家庭不久会有婴儿诞生，所以有"鹳鸟送子"的说法。

安娜一言不发。她看出萨姆探长这是在诱她上钩，但她足够聪明，不会让他轻易得逞。萨姆哼着小调，默默端详着她仔细修剪过的短发。再度开口的时候，萨姆换了不一样的口吻，问了不一样的问题。他从安娜口中得知，星期五下午，朗斯特里特正要离开办公室，去格兰特酒店的房间找彻丽·布朗时，迈克尔·柯林斯脸色铁青、满腔怒火地冲进办公室，指控朗斯特里特是骗子。当时德威特不在。安娜·普拉特说，柯林斯之所以发出那种指控，是因为朗斯特里特曾建议柯林斯大量买入国际金属公司的股票，结果无可挽回地赔掉了五万美元。柯林斯咬牙切齿地要朗斯特里特弥补这笔损失。朗斯特里特似乎有点烦乱，但还是安慰那个爱尔兰人道："你别担心，迈克，全包在我身上好了，我会让德威特帮你渡过难关的。"柯林斯又要朗斯特里特立刻找德威特解决问题，但德威特不在，朗斯特里特只好邀请柯林斯稍后到他的订婚晚宴上来，答应到那里后尽快跟德威特谈这件事。

安娜·普拉特已经没有别的线索可以提供。萨姆探长请她离开，然后把德威特叫进朗斯特里特的办公室。

德威特脸色苍白，但神情自若。萨姆开门见山地说："我再问一遍昨晚问过的问题，请你务必回答。为什么你恨你的合伙人？"

"恐吓对我没用，萨姆探长。"

"你不打算回答这个问题？"

德威特紧闭双唇。

"很好，德威特，"萨姆说，"但你正在犯你这辈子最大的错误……德威特太太和朗斯特里特的关系怎样——是好朋友吗？"

"是的。"

"那你女儿和朗斯特里特——他们之间没有什么不愉快吧?"

"你这是在侮辱我。"

"这么说,你们一家人和朗斯特里特相处得非常融洽,对吧?"

"嘿!"德威特猛地跳起来,吼道,"你到底是什么意思?"

萨姆探长微微一笑,用一只大脚踢了踢德威特的椅子:"别激动。先坐下……你和朗斯特里特是不是关系平等的合伙人?"

德威特平静下来,两眼充血。"是的。"他闷声闷气地答道。

"你们合伙多久了?"

"十二年。"

"你们是怎么开始合伙的?"

"我们战[1]前在南美采矿发了大财,就一起回美国,合伙开证券经纪公司。"

"生意成功吗?"

"还不错。"

"那么,"萨姆依然语气友好地说,"既然你们俩都生意成功,财产充裕,为什么朗斯特里特还老是向你借钱?"

德威特纹丝不动地坐着:"谁告诉你这个的?"

"是我在问你,德威特。"

"荒唐。"德威特咬着一缕从硬挺的八字胡中落到唇边的胡须,"我偶尔借点钱给他,但纯粹是私人事务——小数额……"

"你把两万五千美元也叫作小数额?"

---

1 指第一次世界大战。

瘦小的德威特在椅子里扭动起来，如坐针毡："哎呀——那根本就不是借款，而是私人之间的事情。"

"德威特，"萨姆探长说，"你在睁眼说瞎话。你给了朗斯特里特一大笔钱，他却从没还过钱，你很可能也根本没指望钱能还回来。我想知道为什么，而如果——"

德威特大吼一声，从椅子上跳起来，脸部扭曲，面色铁青。"你这是越权行为！我跟你说，这同朗斯特里特的死亡毫无关系！我——"

"别演戏了。去外面等着吧。"

德威特仍张着嘴，大口喘息着，然后恢复了平静，怒火渐渐熄灭。他挺起胸，摇晃着身子走出了房间。萨姆迷惑不解地注视着他。这个人呈现出相互矛盾的两面……

萨姆接着叫进来的人是德威特的太太弗恩。

对德威特太太的询问很快就结束了，收获甚微。这个年老色衰、满心怨恨、目中无人的女人同她丈夫一样古怪。她似乎怀有某种深沉而扭曲的情感。但她说不知道，什么也不知道。她冷静地否认自己同朗斯特里特之间存在朋友之外的其他关系。萨姆暗示朗斯特里特可能对她女儿珍妮感兴趣，她对此嗤之以鼻。"他总是对更成熟的女人感兴趣！"她冷冷地说。至于彻丽·布朗，德威特太太说她只知道对方是"诡计多端的不入流的女演员"，靠一张漂亮的脸蛋迷住了朗斯特里特。最后，问到她是否怀疑自己的丈夫遭到勒索时，德威特太太断然否认："噢，不会！多么愚蠢的问题……"

萨姆不禁在心里痛骂：这女人真是个泼妇，血管里流的净是醋。萨姆反复旁敲侧击,又是威胁又是引诱,却只从她口中套出两条事实:她和德威特结婚六年;珍妮是德威特前妻所生。萨姆只好把德威特太太放走。

德威特太太起身欲走,从手提袋里拿出小梳妆盒,打开盒子,开始在那张已经涂着厚粉的脸上扑粉。她的手一抖,梳妆盒的镜子掉下来,碎了一地。她泰然自若的神情一扫而空,胭脂下的脸霎时惨白。她赶紧在胸口画十字,眼神惊恐,用西班牙文喃喃念道:"圣母玛利亚!"不过,与此同时,她又恢复了平静,做贼心虚似的扫了萨姆一眼,忸怩作态地小步绕过碎片,匆匆离开了房间。萨姆笑了笑,捡起碎片,放在桌上。

他走到门口,叫富兰克林·埃亨进来。

埃亨是个大块头,看起来比实际年龄更年轻。他腰背挺直,嘴角挂着微笑,眼神柔和明亮。

"请坐,埃亨先生。你和德威特先生认识多久了?"

"我想想……从我住到西恩格尔伍德算起,六年了。"

"你跟朗斯特里特熟不熟?"

"不是很熟,探长。没错,我们三人都住在同一片区域,但我是退休工程师,同他们两位没有业务往来。不过,我跟德威特先生很快就喜欢上了对方——我很遗憾地告诉你,我一点都不喜欢朗斯特里特。他是个靠不住的家伙,探长。他喜欢吹牛,表面上热情洋溢——你知道,就是所谓的男子汉气概——但其实已经烂到了骨子里。我不知道是谁杀了他,但我向你保证,那是他自作自受!"

"扯句题外话,"萨姆冷冰冰地说,"昨天晚上彻丽·布朗对德威特的指控,你怎么看?"

"一派胡言。"埃亨跷起二郎腿,盯着萨姆的眼睛,"那种话难道不是荒谬透顶吗?只有歇斯底里的女人才会做出那种荒诞不经的指控。我认识德威特六年了,他没有一点刻薄恶毒的影子,特别慷慨大方,是一位真正的绅士。他根本不可能杀人。我敢说,除了他自己的家人,全世界没有人比我更了解他。我们每周都要一起下三四次棋。"

"下棋,对吧?"萨姆看起来很感兴趣,"呃,这很好。你是高手吗?"

埃亨轻笑起来:"哎呀!你没看报纸吗,探长?你正在跟本地区冠军棋手说话哩。嗯,就在三个星期前,我刚拿下大西洋沿岸地区公开赛的冠军。"

"真的吗!"萨姆惊呼道,"很高兴能认识一位冠军。我曾经同杰克·登普西[1]握过手。那么,德威特的棋艺如何?"

埃亨探出身子,热情洋溢地说:"萨姆探长,就业余棋手来说,他的棋艺相当惊人,这些年我一直鼓励他认真对待下棋,多去参加比赛。但他太害羞、太内向了——极其敏感,你知道。他的思维快如闪电,几乎是在凭本能下棋,从不举棋不定。噢,我们可下过不少好棋。"

"他神经质,对吧?"

"非常神经质,对一切都敏感,他实在需要休息。当然了,我们并不会讨论他的生意。但老实说,我认为朗斯特里扰得他心

---

[1] 杰克·登普西(Jack Dempsey, 1895—1983),美国职业拳击手,世界重量级拳击冠军。

神不宁,坐卧难安。现在朗斯特里特死了,我相信德威特也将迎来新生。"

"我想他会的。"萨姆说,"我问完了,埃亨先生。"

埃亨爽快地站起来,摸出大大的银怀表看了一眼。"天哪!该吃胃药了。"他对萨姆探长微微一笑,"我的胃总跟我闹别扭——我是个素食者,你知道。年轻时做工程师,天天吃牛肉罐头,把胃吃坏了。呃,长官,那我告辞了。"

他神情坚定地阔步走了出去。萨姆哼了一声,对乔纳斯说:"如果他有胃病,那我就是美国总统。他只是个疑病症患者罢了。"

萨姆走到门口,叫彻丽·布朗进来。

不一会儿,桌子另一侧面对萨姆的女演员已与昨晚判若两人。她似乎恢复了天生的快乐活泼,脸上仔细化过妆,涂了蓝色眼影,一身时髦的黑衣,回答问题果断明确。五个月前,她在舞会上认识了朗斯特里特。她说,朗斯特里特"执拗地追求"了她几个月,最后他们才决定宣布订婚。朗斯特里特承诺会在订婚后立刻"修改遗嘱",给她好处——她特别相信这一点——她似乎天真地认定朗斯特里特是个从国外归来的大富翁,坐拥巨额财富。

她瞥见了桌上的镜子碎片,微皱着眉,转过头去。

她承认,她昨晚指控德威特是杀人凶手只是歇斯底里式的爆发。不,她在电车里其实什么也没看见,她只是凭"女人的直觉"做出那番陈述。萨姆不满地咕哝了一声。

"但哈利常常跟我说,德威特恨他。"她用谨慎而优美的声调坚持道。

"为什么？"

她耸耸肩，样子相当迷人。

探长为她打开门。她出去的时候，还给探长抛了一个大大的媚眼。

克里斯托弗·洛德踱着方步走进办公室，萨姆正对他站着。两人注视着对方。没错，洛德坚定地说，他曾经把朗斯特里特打翻在地，而且一点也不后悔——那家伙坏透了，挨揍是自找的。事后他曾向直系上司德威特提交辞呈，但德威特安抚了他。洛德继续说，他之所以不再纠缠这件事，一方面是因为他真心喜欢珍妮·德威特；另一方面是因为，仔细想想就明白，倘若朗斯特里特胆敢再对珍妮动手动脚，他就可以当场保护她。

"方特勒罗伊小爵爷[1]，对吧？"萨姆嘟哝道，"好吧，我们换个话题。在我看来，德威特是一个性格刚烈的人，自己的女儿明明受了欺负，他怎么会急着把这事儿抹平呢？"

洛德把一双大手插进口袋。"探长，"他立刻答道，"我怎么可能知道？这完全不像他的行事风格。除了和朗斯特里特相处这件事，他在各方面都是一个敏锐、机警、独立、高尚的人，也是华尔街最精明的证券经纪人之一。他精心守护着女儿的幸福和名誉。照理说，倘若有人敢凌辱他女儿，他一定会把那禽兽拽过来痛揍一顿。可是——他没有那样做，他妥协了。为什么会这样，想破头我也不知道。"

---

[1] 美国作家弗朗西丝·伯内特（1849—1924）的同名小说中的主人公，是一个成为英国伯爵继承人的美国小男孩，穿着讲究，举止得体，很有礼貌。

"照你这么说,德威特从始至终对朗斯特里特的态度都与他的个性不符?"

"他肯定没有表现出真实的自我,探长。"

洛德接着说,德威特和朗斯特里特常常在私人办公室吵架。为什么?他耸耸肩。德威特太太和朗斯特里特关系如何?这个金发小伙子委婉地将目光投向虚空。迈克尔·柯林斯是什么情况?洛德说他自己在德威特手下工作,所以不太清楚朗斯特里特的客户。朗斯特里特私下里建议柯林斯买股票,德威特是否可能对此一无所知?凭他对朗斯特里特为人的了解,洛德说,德威特很可能不知情。

萨姆坐到桌子边缘:"朗斯特里特后来有没有再骚扰珍妮·德威特,小伙子?"

"有啊。"洛德面色阴沉地答道,"我当时不在场,但后来安娜·普拉特告诉了我。珍妮好像拒绝了朗斯特里特,从办公室跑出来了。"

"你知道后有没有做什么?"

"你觉得我是孬种吗?我当然做了。我找到朗斯特里特,撂了狠话。"

"吵架了?"

"呃……我们进行了一场十分激烈的对话。"

"我问完了。"萨姆突然说,"叫德威特小姐进来吧。"

然而,珍妮·德威特并没有提供新的证词可以写进乔纳斯探员的笔记本。她热切地替父亲辩解,萨姆无精打采地听着,然后把她送回了隔壁办公室。

"因佩里亚莱先生!"

这个高大肥壮的瑞士人几乎填满了门口。他衣着整洁,显然经过精心打扮;短而尖的胡须柔滑光亮,至少令乔纳斯大感惊异,用敬畏的眼神盯着他。

目光明亮的因佩里亚莱注视着桌上的镜子碎片,厌恶地噘了噘嘴,微微皱眉,转身面对萨姆,彬彬有礼地鞠了个躬。他说,他和德威特是好朋友,至今已相识四年。他是在德威特去瑞士阿尔卑斯山旅行时认识德威特的。两人志趣相投,一拍即合。

"德威特先生非常和蔼。"他露出洁白整齐的牙齿道,"后来,我为公司业务先后四次来到你们国家,每次都住在德威特先生家。"

"你的公司叫什么名称?"

"瑞士精密仪器公司。我是公司总经理。"

"我明白了……因佩里亚莱先生,对这个案子,你有什么看法?"

因佩里亚莱摊开那双保养良好的手:"我什么看法也没有,探长。我跟朗斯特里特先生只是点头之交。"

萨姆让因佩里亚莱离开。瑞士人刚出门,萨姆就面色一沉,叫道:"柯林斯!"

这个壮硕的爱尔兰人东倒西歪地走进办公室,肥厚的嘴唇不满地耷拉着。探长问他话,他总是凶巴巴、气哼哼地回答,似乎很不情愿。萨姆走到他面前,恶狠狠地抓住他的手臂。"喂,给我听好了,你这油滑的政客!"萨姆说,"我一直在等着跟你说这些话。我非常清楚你昨晚跟我耍花招,想今天不到这儿来接受询问。但你终究还是来了,不是吗?你这该死的政客!你昨晚说,你跑到这里来找朗斯特里特,要他说清楚那个让你赔钱的投资建议是怎么回

061

事，你还说你们没有吵架。我昨晚姑且信了你的说辞，但今天早上我就不信了。你现在就给我讲实话，柯林斯！"

柯林斯浑身发抖，竭力压制着怒火，粗暴地挣脱了萨姆的手。"你真是个聪明的警察，对吧？"柯林斯咆哮道，"你觉得我做了什么？亲他？我当然把他痛骂了一顿——但愿他的卑鄙灵魂下地狱！他把我害得倾家荡产！"

萨姆冲乔纳斯咧嘴一笑："记下来了没有，乔纳斯？"他又朝柯林斯微微转过身，"你有充足的理由干掉他，不是吗？"

柯林斯爆发出一阵难听的笑声："你真是越来越聪明了！我想，我一定是早就准备好了那个插满针的软木塞，等着股票下跌？回去好好想想吧，萨姆。你太蠢了，没法做探长。"

萨姆眨眨眼，但只是问了一句："为什么德威特不知道朗斯特里特建议你买股票的事？"

"我也想知道为什么。"柯林斯尖酸地答道。"话说，这到底是什么野鸡证券交易公司呀？但我可以告诉你一件事，萨姆，"他探身向前，脖子上青筋毕现，"德威特要赔偿那条错误消息给我造成的损失，不然我就要让他好看！"

"把这话记下来，乔纳斯，把这话记下来。"探长嘟哝道，"这家伙是拿绳子往自己脖子上套呀……柯林斯，我的伙计，你投了五万美元买国际金属公司的股票，你到底是从哪儿弄到这么多钱的？凭你那少得可怜的薪水，不可能拿得出五万美元。"

"少多管闲事，萨姆！小心我拧断你的脖子……"

萨姆的大手揪住柯林斯的外套前襟，猛地一拉，柯林斯发现两人的脸只相隔一英寸。"如果你这张臭嘴再蹦出一个脏字儿，我真会拧断你的脖子。"萨姆探长怒吼道,"现在给我滚出去,你这恶棍!"

萨姆猛地推开他,柯林斯气得说不出话来,只得迈着沉重的脚步离开办公室。萨姆抖抖身子,娴熟地咒骂了两句,把留着尖尖八字胡的波卢克斯叫了进来。

这个演员有一张瘦削的、狼一样的意大利人面孔,看上去非常紧张。萨姆用愤怒的眼神盯着他。

"你给我听好了!"萨姆用粗大的手指在他的衣领边缘滑动,"我不介意告诉你,我没那么多闲工夫耗在你身上。关于朗斯特里特被杀这件事,你知道些什么?"

波卢克斯斜瞥了一眼桌上的镜子碎片,用意大利语兀自嚷嚷起来。他惧怕萨姆探长,但又不肯被驯服。他用平板而做作的腔调说:"我什么都不知道。我和彻丽身上都没有什么可疑之处。"

"纯洁无辜,对吧?就像吃奶的婴儿?"

"听着,探长。朗斯特里特这恶棍是罪有应得,他差点毁了彻丽的一生。他是百老汇有名的浪荡哥儿。告诉你吧,头脑清醒的人都知道他早晚会落得如此下场。"

"你跟彻丽很熟吗?"

"谁?我吗?我们是朋友。"

"为了她什么都肯干,是吗?"

"你这话到底什么意思?"

"就是这个意思。滚吧。"

波卢克斯在盛怒下冲出房间。乔纳斯突然站起来,惟妙惟肖地学着波卢克斯忸怩作态的样子走路。萨姆哼了一声,走到门边,喊道:"德威特!再进来一两分钟。"

德威特冷静下来,好像刚才什么事也没有发生。他进门时,敏锐警觉的目光就紧盯住桌上的镜子碎片。

"谁打破的?"他尖声问道。

"什么都逃不过你的眼睛啊,不是吗?是你妻子干的。"

德威特坐下来叹了口气:"太不幸了。我这下耳根子不得清净了。她准会连续几星期,一遇到不顺心的事就怪这块打碎的镜子。"

"她很迷信啊?"

"迷信极了。你知道,她有一半西班牙血统。她妈妈是卡斯蒂利亚[1]人,她爸爸则是新教徒。她妈妈自己脱离了教会,却设法将她培养成了天主教徒。弗恩有时候会非常麻烦。"

萨姆将一块碎片弹下桌子:"我想你是不相信这一套的吧?我听说你是个相当脚踏实地的生意人,德威特。"

德威特直视着萨姆,那坦率的样子足以解除对方的防备。"我知道,我的朋友跟你说了些情况。"他柔声道,"不,萨姆探长,我当然不相信那些无稽之谈。"

萨姆突然话题一转:"我叫你进来的真实目的,德威特,是希望得到你的保证,以后能配合我的手下和地方检察官办公室的调查人员。"

"这个你不用担心。"

"你知道,我们必须调查朗斯特里特的生意通信和私人邮件,

---

[1] 位于西班牙中部地区,旧时为独立的西班牙王国。

还有他的银行账户之类的。你可以保证尽可能协助我派到这儿来的人吧？"

"这点你可以放心，探长。"

"好极了。"

萨姆探长让在隔壁办公室里候命的众人离开，又对皮博迪副队长和布鲁诺地方检察官的一位看上去很认真的年轻手下做了一连串指示，之后才拖着沉重的脚步走出德威特与朗斯特里特证券经纪公司的分公司。

萨姆的脸色非常阴沉。

第九场

哈姆雷特山庄
九月八日，星期二，中午十二点十分

奎西丢了些小柴火到壁炉里，炉火一下子旺了起来。借助闪烁的火光，布鲁诺地方检察官仔细观察着哲瑞·雷恩先生的表情。雷恩淡淡地笑着。萨姆探长则眉头紧锁，沉默不语。

"讲完了吗，探长？"

萨姆咕哝了一声。

雷恩的眼帘垂下来。紧接着，就像被施了某种控制肌肉的魔法一般，雷恩似乎睡了过去。探长不安起来："如果有我没交代清楚的地方……"那语气仿佛在说，他相信就算有哪些地方没交代清楚,对最终结果也影响甚微。萨姆探长是个愤世嫉俗的人。

见身材修长的老演员一动不动,布鲁诺笑了起来:"他听不见你说什么,萨姆。他闭着眼睛呢。"

萨姆猛然一惊。他摸着自己凸出的下巴,身子往前挪了挪,坐在伊丽莎白时代风格的高椅边缘。

哲瑞·雷恩突然睁开眼,迅速看向两位访客。布鲁诺检察官吓得身子往后一缩,从椅子上跳了起来。雷恩半转过身子,对着萨姆,火光映出他线条清晰的侧影:"我有几个问题请教你,探长。席林医生在解剖尸体时,有没有什么值得关注的发现?"

"没有。"萨姆沮丧地说,"尼古丁的毒性分析结果,证实了法医先前的初步报告。但在追查毒药的来源方面,我们毫无进展。"

"而且,"地方检察官补充道——雷恩的脑袋本能地转向他,"对软木塞和针的追查也毫无进展。至少,到目前为止还没有头绪。"

"你有席林医生解剖报告的副本吗,布鲁诺先生?"

地方检察官掏出一份看似公文的文件,递给雷恩。雷恩将文件拿到炉边,俯身阅读起来,眼里闪烁着古怪的光芒。他大声地读出来,读得很快,而且并不连贯:"窒息而死——血液未凝固,颜色暗红。嗯……中枢神经系统麻痹,尤其是控制呼吸的部分,无疑是浓烈的尼古丁中毒所致……肺和肝充血……脑部有明显瘀血,嗯……肺部的情形显示,被害人对尼古丁有相当强的抵抗力,肯定是重度吸烟者。在标准致死浓度下,没有烟瘾的人会立即或在一分钟内死亡,而拥有抵抗力的人可以坚持更长的时间……身体特征:左膝盖轻微挫伤,很可能是毒发时摔倒所致;阑尾炎手术伤疤，可能是九年前做的手术；右手无名指指尖缺失，被切断可能有二十年以上……血糖正常，脑部酒精含量异常。曾经拥有强壮结实的体格，或许还有顽强的抵抗力，但中年之后就因为放荡无度毁了身子……嗯，身高六英尺一英寸，死后体重二百一十一磅[1]，等等。"雷恩低声念完，将文件还给布鲁诺地方检察官："谢谢，先生。"

雷恩踱回壁炉旁，靠在巨大的橡木壁炉架上："在车库的私密房间里什么都没有发现吗？"

"没有。"

"我想，朗斯特里特在西恩格尔伍德的家也被彻底搜查过吧？"

"噢，当然。"萨姆开始焦躁起来，半开玩笑似的朝布鲁诺投去心照不宣的厌倦眼神，"什么也没发现。我们确实找到了许多信——朗斯特里特那些女朋友写给他的，几乎全是三月之前写的——还有收据和未付账单之类的常见垃圾。仆人没有给我们提供任何线索。"

"我想，他在市内的公寓也被搜查过吧？"

"没错。我们没有忽略那里。我们还调查了他所有的老相好，但一无所获。"

雷恩从容地看着他的两位访客，眼神平静而深沉："萨姆探长，你完全确定，那个插满针的软木塞，是在车上被放入朗斯特里特口袋里的，而不是之前？"

---

[1] 1磅合0.4536千克。

萨姆当即便说:"这一点,我们百分百确定,一丝怀疑都没有。对了,我觉得您可能对那个软木塞感兴趣,就带过来了。"

"太好了,探长!你猜对了我的心思。"雷恩富有磁性的声音里充满了渴望。

萨姆从外套口袋里取出一个小玻璃瓶,瓶盖拧得很紧。他将瓶子递给那位老演员:"我建议您别打开,雷恩先生,可能会十分危险。"

雷恩将玻璃瓶拿到炉火边,认真研究了很久。软木塞上插满了针,每根针的针尖和针眼都沾有黑色的物质,看上去并没有什么危害。雷恩微微一笑,将瓶子还给萨姆探长:"显然是自制的凶器,而且——正如席林医生所说——是天才的杰作……乘客在车库被勒令下车之前,是不是一直下着暴雨?"

"当然,简直是倾盆大雨啊。"

"那现在告诉我,探长——车上有工人吗?"

萨姆瞪大了眼睛,布鲁诺惊讶地皱起了眉:"您是什么意思?工人?"

"掘沟工人、建筑工人、抹灰工人或砌砖工人——诸如此类,你知道。"

萨姆似乎有些张皇失措:"哎呀,没有。车上都是办公室职员,我没看到……"

"所有乘客都彻底搜查过了吧?"

"是的。"萨姆不无尖刻地说。

"相信我,探长,我绝不是要诽谤你部下的效率……但为了确认,先生,我再问一次:你们有没有发现任何不寻常的东西,无论是在乘客身上还是车上，抑或大家离开之后的车库房间——任何地方都没有发现？"

"我想我已经说得很清楚了，雷恩先生。"萨姆冷冷地答道。

"但是——就没有什么反常的地方吗？比如跟当时的天气、季节和身份不相符的地方？"

"我没听懂您的意思。"

"比方说，你有没有发现轻便大衣、晚礼服、手套之类的东西？"

"噢！这样啊，有一个人穿着雨衣，但我亲自检查过，没发现问题，就像我刚才说的那样。除此以外，也没有您提到的那些物品。对此我完全可以保证。"

哲瑞·雷恩的眼睛忽然闪亮起来。他专注地来回打量着两位访客，然后伸了个大大的懒腰。投在古老墙壁上的影子笼罩着他。

"布鲁诺先生，你们地方检察院对此有何看法？"

布鲁诺面容扭曲，挤出一个微笑："很明显，雷恩先生，我们没有什么特别明确的想法。这案子非常复杂，牵连甚广，动机多样。比如说，德威特太太无疑就是朗斯特里特的情妇，但她恨朗斯特里特，因为朗斯特里特甩了她去勾搭彻丽·布朗了。弗恩·德威特的行为从始至终都——呃，很不寻常。"

"迈克尔·柯林斯，此人的政治声誉极差，诡计多端，不择手段，而且鲁莽性急。他肯定暗藏行凶动机。"

"洛德这小伙子，可能会想模仿故事书里的复仇骑士，为了保护他的情人的名誉而杀人。"布鲁诺叹息道，"不过，从各方面综合考虑，萨姆和我都倾向于认为德威特嫌疑最大。"

"德威特啊,"雷恩审慎地重复着这个名字,眼睛一眨也不眨地盯着布鲁诺地方检察官的嘴,"请继续。"

"问题在于,"布鲁诺苦恼地皱起眉,"没有一星半点证据直接表明他——或者其他任何人——涉案。"

萨姆抱怨道:"每个人都可能将那个软木塞放进朗斯特里特的口袋,不只是朗斯特里特的同行者,还包括车上所有的乘客。顺带一提,我们调查了所有人,却发现朗斯特里特同车上其他任何人都没有关系。一点儿线索都没有,我们的调查进行不下去了。"

"所以,"布鲁诺地方检察官总结道,"探长和我才来拜访您,雷恩先生。上次您对克拉默疑案的精彩分析,指出了一直摆在我们眼前却被我们视而不见的事实。这让我们觉得,您这次或许也能再次大展神威。"

雷恩挥了挥胳膊:"克拉默那桩案子——只是小儿科,布鲁诺先生。"他若有所思地注视着两位访客。众人陷入沉默,角落里的奎西也全神贯注地看着主人。布鲁诺和萨姆偷偷地对视一眼,两人似乎都很失望。萨姆探长嘲讽似的半咧着嘴,那样子显然是在说:"看吧,我早跟你说过了。"布鲁诺微微耸了耸肩。雷恩突然声如洪钟地讲起话来,两人不约而同地望向他。

"不过,二位,"雷恩一脸快活地看着他们,说道,"调查方向非常明显,相信你们都看出来了吧。"

这平静的一句话令两位访客如遭电击:布鲁诺的下巴都快掉了,萨姆则轻轻摇了摇头,仿佛挨了一记重拳的拳击手,想要努力恢复神志。

萨姆跳起来。"非常明显!"他叫道,"老天哪,雷恩先生,您知道自己在——"

"请冷静,萨姆探长,"哲瑞·雷恩喃喃道,"你'像一个罪犯听到了可怕的召唤似的惊跳起来'[1],正如哈姆雷特父亲的鬼魂一样。没错,二位,调查方向非常明显。如果萨姆探长告诉我的一切都是真实的,那我相信调查方向只有一个。"

"呃,我完全没看出来。"萨姆探长喘着气,用怀疑的目光翻眼盯着雷恩。

"您的意思是,"布鲁诺地方检察官心虚地问,"从萨姆探长刚刚陈述的事实,您就知道是谁杀了朗斯特里特?"

雷恩的鹰勾鼻微微颤动:"我是说——我相信我知道……你只能选择相信我,布鲁诺先生。"

"噢!"两人都舒了口气,立刻平静下来,交换了一个意味深长的眼神。

"二位,我理解你们的怀疑,但要我说的话,这种怀疑根本站不住脚。"雷恩的声音像具有某种魔力一般,令人不得不信服。他就像挥舞一柄轻剑似的操控着自己的声音:"现阶段我有必要保守秘密,不向你们透露你们追寻的神秘凶手的身份——从现在起,我们称呼他为X怎么样?——不过,二位,我其实还发现了明确的同谋关系。"

"可是,雷恩先生,"布鲁诺用越发急切的声调说,"再拖下去的话——毕竟……"

雷恩一动不动地站着,在火红光影中宛如印第安人。现在,

---

[1] 出自《哈姆雷特》第一幕第一场。

他鼻翼和嘴角上的快活神情已经消失,面庞如同帕罗斯岛[1]大理石雕刻而成。他的嘴唇几乎没动,声音却异常清晰:"拖?当然有危险,但请你务必相信我,如果在不成熟的情况下揭开谜底,会比现在这样做危险得多。"

萨姆闷闷不乐地站在一边,似乎非常愤慨。布鲁诺则依然大张着嘴。

"现在请你们别逼我说出来。好了,你们二位可否帮我一个忙?"两位访客仍是一脸怀疑,让雷恩的声音里也透出了一丝不耐烦:"能不能给我一张被害人的清晰照片?当然是他生前的。邮寄或派人送来都行。"

"噢,没问题。"布鲁诺嘟哝道,将身体重心从一只脚转移到另一只脚,就像一个正闹脾气的学童。

"请随时告诉我案件的进展,布鲁诺先生。"雷恩依然用冷静的声音继续道。"除非,"他明显停顿了一下,"你们已经后悔来咨询我的意见了。"他注视了两人片刻,然后眼中又浮现出刚才那种快活的神色。

两人连忙否认,但听起来口是心非。

"不管我在不在家,奎西都会记下电话留言。"雷恩伸手到被熏黑的壁炉架上方,拉了一下铃绳,刚才那个面色红润、挺着大肚子、身穿仆人制服的小老头儿像阿拉伯神话中的精灵一样跳入房内。"二位,可否赏脸同我共进午餐?"

两位访客坚决摇头。

---

[1] 爱琴海中的岛屿,盛产白色大理石。

"那么，福斯塔夫，请将布鲁诺先生和萨姆探长送到他们停车的地方。记住，以后随时欢迎他们造访哈姆雷特山庄。只要他们二位或任何一位光临，就立刻通知我……再见，布鲁诺先生，"雷恩迅速倾身施礼，"再见，萨姆探长。"

布鲁诺地方检察官和萨姆探长一言不发地跟在管家身后。走到门口时，三人像被同一根绳子拉动一般，一齐停步回头望去。哲瑞·雷恩先生正站在古色古香的壁炉前，置身于仿佛并不属于这个世界的古老家具中间，彬彬有礼地微笑着目送他们离开。

第二幕

第一场

地方检察官办公室
九月九日，星期三，上午九点二十分

第二天早上，布鲁诺地方检察官和萨姆探长隔着布鲁诺的办公桌相对而坐。这两个原本精明的家伙面面相觑，对手头的谜案一筹莫展。布鲁诺地方检察官摆弄着一堆整齐的文件，转眼弄得凌乱不堪。外面寒气逼人，再加上案情毫无进展，萨姆本就扁平的鼻子看起来更加扁平了。

"噢，先生，"萨姆探长用低沉的声音咆哮道，"我无计可施了，完全不知如何是好了。无论是毒药、软木塞，还是针，到今天早上都没查出什么名堂。尼古丁看起来不是买的——要么是私下制造的，要么就是用席林医生提过的那种杀虫液蒸馏出来的。这条线索根本查不下去。至于你那位哲瑞·雷恩先生——该死，我认为我们去找他完全是浪费时间。"

布鲁诺反驳道："哎，萨姆，我觉得那并非浪费时间。你不要这么苛刻嘛。"他摊开双手："我想你是低估了那个人。没错，他是个古怪的家伙，住在那么个地方，周围全是古董，动不动就念莎士比亚……"

"是啊！"萨姆绷着脸说，"我觉得他根本就大话连篇，只是敷衍欺骗我们。他说他知道谁杀了朗斯特里特，不过是博取观众喝彩的技巧，卖弄罢了。"

"噢，萨姆！你这么说不公平。"布鲁诺地方检察官抗议道，"毕竟，他很清楚，既然他做出了那种表态，就不会只是空谈。他肯定知道，最终必须给我们一个交代。不，我倾向于认为，他知道自己在说什么——他真的发现了什么——只是出于自己的某种理由，必须暂时保密而已。"

萨姆猛拍桌子："我是笨蛋吗？你也是笨蛋吗？你说他发现了什么，这是什么意思？看在老天的分儿上，到底是什么发现？什么都没有！我主张不要再让那家伙掺和进来了。上帝啊，你昨天也是这么想的呀……"

"呃，我可以改变看法，不行吗？"布鲁诺厉声道，然后又显得有点窘迫，"我们绝不能忘了，在克拉默疑案的调查进退维谷时，是他精彩地指出了我们的失察之处。如果他出手相助，帮我们破了这桩该死的案子，即便只有一丝机会，我也不愿放弃。再说，既然我已经请他协助破案，就不能随随便便把人家踢开。不，萨姆，我们必须坚持既定的方针，听听他的意见也没什么坏处……有什么新发现吗？"

萨姆将一支烟咬成两半："柯林斯又开始闹事了。我的一个手下刚刚发现，自星期六以来，柯林斯去找了德威特三次。当然，他是想找德威特赔钱。呃，我会继续监视他的，但他跟德威特的事，我也不便插手……"

布鲁诺开始懒懒地拆开面前的信件。他把两封信扔进桌上的文件筐归档。第三封信装在便宜的普通信封里，却让他大叫一声，跳了起来。布鲁诺快速浏览着那封信，萨姆眯起了眼睛。

"老天哪，萨姆！"布鲁诺大喊道，"总算找到突破口了！——噢，又怎么啦？"他对突然进门的秘书吼道。

秘书递上一张名片，布鲁诺抓起来便看。"哟，是他呀。"他用与平常迥然不同的声音嘀咕道，"好吧，巴尼，带他进来……你别走，萨姆。刚才那封信透露了非常特别的信息。但我们首先来看看这个瑞士的家伙要干什么。找上门的是因佩里亚莱。"

秘书为那个高大健硕的瑞士商人打开门，他面带微笑走进来。因佩里亚莱一身早礼服，像往常一样打扮得一丝不苟，上衣翻领上别着一朵鲜花，手杖夹在腋下。

"早上好，因佩里亚莱先生，不知有何贵干？"布鲁诺从容不迫地问道，但刚才读过的那封信已经被他藏了起来。他两手紧抓桌子边缘。萨姆也咕哝了一声，打了个招呼。

"早上好，布鲁诺检察官。早上好，萨姆先生。"因佩里亚莱先生小心翼翼地坐在布鲁诺桌旁的皮革椅上。"我只占用你们一小会儿时间，布鲁诺先生。"他说，"我已经结束了在美国的公务，准备回瑞士去。"

"这样啊。"布鲁诺看了萨姆一眼,萨姆一脸阴沉地盯着因佩里亚莱宽阔的背部。

"我已经订了今晚的船票,"瑞士人微微蹙眉道,"也叫了运输公司来运行李,但你们的一位警官却突然闯进我下榻的地方,禁止我离开!"

"你是说离开德威特先生家吗,因佩里亚莱先生?"

因佩里亚莱摇了摇头,透出些许不耐烦:"噢,不!那位警官说,我不能离开这个国家。他不允许搬运我的行李。这让我非常不安,布鲁诺先生!我是个生意人,我在伯尔尼[1]的公司需要我紧急回去处理公务,为什么我必须被扣留下来?当然——"

布鲁诺轻敲着桌面道:"现在你听我说,因佩里亚莱先生,我不知道你们国家的规矩,但你似乎还没意识到,你已经在美国牵扯进一桩谋杀案的调查了。一桩谋杀案的调查!"

"是的,我知道,但是——"

"没什么但是不但是的,因佩里亚莱先生。"布鲁诺站起来说,"我很抱歉,但你必须留在这个国家,直到哈利·朗斯特里特谋杀案告破,或者至少等官方针对此案相关人等做出某种决定。当然,你可以离开德威特家,随便搬到什么地方去——我无法禁止你这么做,但你必须留在可以响应我们传唤的地方。"

因佩里亚莱跟着站起来,僵硬地伸直了腰,脸上的愉悦神情消失了,变得丑陋起来:"但我说过了,我的生意会受影响的!"

布鲁诺耸耸肩。

---

1 瑞士首都。

"非常好！"因佩里亚莱抓起帽子戴在头上，脸红得仿佛哲瑞·雷恩先生家的炉火，"我马上去见我国领事，要求他采取适当措施，布鲁诺先生。你明白吗？我是瑞士公民，你们没有权力扣留我！再见！"

他微微点头，怒气冲冲地朝门口走去。布鲁诺微笑道："不过，我还是要劝你退掉船票，因佩里亚莱先生，没必要浪费那笔钱……"但因佩里亚莱已经消失在门外。

"算了，"布鲁诺兴致勃勃地说，"由他去吧。坐下，萨姆，咱们来看看这封信。"他从口袋里掏出信，在萨姆探长面前摊开。萨姆先扫了一眼信的末尾——没有署名。信写在廉价的四线格信纸上，用的是略带锈色的黑墨水，字迹毫无掩饰，收信人是地方检察官。

朗斯特里特被害时，我就是那辆电车上的乘客之一。我掌握了一些关于凶手的线索。我愿意将情报提供给你，检察官先生，但我很害怕凶手已对我有所觉察，而且我认为自己遭到了监视。

不过，如果本周三晚上十一点，你肯和我碰面，或者派人来见我，我就会将我知道的情况和盘托出。地点是威霍肯渡口的等候室。到时候你就会知道我是谁，我也会表明我的身份。为了我的安全，请千万别走漏消息，地方检察官先生。也不要告诉别人这封信的事，因为凶手可能会发现我说了不该说的话，而我也许会因为履行了对国家的义务而惨遭毒手。

你会保证我的安全,对不对?等星期三晚上我见到了你,你一定会很满意。这件事非常重要。在那之前,我都要小心保护好自己。我不想让人瞧见我白天去找警察说话。

萨姆小心翼翼地拿着信,放到桌上,仔细查看信封。"昨晚新泽西州威霍肯的邮戳。"萨姆喃喃道,"信上全是脏手留下的指纹。是搭那辆电车回新泽西的乘客之一……呃,布鲁诺,我完全不知道如何是好。这封信也许只是恶作剧,但也有可能是真的。这事太伤脑筋了,你怎么看?"

"很难讲,"布鲁诺盯着天花板,"看起来像一条线索。我反正会去看看,以防万一。"他嗖地跳起来,开始在房间里踱来踱去:"萨姆,我预感这条线索说不定有戏。写信的家伙,不管他是谁,都没有署名,这信看起来不像是假的。他在信里东拉西扯,对自己即将为调查做出的重要贡献颇为自负。最重要的是,一提到自己的身份可能会暴露,他就害怕得瑟瑟发抖。还有,这封信具备告密信的常见特征——冗长、唠叨、紧张——你看,他把'meet'这个词拼错了,而且有的字母't'上缺了一杠。我越琢磨就越喜欢这封信。"

"呃……"萨姆探长将信将疑,然后笑逐颜开,"这封信应该会令哲瑞·雷恩先生大吃一惊的。或许,我们不用再听他那些该死的建议了。"

"那就这么办,萨姆。我们要趁热打铁。"布鲁诺满意地搓着双手,"这样吧,你马上联络河对岸哈德孙县的伦内尔斯地方检察官，请他做出必要的安排，派新泽西的警察监视威霍肯终点站。该死，千万别又因为管辖权的问题闹出什么乱子！所有人都不能穿制服，萨姆——全部要穿便服，你也去吗？"

"谁要拦我，尽管来试。"萨姆探长板着脸，粗鲁地说道。

萨姆砰地关上门，布鲁诺地方检察官拿起桌上的一部电话，拨到哈姆雷特山庄。他平静地等待着，几乎称得上喜上眉梢。听筒里传来嘟嘟嘟的铃声。"喂！哈姆雷特山庄吗？我找哲瑞·雷恩先生……我是布鲁诺地方检察官……喂！请问您是哪位？"

一个尖锐、颤抖的声音答道："我是奎西，布鲁诺先生。雷恩先生就在我身边。"

"噢，对了，我忘了——雷恩先生听不见。"布鲁诺提高嗓门儿，"呃，请告诉雷恩先生，我有新情况要通报。"

他听见奎西苍老的声音逐字重复他的话。

"他说：'太好了！'"奎西尖锐的声音再次响起，"然后呢？"

"请告诉他，他并不是唯一知道是谁杀了朗斯特里特的人。"布鲁诺兴高采烈地说。

他认真倾听着奎西将这句话转述给雷恩，然后，他听到了清晰得惊人的声音："告诉布鲁诺先生，毫不夸张地说，这确实是新情况。是不是凶手自首了？"

布鲁诺把匿名信的内容告诉了奎西。电话另一头沉默了片刻，然后才又传出雷恩不慌不忙的声音。

"告诉布鲁诺先生，很抱歉我没法和他直接通话。请问问他，我能否参加今晚的会面？"

"噢，当然可以。"布鲁诺对奎西说，"呃——奎西，雷恩先生有没有显得很惊讶？"

布鲁诺听到电话另一头传来无比古怪的笑声——那是一种心满意足的窃笑。接着，奎西用充满狡黠与诙谐的颤抖声音说："没有，先生，他对情况发生了变化感到非常开心。他总是在期待意料之外的事。他——"

但布鲁诺地方检察官只是简单说了声"再见"，就放下了听筒。

第二场

威霍肯渡口
九月九日，星期三，晚上十一点四十分

在晴朗的夜晚，灯火辉煌的纽约市中心总是如同漆黑夜幕下的一片璀璨织锦。但星期三晚上，灯光被一层浓雾所覆盖，令人几乎难以分辨。这场大雾从白天一直持续到夜晚，经久不散。由新泽西这边的渡口码头望去，除了偶尔透出的几点模糊灯光，以及河面上令人望而生畏的灰色雾墙之外，河对岸什么都看不见。有时候，渡船会突然从雾中冒出来，底层甲板从头到尾灯火通明；在河中往返的小船像幽灵一般缓缓摸索着航道。四面八方都响起雾笛声，提醒附近船只提高警惕，但就连这样的声音也被浓雾吞没了。

威霍肯渡口后面的等候室是一幢谷仓模样的大建筑，里面聚集了十来个人，大部分都沉默不语，警惕地注意着四周。布鲁诺地方检察官站在人群中央，身材矮胖，犹如拿破仑。他每隔十秒就紧张地看一次表，疯子似的在空心地板上踱来踱去。萨姆探长则在这个大房间里四处逡巡，目光锐利地盯着各个大门和偶尔走进来的陌生面孔。整个等候室几乎没什么候船的乘客。

哲瑞·雷恩先生独自坐在离这组探员不远的地方。他优雅的外形让等候渡船和火车的乘客不禁投来好奇、有时甚至是愉快的目光。他无比平静地坐着，两膝间杵着一根样子怪可怕的粗大黑刺李木手杖，白皙修长的手指交握着放在手杖的杖头上。他身穿外罩圆领披肩的黑色长大衣，披肩松松地盖在肩头。浓密的头发上戴着一顶硬檐黑毡帽。萨姆探长不时朝雷恩瞥上一眼。他觉得自己从未见过雷恩这样的人物——从衣着、发型来看如此老气横秋，但从容貌、身材来看又如此朝气蓬勃。雷恩的五官轮廓分明、饱满有力，说他三十五岁也不为过。他泰然自若的神态也令人印象深刻，让人忍不住多看两眼。雷恩并没有故意无视旁人的好奇目光——他只是沉浸在自己的世界里，完全没有意识到旁人的存在罢了。

他炯炯有神的双眼紧盯着布鲁诺地方检察官的嘴唇。

布鲁诺走过来，不安地坐到雷恩身旁。"已经迟到四十分钟了，"他抱怨道，"看来，我们害您白跑一趟了。当然，我们就算等个通宵也得等下去。但说真的，我开始觉得我们有点傻。"

"你应该感到一丝忧虑才对，布鲁诺先生，"雷恩用清晰悦耳的声音说，"你有足够的理由忧虑。"

"您觉得——"布鲁诺皱眉道，但突然闭上嘴，身子一僵。房间另一头的萨姆探长也停下了脚步，因为外面的码头那边传来了一阵喧嚣声。

"出了什么事,布鲁诺先生?"雷恩温和地问。

布鲁诺竖起耳朵,脑袋前伸:"您听不到,当然……雷恩先生,有人在喊'有人落水啦!'。"

哲瑞·雷恩像猫一样嗖地站起来。萨姆探长咆哮起来:"码头那边出事了。"他吼道,"我过去看看!"

布鲁诺也站了起来,但有点犹豫:"萨姆,我带几个人留在这里。也许是某种圈套,我们等的人可能接下来就会现身。"

萨姆已经迈着沉重的脚步朝大门奔去。雷恩紧跟其后。六名探员跟在他们后面。

他们穿过外面遍布裂纹的木地板,停下脚步,分辨叫声传来的方向。在带屋顶的码头的最远端,一艘渡船已经抵达,船舷不停地摩擦着两侧的木桩,想靠到包着铁皮的码头边缘。当萨姆、雷恩和一帮探员赶到码头时,已有三三两两的乘客跳下了船,而其他乘客也纷纷冲出等候室。渡船顶层甲板上方的操舵室外有"默霍克"三个金字。底层甲板的北侧挤着一堆急得团团转的乘客,有的身体探出船头栏杆往下看,有的透过右舷船舱窗户往外窥视被浓雾笼罩的漆黑水面。

三名渡船工人从人群中奋力挤出来,拼命靠近船舷。紧跟着萨姆的哲瑞·雷恩突然看了眼手上的金表,时间是十一点四十分。

萨姆跳到甲板上,抓住一个瘦骨嶙峋的老渡船工人。"我是警察!"萨姆吼道,"出了什么事?"

渡船工人一脸惊恐:"有人落水啦,长官。听说是'默霍克号'正要靠近码头时从顶层甲板掉下来的。"

"落水的人是谁——有人知道吗?"

"不知道。"

"上来吧,雷恩先生。"萨姆探长对雷恩喊道,"渡船工人会把人捞上来。我们去看看人是从哪儿掉下去的。"

他们挤过船头的人群,朝船舱门走去。萨姆突然停下脚步,大叫一声,伸出一只胳膊。原来是底层甲板南侧有一个瘦小的男人要下船。

"嘿,德威特!等等!"

那个瘦小的男子裹在一件轻便大衣里,闻声抬起头来,犹豫片刻,然后折返回来。他脸色苍白,微微喘着气。"萨姆探长!"他缓缓地说,"你在这里做什么?"

"有点工作上的事。"萨姆慢吞吞地说,眼里却闪烁着激动的光芒,"你呢?"

德威特把手插进轻便大衣的左口袋,身子瑟瑟发抖。"我正要回家,"他说,"这里出什么事了?"

"我就是来调查这件事的。"萨姆亲切地说,"我们一起走吧。对了,我介绍一下,这是哲瑞·雷恩先生,他是协助我们办案的。雷恩先生是演员、大名人。雷恩先生,这位是德威特先生,朗斯特里特的合伙人。"雷恩和蔼地点了点头。德威特游移不定的目光突然落到那位演员的脸上,他认出了对方的身份,尊敬之情油然而生:"非常荣幸见到您,先生。"萨姆眉头紧锁,跟在萨姆身后的手下耐心等候着指示。萨姆伸长脖子张望,像要找什么人又没找到,于是低声咒骂了两句。

他耸了耸肩。"走吧。"萨姆厉声说,然后那魁梧的身子像锥子般扎入人群,向前钻去。

船舱内乱成一锅粥。萨姆先爬上船中部带黄铜防滑条的楼梯，其他人紧随其后。他们进入椭圆形的顶层船舱，穿过北侧的一扇门，来到漆黑的顶层甲板。探员开始借助手电筒的强光检查甲板。大概在船中央和船首之间，也就是距船头空地几英尺，靠近上方操舵室尾部的位置，萨姆找到了若干条长长的不规则的擦痕。探员都把手电筒的光朝这里照过来。擦痕从甲板另一头的十字网铁栏杆一直延伸到船舱西北角的一个小房间，或者说凹室。这小房间的西、南两面墙是船舱的外侧，北面的墙只是薄木板，东面则完全敞开。手电筒的光照进室内，甲板上的擦痕果然是从这里开始的。里面有一个工具箱，上了锁，固定在墙上，还有一些救生用具、一把扫帚、一个水桶和其他小物品。敞开的这一面中间拉着一条铁链。

"穿过铁链，找找钥匙，打开那个箱子，里面或许能找到什么。"两名探员的身影消失在室内，"吉姆，到下面去，要求所有人都留在船上。"

萨姆和雷恩走到栏杆边，德威特也跟了过来。栏杆外面，甲板还往船舷边缘伸出了两英尺半。萨姆拿着手电筒检查甲板上的擦痕，抬头对雷恩说："这里有些奇怪的东西，对吧，雷恩先生？这是鞋后跟擦出来的痕迹。有人将某种沉重的东西拖过了甲板。是尸体，老天，这是鞋后跟留下的擦痕。可能是一桩谋杀案。"

借助手电筒的微弱光芒，哲瑞·雷恩聚精会神地注视着萨姆的脸，然后点了点头。

他们从栏杆上探出身子，努力看清下面混乱的场面。萨姆用眼角余光注意着德威特。此时，这个瘦小的证券经纪人已经平静下来，似乎放弃了挣扎。

一艘警艇已在码头外端停下来,几个警察匆匆爬到滑溜的木桩顶上,把船系牢。两盏灯光强烈的探照灯突然打开,照亮了整个渡口;码头从浓雾中轮廓鲜明地浮现出来。顶层甲板现在也一片明亮。探照灯从底层甲板下方扫过,每一处细节都呈现出来。底层甲板向外突出,抵着码头侧面滑溜的木桩,看不到木桩下的水面。渡船船员和工人在木桩顶上或站或跪,对上面昏暗的操舵室大喊着指令。忽然,渡船内部传出一阵当啷当啷、轰隆轰隆的声响,渡船开始移动,从码头北侧缓缓驶向南侧。操舵室里的船长和领航员正拼命把渡船从尸体漂浮的水面挪开。

"肯定已被压成肉泥了。"萨姆实事求是地说,"正好在渡船抵到木桩前从这儿掉下去,很可能被压在船身和木桩之间,然后船继续前进,那家伙就滑到了突出的底层甲板下面。想要打捞起来会非常费劲……哇!总算看到水面了!"

隆隆作响的渡船一挪开,乌黑丑陋、漂着渣滓的油污水面就露了出来。水面翻腾,冒着泡泡。黑暗之中,一根带抓钩的绳子突然从木桩顶上抛了下去,于是警方和渡船工人开始打捞看不见的尸体。

德威特站在萨姆和雷恩中间,全神贯注地望着下面可怕的打捞作业。一名探员来到萨姆身旁。"干吗?"萨姆恶狠狠地问。

"工具箱是空的,长官。整个凹室里找不到什么可疑的东西。"

"好的。千万别破坏了甲板上的脚后跟擦痕。"萨姆嘴里吩咐道,眼睛却一直紧盯着德威特。这个瘦小的男人正用左手紧抓住潮湿的栏杆,右手肘撑在栏杆上,整只右手定定地举在自己面前。

"怎么啦,德威特先生?你的手受伤了?"

瘦小的证券经纪人缓缓转过头,低头看了看自己的右手,嘴角浮现出淡淡的笑意。然后他把右手递给萨姆检查。雷恩也靠上前来。德威特的食指上,一道新鲜的伤口,从第一根关节垂直往下延伸了一英寸半,上面已经结了一层薄薄的痂。"今天傍晚,我在俱乐部健身房里不小心被器械割了一下。就在晚餐前。"

"噢。"

"俱乐部的莫里斯医生帮我处理了伤口,叮嘱我务必小心。现在这里还有点痛。"

下方忽然爆发出一长串胜利的欢呼,萨姆和德威特迅速转身,身子探出栏杆往下看。哲瑞·雷恩眨眨眼,也跟着朝下看。"找到啦!""别急!"一条绳索沿着木桩蜿蜒而下,抓钩钩住了黑色水面下的某种物体。

三分钟后,一堆滴着水的绵软物体从河里冒了出来,底层甲板上又突然爆发出一阵尖叫———一种无意义的低语和混乱的喊叫。

"下去!"萨姆探长大喝一声。三人同时转身朝门口跑去。德威特率先跑过甲板,当他抓住门把手的时候,痛苦气恼地惊叫了起来。"怎么啦?"萨姆连忙问。德威特面容扭曲地注视着自己的右手,萨姆和雷恩看见德威特指头上有好几处的痂脱了,正在不停地冒血。

"我不该用右手去开门,"那个瘦小的男人呻吟道,"伤口裂开了。莫里斯医生警告过我,不注意的话就会这样。"

"哎呀,你死不了的。"萨姆低吼道,同德威特擦身而过,开始走下楼梯。他回头看了一眼,德威特从胸袋里取出了一块手帕,把右手松松地裹起来。哲瑞·雷恩将下巴埋在披肩里，眼睛隐藏在阴影之中。雷恩对德威特说了几句体贴的话，便跟着萨姆啪嗒啪嗒地走下楼梯。

三个人穿过右舷底层船舱，来到外面的前甲板上，发现打捞人员在那里铺开了一张帆布，捞上来的那堆东西就摆在帆布上，泡在一小摊腐臭的河水中。这是一具不成形的男人尸体，损毁严重，浑身血污，残缺不全，无法辨别容貌。他的头颅和面部烂成肉泥；从怪异的姿势看，脊椎骨似乎也断了；一只手臂状如压扁的烂泥，仿佛被压路机碾过一般。

哲瑞·雷恩的面色更加苍白了，但他努力保持镇定，紧盯着眼前这具令人毛骨悚然的尸体。即便是见惯了血腥暴力场面的萨姆探长，也不快地轻轻呻吟了一下。至于德威特，他倒吸一口寒气，立刻转过脸去，面如死灰。他们周围还有渡船船员、渡船船长和领航员、探员、警察，所有人都愁眉苦脸地看着这具尸体。

从渡船南侧的船舱传来了兴奋的叫喊，船上的乘客已被警察押进长长的船舱。

尸体是俯卧着的，下半身以不可思议的角度往后折起，偏向一边；可怕的头颅靠在甲板上。帆布上还摆着一顶湿透了的黑色遮阳帽。

萨姆跪下来，单手推了推尸体，感觉那东西就像一袋泡湿的面粉，软绵绵的，没有弹力。萨姆把尸体半翻过来，一名探员前来帮忙，两人总算将尸体完全翻过来，仰面朝上。死者是一个大块头红发男子，面目全非，让人难以辨认。萨姆发出一声惊讶的低呼：死者穿着深蓝色外套，外套口袋缝着黑革饰边，正面从领子到下摆有两排黄铜纽扣。萨姆像猛禽一样突然伸出手指,抓过甲板上的帽子——这是一顶乘务员的帽子,帽舌上的徽章里有金色编号2101,还有一行金字:第三大道电车。

"会不会是——"萨姆惊呼道,声音戛然而止。他抬起头来,目光犀利地望向哲瑞·雷恩,后者正弯着腰,全神贯注地盯着那顶帽子。

萨姆放下帽子,不带一丝感情地将手伸到死者外套的内侧胸袋中,掏出一个湿漉漉的破旧皮夹。他翻了翻皮夹,立刻跳起来,那张丑陋的面庞光彩焕发……

"就是他!"萨姆大喊道,迅速环顾四周。

布鲁诺地方检察官矮胖的身影正从等候室快步赶往渡口,轻便大衣的下摆随风飘舞。几名便衣警察紧随其后。

萨姆迅速转头对一名探员说:"加派一倍警力,监视那个满是乘客的船舱!"接着他全力伸出胳膊,挥舞手上的湿皮夹:"布鲁诺!快!我们找到要等的人了!"

布鲁诺地方检察官猛然飞奔起来,跳上船,扫了眼尸体、围观的人群、雷恩和德威特。

"怎么了?"布鲁诺上气不接下气地说,"你是说谁?写信的人?"

"没错。"萨姆嗓音嘶哑地说,用脚捅了捅尸体,"只是有人抢先了一步。"

布鲁诺瞪大双眼,再次低头查看尸体。他注意到了外套上的黄铜纽扣,还有甲板上的遮阳帽。"乘务员——!"尽管寒风刺骨,他还是摘下了自己的帽子,掏出丝绸手帕,擦了擦满头的大汗:

"你确定吗，萨姆？"

萨姆从皮夹里小心翼翼地抽出一张被水泡软的卡片，递给布鲁诺地方检察官，作为回答。哲瑞·雷恩静静走到布鲁诺身后，越过布鲁诺的肩膀仔细查看。

这是第三大道电车公司颁发的圆边员工证，上面印着2101的编号，还有一个签名。

签名十分潦草，但尚能辨认清楚，写的是：查尔斯·伍德。

第三场

威霍肯终点站
九月九日，星期三，晚上十一点五十八分

西岸铁路威霍肯终点站的等候室是一座年代久远、门窗漏风的两层建筑，如同《格列佛游记》中的大人国谷仓一样巨大。天花板上的铁桁架暴露出来，纵横交错，呈现出诡异的图案。在离地面相当高的二楼，靠近墙壁的地方，有一个围着栏杆的平台。平台连着几条通往小办公室的走廊。这里的一切都是单调肮脏的灰白色。

乘务员查尔斯·伍德被泡软的尸体放在帆布担架上，仍湿漉漉地滴着河水。穿过空荡荡、说话有回声的等候室，尸体被抬上二楼，沿着平台走廊送进了站长室。新泽西警方已经征用了整个等候室，铁路乘客都被赶了出去。一片喧嚣之中，"默霍克号"渡船南侧船舱里的乘客走过由两列警察构成的通道，被护送到终点站的等

候室。在警察的监视下，他们惴惴不安地等待着萨姆探长和布鲁诺地方检察官的发落。

萨姆下令把"默霍克号"渡船固定在码头。渡船船员商议后紧急修改了航行时刻表；浓雾中仍有渡船出入；铁路运输也被允许照常营运，只是临时售票处设在了列车棚下，乘客必须穿过等候室才能购票上车。下光了乘客的"默霍克号"上灯火通明，聚集了一堆黑压压的探员和警察。除了渡船船员和警察，其他人一律不准登船。车站二楼的站长室里，一小群人围着平躺的尸体。布鲁诺地方检察官正忙着打电话，他的第一通电话是打到哈德孙县地方检察官伦内尔斯家的。他在电话中简明扼要地解释道，死者是朗斯特里特谋杀案的目击证人——这个案子发生在布鲁诺拥有管辖权的纽约——因此，尽管伍德遇害的地点在新泽西，但他希望伦内尔斯允许他来做初步调查。伦内尔斯勉强同意后，布鲁诺立刻拨通纽约警察总局的电话。萨姆探长接过话筒，下令增派纽约的探员前来支援。

哲瑞·雷恩先生安静地坐在椅子上，仔细观察着布鲁诺的嘴唇，还有双唇紧闭、面色苍白的约翰·德威特——他被遗忘在角落里——以及举止冷静、神情愤怒的萨姆。

萨姆放下电话时，雷恩开口道："布鲁诺先生。"

布鲁诺地方检察官已经走到死者脚边，正闷闷不乐地俯视着可怕的尸体，这时转头看向雷恩，眼中突然闪出奇异的希望之光。

"布鲁诺先生，"哲瑞·雷恩说，"你有没有仔细检查过伍德的签名——就是他员工证上的亲笔签名？"

"您是什么意思？"

"我觉得，"雷恩温和地解释道，"现在的头等要务是不容置疑地证明伍德就是写匿名信的人。萨姆探长似乎认为，伍德的签名和信上的字迹出自同一人之手。虽然我非常尊重探长的意见，但我认为最好还是让专家来确认一下。"

萨姆不快地咧嘴一笑："字迹是一样的，雷恩先生，您就别为这个问题操心了。"他跪在伍德的尸体旁边翻死者的口袋，就像在摆弄裁缝店里的人体模型一样。最后，他拿着两张又皱又湿的纸站了起来：一张是第三大道电车公司意外事故报告，上面详细描述了当天下午电车和一辆汽车发生的小碰撞，伍德还签了名；另一张是贴了邮票、封了口的信，萨姆撕开封口，看完信，递给布鲁诺。布鲁诺草草浏览了一遍，又交给雷恩。伍德在信中向交通工程函授学校申请寄送资料。雷恩仔细研究了两份文件上的字迹和签名。

"你带了那封匿名信吗，布鲁诺先生？"

布鲁诺在皮夹里翻找了半天，拿出了那封信。雷恩把三张纸摊在身边的桌子上，全神贯注地查看，眼睛一眨不眨。不一会儿，他笑了起来，把三张纸还给了布鲁诺。

"抱歉，探长。"他说，"毫无疑问，这三张纸上的字迹出自同一人之手。既然我们知道，意外事故报告、给函授学校的申请信是伍德所写，那他肯定就是写匿名信的人……不过，我认为，请专家来证实萨姆探长的强烈观点仍然十分重要。"

萨姆咕哝了两声，再次跪在尸体旁边。布鲁诺地方检察官把那三张纸放回皮夹，又拿起了电话："找席林医生……是席林医生吗？我是布鲁诺，我在威霍肯铁路终点站的站长室。对，就在渡口后面……马上来……噢！好吧，忙完手头的工作就尽快过来……四点才能来？那没关系，我会派人把尸体送到哈德孙县停尸房去，你可以去那儿做尸检……是的，是的，我主张你亲自来检查。死者名叫查尔斯·伍德，是朗斯特里特案中那辆电车的乘务员……没错。再见。"

"我还有一条建议，不知当讲不当讲。"坐在椅子上的哲瑞·雷恩插话道，"布鲁诺先生，伍德在登上'默霍克号'之前，也许有渡船工人或电车工作人员同他说过话，或者见过他。"

"您的建议太棒了，雷恩先生。他们可能还没走。"布鲁诺又拿起电话，给纽约那边的渡船码头打过去。

"我是纽约县布鲁诺地方检察官，正在威霍肯终点站，这里刚刚发生一起谋杀案——噢，你们也听说了吗？——这需要你们立刻提供帮助……很好。死者是第三大道电车公司第四十二街穿城电车乘务员查尔斯·伍德，编号2101。如果有渡船工作人员今晚见过他，或者跟他说过话，就请他过来……大约一小时前，是的……还有，看你能不能顺便派个执勤的电车查票员过来，我会派警艇过去接。"

布鲁诺挂断电话，派出一名探员，去给系泊在"默霍克号"旁的警艇艇长传达命令。

"好嘞！"布鲁诺搓着手，"雷恩先生，萨姆探长检查尸体的这段时间，您是否可以陪我到楼下去？那里还有一大堆工作要做。"

雷恩站起身。他一直在用眼角余光观察孤独地蹲在角落里的德威特。"也许，"雷恩用平静的男中音说，"德威特先生也愿意跟我们一起走，你说呢？这里的画面会让他觉得很不舒服，布鲁诺先生。"

布鲁诺无框眼镜后的眼睛射出一道精光，严肃的面庞上挤出一丝微笑："是啊，当然。如果你愿意的话，就一起来吧，德威特先生。"

这个身材瘦小、头发花白的证券经纪人满怀感激地看向身穿披肩的雷恩，随雷恩与布鲁诺离开了房间。他们沿着平台边缘走过，来到楼下的等候室。

三人先后走过等候室，众人纷纷静下来，布鲁诺举起一只手："'默霍克号'渡船的领航员，请过来一下，我想找你谈谈。船长也一起过来。"

两个男人从一群乘客中走出来，步履沉重地来到布鲁诺面前。

"我是领航员——萨姆·亚当斯。"渡船领航员是个矮胖、强壮的男人，黑发，平头，模样像头公牛。

"等等。嘿，乔纳斯在哪儿？乔纳斯！"

萨姆探长手下负责做记录的探员快步跑过来，笔记本已经准备妥当。

"把这个人的证词记下来……好，亚当斯，我们正在努力确认死者的身份。尸体放在渡船甲板上的时候，你看到了吗？"

"当然看到了。"

"你以前见过这个人吗？"

"见过几百遍了，"领航员故意提了提裤子，"他算是我的朋友吧。虽然他的脸被压瘪了，但我敢手按《圣经》发誓，他就是穿城电车上的乘务员查理·伍德。"

"为什么这么肯定？"

领航员亚当斯抬起帽子，挠了挠头："为什么——不为什么，我就是知道。一样的身材,一样的红头发,一样的衣服——我说不出来为什么我知道,但我就是知道。而且,我今晚上还在船上跟他说过话哩。"

"噢!你见过他,在哪儿?操舵室吗?我想乘客去操舵室是违反规定的吧。把事情经过原原本本地告诉我,亚当斯。"

亚当斯清了清嗓子,朝附近的痰盂里吐了口痰,尴尬地瞥了一眼旁边那个瘦骨嶙峋、饱经风霜的高个男子——也就是渡船船长——然后开口道:"呃,让我想想。我认识这个查理·伍德好多年了。都快九年了,对吧,船长?"船长审慎地点了点头,将一口痰精准地吐进了痰盂:"我猜查理就住在威霍肯这边吧,因为他每天干完电车上的工作后,总是搭十点四十五分出发的渡船回来。"

"先等一下,"布鲁诺意味深长地朝雷恩点了点头,"他今晚也是搭十点四十五分出发的渡船吗?"

亚当斯似乎有点委屈:"我正要讲这个。他今晚当然还是搭的这趟渡船。呃,反正他很多年前就养成了一个习惯,要爬到顶层乘客甲板上,去享受所谓的夜晚时光。噢!"见布鲁诺不悦地皱起眉,亚当斯连忙继续道,"总之,要是查理晚上不到甲板上来跟我大喊着聊几句,我就会有点失望。当然,偶尔他休假或留在市里过夜,我就见不到他,但大部分情况下他都会乘坐'默霍克号'。"

"这很有趣,"布鲁诺地方检察官说,"非常有趣。但你得说快点,亚当斯——你知道,这可不是连载小说。"

"噢,我太慢了吗?"领航员又紧张地换了个站姿,"噢,对了,查理今晚又搭十点四十五分出发的这趟渡船,来到顶层乘客甲板,站在右舷这边,同过去一样。他对我喊道:'啊嗬,萨姆!'

095

他说'啊嚅！'，他这样叫我，主要是因为我是个船员，你知道，他在跟我开玩笑哩。噢！"布鲁诺厌恶地咧了咧嘴，亚当斯立刻正经起来。"好吧，好吧，我马上要讲到重点了。"他连忙说，"于是我也喊回去，'啊嚅！'我说，'这雾太浓了，对吧，查理？跟我老婆的爱尔兰口音一样浓！'他又喊过来——我看他的脸，就像现在我看你的脸一样清楚；他当时就在操舵室边上，灯光照着他的脸——他说：'你来说说，萨姆，这鬼天气太讨厌了，对吧？'我说：'你那边工作怎么样啊，查理？'他说：'嘿，别提了，下午还跟一辆雪佛兰撞上了，吉尼斯都气得跳起来。开车的是个该死的蠢女人。'他还说，他还说：'女人就是蠢到家了——'"

渡船船长用手肘猛地捅了下亚当斯肥嘟嘟的肚子，亚当斯惊得咕哝了一声。"少东拉西扯的，萨姆。"船长说，低沉的嗓音在房内嗡嗡回响，"你这样慢吞吞的不进港，水手会直接给你来一枪，你难道不明白？"

亚当斯突然转身面对自己的上司："你又捅我的肚子——"

"好啦，好啦！"布鲁诺厉声制止道，"都给我停下。你是'默霍克号'的船长吗？"

"是我。"瘦瘦高高的船长用深沉的嗓音说，"我是萨特船长，在这条河上开了二十一年的船。"

"他们——呃——谈话的时候，你是不是在操舵室？"

"起雾的晚上，我必须一直待在那个鬼地方。"

"当伍德冲亚当斯大喊大叫的时候，你看到伍德了吗？"

"看到了，长官。"

"你确定那是十点四十五分吗？"

"是的。"

"他们谈过话之后,你有没有再看到伍德?"

"没有了。直到他被从河里捞起来,我才再次见到他。"

"你肯定死者就是伍德吗?"

"我还没讲完呢。"亚当斯满腹牢骚地插话道,"伍德还说了点别的。他说他今晚不能多坐几趟船了——他约了人在新泽西那边见面。"

"你确定吗?你有没有听见这话,萨特船长?"

"这个多嘴的浑蛋终于说了一句有用的话,长官。还有,死者就是伍德——我见过他几百次了。"

"亚当斯,你说他今晚不能'多坐'几趟船了。他有到了对岸也不下船、继续多坐几趟船的习惯吗?"

"不能说那是一种习惯。但有时候他心情好,尤其是夏天,就会多坐几个来回。"

"我没有别的问题了,二位。"

两人转身准备离开,又听见哲瑞·雷恩威严的声音,当即停下脚步。布鲁诺搓了搓下巴。"请等一等,布鲁诺先生,"雷恩和蔼地说,"我能问他们一个问题吗?"

"当然可以,您随时问,什么问题都可以,雷恩先生。"

"谢谢。亚当斯先生,萨特船长,"领航员和船长瞠目结舌地注视着雷恩,注视着他的披肩、黑帽子以及那根模样可怕的手杖,"你们有没有看见伍德离开同你们讲话时所站的顶层甲板的位置?"

"当然看见了。"亚当斯立刻回答,"我们接到信号,把船开出去的时候,伍德朝我们挥了挥手,就回到顶层乘客甲板的遮篷下面去了。"

"没错。"萨特船长大声附和道。

"晚上开着灯的时候,你们二位从操舵室到底能看到顶层甲板的多少部分?"

萨特船长又朝痰盂里吐了口痰:"看得不太清楚。遮篷底下的部分完全看不见。晚上雾大的时候,操舵室灯光照射的范围之外,黑得就像海底一样。你也知道,操舵室是扇形构造。"

"那么,从十点四十五分到十一点四十分,你们没见或听见顶层甲板上有任何人出没,对吗?"

"嘿,听着,"船长气呼呼地说,"你有没有尝试过在大雾的晚上开船渡河?相信我,长官,你的全部心思都会用在避免撞到别的船上面。"

"很好。"哲瑞·雷恩退了回去。布鲁诺皱了皱眉,点头让领航员和船长离开。

布鲁诺站到等候室的长椅座位上,大声说:"听好了,所有看到有人从顶层甲板掉落的人,都到前面这里来!"

六个人晃了晃身子,你看看我,我看看你,然后犹犹豫豫地穿过房间。在布鲁诺不友好的审视下,六个人忸怩不安地站在那里,然后像事先训练过一样,异口同声地说起话来。

"一个个地来,一个个地来。"布鲁诺厉声道,从椅子上跳下,选中一个金发、啤酒肚的矮胖男人,"你先说——你叫什么名字?"

"奥古斯特·哈夫迈耶,长官。"小矮子紧张兮兮地说,他头戴一顶牧师戴的那种圆帽,系着一条细长的黑领带,衣服破旧肮脏,"我是个印刷工——正要下班回家。"

"印刷工下班回家,"布鲁诺抬起脚后跟前后摇晃着身子,"很好,哈夫迈耶,船靠近码头的时候,你看见有人从顶层甲板掉下来吗?"

"是的,长官。是的,长官。"

"你当时在哪儿?"

"我坐在船上的房间里——我是说船舱——就在窗户对面的长椅上。"德国人舔舔自己肥厚的嘴唇,又说,"船正要开进码头,开进那些……那些大木头棒子中间……"

"木桩?"

"对,木桩。就在那时,我看到一个又大又黑的东西,看起来像是——我好像看见了一张脸,但太模糊了——从上面什么地方掉下去的,就在对面窗户外。那东西……那东西马上就被压碎了……"哈夫迈耶从颤抖的上唇擦掉一粒汗珠,"太突然了——"

"这就是你看到的全部吗?"

"是的,长官。我大叫起来:'有人落水啦!'别人似乎也看见了,因为大伙儿全都叫了起来……"

"你可以走了,哈夫迈耶。"

小矮子松了口气,退了下去。

"呃,伙计们,你们看到的也是这样吗?"

众人齐声说:"是。"

"有没有人看到别的什么——比如那个人落下来时的脸?"

无人作答。大家面面相觑,一脸茫然。

"很好。乔纳斯！记下他们的名字、职业和住址。"探员走到六名乘客中间，例行公事般迅速询问了他们的情况。哈夫迈耶第一个发言，说完就快跑回人堆里。第二个发言的是一个脏兮兮的小个子意大利人，穿着一件色泽光亮的黑衣服，戴着一顶黑色制帽——名叫吉塞普·萨尔瓦多，是船上的擦鞋匠。他说当时他正在给人擦鞋，脸朝窗户。第三个发言的是一位衣衫褴褛的爱尔兰小老太婆，玛莎·威尔逊太太。她说，她是时代广场办公楼的清洁工，正要下班回家。她就坐在哈夫迈耶旁边，看到的情形与哈夫迈耶一模一样。第四个发言的是一名衣着整洁的大块头男子，名叫亨利·尼克松，身着惹眼的花格子西装。他说，他是廉价珠宝巡回推销员，有人从窗外跌落时，他正在船舱里溜达。最后两个都是年轻女孩，梅·科恩和露丝·托拜厄斯，她们是公司职员，说她们去百老汇"看了部好戏"，正要返回新泽西的住所。有人落水时，她们刚刚从哈夫迈耶和威尔逊太太旁边的座位上站起来。

布鲁诺发现，这六人全都没有在渡船上见过穿乘务员制服的男人——或者红头发的男人。他们吵吵嚷嚷地说，他们是从纽约那边乘坐十一点三十分出发的船。所有人否认今晚去过顶层甲板。威尔逊太太宣称自己从未去过顶层甲板——航程太短了——而且，她说天气也"太糟了"。

布鲁诺让这六人回到房间另一头的其他乘客当中，然后跟过去，对其他乘客进行了简单的询问。结果一无所获。没有乘客见过一个红发乘务员，没有乘客上过顶层甲板。所有人都声称自己是十一点三十分从纽约上船的，而且只乘坐了一趟。

* * *

  布鲁诺、雷恩和德威特再次一起上楼回到站长室。他们发现，萨姆探长被手下围着坐在椅子上，正瞪大眼睛恶狠狠地俯视着地上查尔斯·伍德那具残缺不全的尸体。三人进门时，萨姆嗖地站起来，瞪着德威特，张嘴想说什么，又强行闭上了嘴，两手猛地交握于身后，在那具四肢摊开的尸体前来回踱步。

  "布鲁诺，"萨姆压低声音说，"我要私下跟你谈谈。"布鲁诺地方检察官鼻翼动了动，走到萨姆旁边，两人低声交谈起来。布鲁诺偶尔抬起眼睛，观察德威特的神色。最后，他重重地点了点头，缓步走来，靠在桌边。

  萨姆迈着沉重而坚实的脚步走过来，丑陋的脸庞严重扭曲，看上去狰狞可怖。他径直朝德威特走去，火药味十足地发问道："德威特，你今晚什么时候登上'默霍克号'的？你搭的是哪一趟渡船？"

  德威特挺直了瘦小的身体，硬挺的八字胡竖了起来："在我回答你的问题前，萨姆探长，你能否告诉我，你有什么权力质问我的行踪？"

  "请不要让我们太为难，德威特先生。"布鲁诺地方检察官语气诡异地说。

  德威特眨了眨眼睛，努力将视线投向哲瑞·雷恩，但从这位老演员的脸色看不出他的态度——既没有支持，也没有反对。德威特耸耸肩，再次面对萨姆："好吧，我搭的是十一点三十分那趟。"

  "十一点三十分那趟？为什么你这么晚才回家？"

"我晚上待在俱乐部,城里的证券交易所俱乐部。我们在船上碰面的时候,我不是告诉过你吗?"

"你说过,你说过。"萨姆往嘴里塞了支烟,"在渡河的十分钟航程中,你有没有去过'默霍克号'顶层乘客甲板?"

德威特咬住嘴唇:"我又有嫌疑了吗,萨姆探长?我没去过顶层乘客甲板。"

"你在船上见过乘务员查尔斯·伍德吗?"

"没有。"

"如果你见到他,能认出他吗?"

"我觉得可以。我在穿城电车上见过他许多次。而且,上次你们调查朗斯特里特案的时候,我对此人印象深刻。但我可以向你保证,今晚我没见过他。"

萨姆掏出一包火柴,取出一根划着,小心翼翼地点燃香烟:"你在电车上见过伍德许多次,有没有跟他讲过话呢?"

"亲爱的探长……"德威特似乎被逗乐了。

"有还是没有?"

"当然是没有。"

"也就是说,你认识他,但从未和他说过话,而且今晚也没见过他……很好,德威特。我问你,我刚才上船的时候,你正要下船,你肯定知道发生了意外,为什么你没有好奇地留下来,看看出了什么事呢?"

微笑从德威特的唇边消失,他绷起脸,接受质问道:"没什么。我累了,想早点回家。"

"累了,想早点回家。"萨姆故意激怒对方道,"真是个好理由啊,老天……德威特,你抽烟吗?"

德威特瞪大眼睛:"抽烟?"他愤怒地重复道,转向布鲁诺地方检察官,"布鲁诺先生,"他嚷道,"这太幼稚了。我必须回答这种荒谬的盘问吗?"

布鲁诺冷冷地说:"请回答问题。"德威特再次看向雷恩,然后再次无助地环顾四周。

"是的,"他缓缓地说,疲惫的眼皮下露出一丝恐惧,"我抽烟。"

"纸烟吗?"

"不,雪茄。"

"现在带着吗?"

德威特默默将手伸进外套胸袋,拿出一个昂贵的真皮雪茄盒,上面整齐地印着烫金的姓名缩写。他将雪茄盒递给萨姆,萨姆打开盒盖,里面有三支雪茄,萨姆取出一支仔细观察。缠着雪茄的金箔带上也有"J. O. DeW."的姓名缩写。"私人定制的吧,德威特?"

"是的。我委托哈瓦那的胡恩格斯特别定制的。"

"金箔带也是?"

"当然。"

"是胡恩格斯把带子系上的?"萨姆继续追问。

"噢,废话。"德威特毫不掩饰地说,"提这种蠢问题意义何在?你脑子里有一些阴险、黑暗、愚蠢的东西,探长。没错,雪茄上的带子也是胡恩格斯系上的,然后放进盒子,装上船,运给我,等等。我能不能也问个问题:这又如何?"

萨姆探长没有作答,而是把雪茄放回盒子,将盒子放进自己深深的口袋里。德威特看到这恶意的侵占行为,整张脸都黑了,但他一言不发,只是反抗似的挺直了瘦小的身躯。

"还有一个问题,德威特。"萨姆用全世界最和蔼的口气问,"你有没有给过乘务员伍德这种雪茄?在电车上或者别的什么地方?"

"噢——我明白了。"德威特不慌不忙地说,"我现在明白了。"

没有人接话。萨姆如同猛虎般紧盯着德威特,嘴里耷拉着的香烟已经熄灭。

"我终于被将军了,"德威特压制着怒火继续说,"是吧,探长大人?你下了一手妙棋。没有,我从没给过乘务员伍德这种雪茄,电车上没有,其他地方也没有。"

"很好,德威特,非常好。"萨姆哈哈大笑,"因为,我在死者的背心口袋里找到了一支你这种特别定制的雪茄,金箔带上还有你的姓名缩写!"

德威特痛苦地点了点头,仿佛早就预见到了萨姆会这样说。他张开嘴,又闭上,再张开,用阴沉的语气说:"既然如此,我猜我会因为涉嫌谋杀此人而被捕,对吧?"说完,他笑了起来——是老人那种断断续续、令人难堪的咯咯怪笑。"我不是在做梦吧?我的一支雪茄在被害人身上!"他跌坐进身边的椅子里。

布鲁诺一本正经地告诉他:"没人说要逮捕你,德威特先生……"

这时,门口忽然进入一大群人,带队的身穿警艇艇长制服。

布鲁诺不再说话,向艇长投去询问的眼神。艇长点点头,离开了。

"进来吧,伙计们。"萨姆用和蔼可亲的声音说。

刚到的众人畏畏缩缩地进入房间。其中一人是那名爱尔兰司机帕特里克·吉尼斯,朗斯特里特遇害时,他就在驾驶那辆电车;第二个是一位瘦削的老人,衣衫褴褛,头戴鸭舌帽,他说他叫彼得·希克斯,是纽约那边的渡船工人;第三个是一位满脸风霜的电车查票员,他说他在穿城电车的终点站工作,就在第四十二街尽头的渡船码头外面。

他们身后出现了好几名探员,其中也有皮博迪副队长。皮博迪后面隐约可见达菲警佐宽阔的肩膀。所有人的视线都本能地投向帆布上的尸体。

吉尼斯瞟了一眼伍德的尸体,痉挛似的吞了下口水,满眼惊恐地转过头去,看上去马上就要呕吐了。

"吉尼斯,你要不要正式辨认一下死者?"布鲁诺问。

吉尼斯嘟哝道:"老天,看看他的脑袋……是查理·伍德,没错。"

"你确定?"

吉尼斯伸出一根颤抖的手指,指着尸体的左腿。由于同码头侧面和木桩不停地撞击,裤子已经撕裂;除了穿着鞋袜的地方,左腿其他部分完全暴露了出来,可以看见小腿上有一条很长的伤疤,一直延伸到黑袜子里边。这伤疤弯弯曲曲的,在尸体上呈现出特别的青灰色。

"这伤疤,"吉尼斯用嘶哑的声音说,"我见过很多次。查理刚到电车公司上班,我们还没有被调到穿城电车上工作时,他就给我看过这道疤。他告诉我，那是很多年前的一场事故造成的。"

萨姆将尸体的袜子脱掉，把触目惊心的伤疤全部暴露出来。这道伤疤，从脚踝上方一点点一直延伸到膝盖下方，中间在小腿上绕了个弯。"你确定这就是你之前看到的那道伤疤？"萨姆问。

"是同一道伤疤，没错。"吉尼斯气息虚弱地答道。

"好了，吉尼斯，你可以走了。"萨姆站起身，拍了拍膝上的尘土，"该你了，希克斯。关于今晚伍德的行踪，你有什么要告诉我们的吗？"

精瘦结实的老渡船工人点点头："当然有，长官。我和查理很熟——他几乎每天晚上都搭渡船回家，总会停下来同我说两句。今天晚上，十点半左右，查理来到渡口等候室，和往常一样同我聊天。现在回想起来，他当时有点紧张。我们只是东拉西扯了一会儿。"

"时间确定吗——十点半？"

"当然确定。我必须密切注意时间——渡船都得按时出发，长官。"

"你们谈了些什么？"

"呃——"希克斯咂了咂皮革一样的嘴唇，说，"我们聊了下。他拿着手提包，我就问他，昨天晚上是不是又留在城里过夜了——你知道，有时候他会留在城里过夜，随身带些干净衣服——但他告诉我没有，这只是他今天不上班的时候买的二手包，原来那个手提包的提手坏了，而且——"

"什么样的手提包？"萨姆问。

"什么样的？"希克斯抿起嘴唇，"没什么特别的地方，长官。就是花一块钱哪儿都买得到的那种便宜黑手提包，四方形的。"

萨姆对皮博迪副队长示意道："去看看楼下等候室里有没有人拿着希克斯形容的那种手提包。'默霍克号'上也要开始搜查——顶层甲板、操舵室……每个地方，从上到下，不留死角。另外，让警艇上的伙计们去水里找找——可能被扔到河里了，也可能是尸体落水时一起掉下去的。"

皮博迪领命离开。萨姆又转身面对希克斯，正要开口问话，哲瑞·雷恩温柔地插话道："不好意思，萨姆探长，我打个岔……希克斯，你们聊天时，伍德有没有抽过雪茄？"

希克斯瞪眼看着这幽灵般的询问者，但还是毫不迟疑地答道："当然抽过。事实上，我还找查理要过一支。我有点喜欢那种克雷莫牌雪茄。总之，他在外套口袋里摸了半天——"

"我想他也摸过背心口袋吧，希克斯？"雷恩说。

"是啊，背心口袋也摸了，全身所有口袋都掏遍了，然后他说：'没了，我想我全抽光了，皮特。这就是最后一支。'"

"问得好，雷恩先生。"萨姆不情不愿地说，"你确定他抽的是克雷莫牌雪茄吗，希克斯？他身上没有别的牌子的雪茄？"

希克斯悲哀地答道："我刚刚告诉过这位先生了，长官……"

德威特没有抬头，石化一般坐在椅子上。从他的眼神很难判断他是否听见了刚刚的问答。他的眼睛闪闪发光，充满血丝。

"吉尼斯，"萨姆说，"伍德今晚结束工作时，有没有带手提包呢？"

"带了，长官。"吉尼斯有气无力地答道，"就像希克斯说的

107

一样,他今晚十点半下班,那个手提包整个下午都放在车上。"

"知道伍德住什么地方吗?"

"威霍肯这边的出租屋——林荫大道2075号。"

"有亲人同住吗?"

"我想没有。至少他没结婚,而且在我的记忆里,关于亲人,他一个字都没提过。"

"还有一件事,长官,"渡船工人希克斯插话道,"查理和我聊天的时候,他突然指着一个穿得严严实实的瘦小老头儿给我看,那家伙下了出租车,鬼鬼祟祟地溜进售票处,买了张船票,将票扔进票箱,进入等候室,在不显眼的地方默默等船,像是不想被人看到一样。查理偷偷告诉我,那小矮子是证券经纪人约翰·德威特,牵扯进了查理车上发生的那桩谋杀案。"

"什么!"萨姆咆哮道,"你说这是十点半左右的事?"他恶狠狠地瞪向德威特,德威特刚刚站起来,现在又坐了回去,身子前倾,双手紧抓椅子扶手。"说下去,希克斯,说下去!"

"呃,"希克斯慢吞吞地说,让人听了不禁恼火,"查理看到德威特之后,好像有点紧张……"

"德威特看到伍德了吗?"

"应该没有吧。他始终缩在角落里,独自一人。"

"还有呢?"

"呃,十点四十分船进来了,我就得去干活了。我的确看到这个德威特上船了。查理和我道了别,也上船了。"

"你没有弄错时间吧——那趟船是十点四十五分开的吧?"

"啰唆!"希克斯极其反感地说,"这个我说过一百遍了吧!"

"你让开，希克斯。"萨姆推开渡船工人，阴沉着脸俯视着证券经纪人，后者正心神不宁地摘着外套上的小毛球，"德威特！看着我。"

德威特缓缓抬起头，眼里的痛苦甚至令萨姆探长心头一惊。

"希克斯，伍德指给你看的是不是这个人？"

希克斯伸出细长的脖子，瞪大鱼眼睛，审慎地观察着德威特的面庞。"没错，"他最后说，"没错，就是这个小矮子，我可以发誓，长官。"

"很好。希克斯、吉尼斯，还有这个人——电车查票员，对吧？——现在没你们的事了，到楼下去，等候我的指令。"三个人不情愿地离开了房间，哲瑞·雷恩出人意料地坐下来，手拄拐杖，忧伤地注视着证券经纪人紧绷的面孔。在雷恩晶莹清澈的眼眸深处，浮现出隐隐的疑惑——一个尚未做出的判断，一个悬而未决的问题。

"既然这样，约翰·O.德威特先生，"萨姆发出低沉的怒吼，气势汹汹地逼近矮小的男人，"给我们解释一下，为什么别人看到你登上的是十点四十五分出发的渡船，而你刚才说你搭的是十一点三十分出发的渡船？"

布鲁诺微微动了下身子，神情严肃地说："在你回答问题之前，德威特先生，我有责任先警告你，你说的任何话都可能成为指控你的证据。这里有速记员记下你说的每一个字。如果你不愿意，就不必回答。"

德威特使劲咽了口唾沫，用细长的手指摸了摸衣领下方，想努力挤出一个微笑，但徒劳无功。"这是玩弄事实的悲惨后果……"

他站了起来,喃喃道,"是的,先生们,我的确撒了谎,我搭的是十点四十五分出发的渡船。"

"记下来了吗,乔纳斯?"萨姆大叫道,"你为什么要撒谎,德威特?"

"这个问题,"德威特平静地说,"我不得不拒绝做出解释。我约了某人在十点四十五分出发的渡船上碰面,但这纯属私事,和这件可怕的谋杀案毫无关系。"

"呃,如果你约了某人在十点四十五分出发的渡船上碰面,那你他妈的为什么十一点四十分还在船上?"

"拜托,"德威特说,"请不要口吐秽言,探长。我不习惯你这样跟我说话。如果你坚决不改,那我也绝不会再开口说一个字。"

萨姆将到嘴边的脏话又咽了回去,见布鲁诺朝自己迅速投来一瞥,只好深吸一口气,用不那么充满挑衅意味的口吻继续道:"好吧。请问你为什么十一点四十分还在船上?"

"这就好多了。"德威特说,"因为我等的那个人没有在约定的时间出现,我猜他或许有事耽搁了,就留在船上,一共坐了四趟。直到十一点四十分,我才决定放弃,准备回家。"

萨姆窃笑道:"你认为我们会相信你吗?你等的那个人是谁?"

"抱歉,我无可奉告。"

布鲁诺冲德威特摇了摇手指:"你应该明白,德威特先生,你正把自己放到一个非常微妙的位置。你肯定已经意识到,你讲的故事十分站不住脚——在现在这种情况下,如果没有具体的证据,我们是不可能采信的。"

德威特抿着嘴唇，纤细的双臂抱在胸前，紧盯着墙壁。

"好吧，"萨姆探长毫不退让地追究到底，"也许你可以说说你们是怎么约定的。随便有什么记录都可以——信件，或者听见你们对话的证人，有吗？"

"约会是今天早上在电话里商定的。"

"你是说星期三早上吧？"

"是的。"

"对方给你打的电话？"

"是的，打到我华尔街的办公室。我的接线员不会记录外面打进来的电话。"

"你认识打电话给你的那个人？"

德威特缄默不语。

"你刚刚说，"萨姆继续道，"你之所以试图悄悄下船，只是因为你等得不耐烦了，决定返回西恩格尔伍德的家，对吧？"

"我觉得，"德威特嘟哝道，"你不会相信我的这个说法。"

萨姆脖子上青筋暴起："你完全说对了，我就是不信！"

萨姆粗暴地抓住布鲁诺的手臂，把他拉到墙角，两人兴奋地耳语起来。

哲瑞·雷恩叹了口气，闭上眼睛。

* * *

就在这时候，皮博迪副队长带着五个人从等候室回来了。后面的探员们拿着五个廉价的黑色手提包，匆匆进入站长室。

萨姆连忙问皮博迪:"呃,这是怎么回事?"

"找到几个你要我们找的那种手提包,还有——"皮博迪龇牙一笑,"它们忧心忡忡的主人。"

"在'默霍克号'上找到什么没有?"

"没有手提包的踪迹,长官。而且到目前为止,警艇上的伙计们在河里也一无所获。"

萨姆走到门边,咆哮道:"希克斯!吉尼斯!上来!"

渡船工人和电车司机跑上楼梯,进入房间,看上去惊恐不已。

"希克斯,你看看这些手提包,有伍德的那个吗?"

希克斯仔细打量地板上的那堆手提包:"呃——我觉得每个都有点像,没法下定论。"

"你觉得呢,吉尼斯?"

"很难说,它们看上去都差不多,探长。"

"好,你们滚吧。"两人离开了。萨姆撅着坚实的臀部蹲下,打开一个手提包。老清洁工玛莎·威尔逊太太愤怒地倒吸一口凉气,然后抽泣起来。萨姆扯出一捆脏兮兮的工作服、一个午餐盒,还有一本平装小说。他一脸嫌恶地开始检查第二个手提包,推销员亨利·尼克松发出愤怒的抗议。萨姆狠狠瞪了他一眼让他闭嘴,然后撕开手提包,里面有几个硬纸板托盘,覆着羊毛布,上面摆着廉价珠宝和小饰品,此外还有一摞印着他名字的空白订单。萨姆把这个手提包扔到一边,再看第三个,里面只有一条肮脏的旧长裤和一些工具。萨姆抬起头,只见萨姆·亚当斯、"默霍克号"的领航员正焦急地看着他。"你的?""是的,长官。"萨姆探长又打开另外的两个手提包:其中一个属于魁梧的黑人码头工人伊莱亚斯·琼斯,里面放着一套换洗衣服和一个午餐盒;另一个包里装着三片尿布、半瓶奶、一本廉价书、一盒安全别针,还有一块小毯子,它们属于一对年轻夫妻,丈夫名叫托马斯·科科伦,怀里抱着个昏昏欲睡、一脸不高兴的婴儿。萨姆用低沉的嗓音问了句话,婴儿好奇地盯了他一会儿,然后在父亲的臂弯里扭来扭去,脑袋埋在父亲的肩上,开始号啕大哭,刺耳的尖叫立刻充斥了站长室。一个探员窃笑起来。萨姆也无奈地苦笑两声,把手提包归还给六名乘客,让他们离开。哲瑞·雷恩发现有人匆匆找来几个空袋子盖在尸体上,不由得露出欣慰的微笑。

萨姆探长派出一名部下,去通知司机吉尼斯、电车查票员和渡船工人希克斯可以走了。

一名警察进来,对皮博迪副队长耳语了几句。皮博迪失望地呻吟道:"长官,河里什么也没找到。"

"呃,我猜伍德的手提包一定被扔出船外,沉到河里去了,很可能再也找不回来了。"萨姆嘟哝道。

达菲警佐噔噔噔地跑上楼,上气不接下气,被墨水染红的手里抓着一捆字迹潦草的纸:"这是楼下所有人的姓名和住址,探长。"

布鲁诺快步走上去,视线越过萨姆的肩头,仔细查看渡船乘客清单。他和萨姆似乎在寻找什么人。他们一张一张地检查,然后仿佛互相道贺般对视一眼,布鲁诺地方检察官紧抿住嘴唇。

"德威特先生,"布鲁诺厉声道,"你或许会觉得很有趣,因为在搭乘朗斯特里特遇害的那辆电车的所有乘客当中,今晚只有你在这艘渡船上。"

德威特眨眨眼，呆呆地望着布鲁诺的脸，然后微微颤抖着低下头去。

"你所说的，布鲁诺先生，"一片沉默中，传来哲瑞·雷恩冷静的声音，"也许全是事实，但我敢说，你永远也无法加以证明。"

"啊？为什么？"萨姆怒吼道。布鲁诺则眉头紧锁。

"亲爱的探长，"雷恩轻声道，"你肯定已经注意到，在船上发生骚动之后，你和我赶去船上的时候，'默霍克号'上已经有许多乘客下船离开了。这一点你是否考虑过？"

萨姆噘起嘴："哼，你觉得我们不会追查这些人吗？"他气势汹汹地说，"你觉得我们不会查个一清二楚吗？"

哲瑞·雷恩微笑道："对案情做出判断时，你怎么可以如此肯定呢，探长？你怎么知道自己没有遗漏某个乘客呢？"

布鲁诺对萨姆耳语了两句；德威特再次可怜巴巴、满怀感激地盯着哲瑞·雷恩。萨姆晃动着壮硕的身躯，向达菲警佐大声下了道命令，警佐就离开了。

萨姆朝德威特勾了勾手指："跟我下楼。"

证券经纪人默默起身，在萨姆探长之前走出了门。

三分钟后，他们又回来了。德威特仍然沉默不语，萨姆则看上去面带愠色。"没什么发现。"萨姆压低声音对布鲁诺说，"没有一个乘客关注德威特足够长时间，无法证明他可疑。有一个人说似乎记得德威特在角落里独自待了一会儿，但德威特说，他是为了这次所谓的约会而故意不惹人注意的。真是见鬼了！"

"但这一点恰恰对我们有利呀，萨姆。"布鲁诺说，"伍德的尸体被从顶层甲板扔下去的时候，德威特没有不在场证明。"

"我倒是希望有乘客说看到德威特从甲板上下来。我们要怎么处置他？"

布鲁诺摇摇头："今晚就先放了他吧。他可不是个小角色，我们在采取行动前必须握有铁证才行。派几个人盯住他，尽管我觉得他应该不会逃跑。"

"那就听你的。"萨姆大步走到德威特面前，目光炯炯地俯视着他的眼睛，"今晚就到此为止，德威特。回家去吧，但请你同地方检察官保持联络。"

德威特一言不发地站起身，动作僵硬地抚平外套，将毡帽戴在满头白发的脑袋上，环顾四周，叹了口气，拖着沉重的脚步走出站长室。萨姆立刻伸出食指，示意两名探员迅速跟上证券经纪人。

布鲁诺穿上轻便大衣。站长室里的众人抽着烟，七嘴八舌地议论起来。萨姆跨立在死者身上，弯腰掀开盖在被压烂的头颅上的袋子。"你这个笨蛋，"他咕哝道，"你至少可以在那封怪里怪气的信里写出杀害朗斯特里特的凶手X的名字呀……"

布鲁诺走过来，手放在萨姆肌肉发达的胳膊上："好啦，萨姆，别把自己弄得神经错乱了。对了，有没有派人给顶层甲板拍照呢？"

"手下的伙计正在拍。噢，达菲，查得怎么样了？"见达菲气喘吁吁地进了门，萨姆问道。

达菲摇了摇那颗笨重的脑袋："根本找不到那些提前溜走的乘客。就连走了多少人都查不出来。"

众人沉默良久。

"噢，这该死的案子太恼人了！"萨姆怒吼道，回声在空寂的房间中嗡嗡作响。他急得团团转，就像一条愤怒地追逐自己尾巴的狗，"我要带几个伙计去伍德住的出租屋。布鲁诺，你要回家吗？"

"我想我还是回去吧。但愿席林医生顺利完成尸检。我同雷恩一起走。"他转过身，戴上帽子，看向雷恩刚才坐的地方。

他的脸上顿时写满惊讶。

雷恩先生已经不见踪影。

第四场

萨姆探长的办公室
九月十日，星期四，上午十点十五分

警察总局萨姆的办公室里，一个高大的男人在椅子里不安地扭来扭去，翻翻杂志，剪剪指甲，望望窗外单调昏暗的天空，嘴里的雪茄都咬碎了——门打开时，他嗖地跳了起来。

萨姆那张丑陋的面庞同外面的天气一样阴沉。他阔步走来，把帽子和外套猛地扔到衣帽架上，重重地跌坐在桌子后面的转椅上，自顾自地发着牢骚，对面前坐立不安的高大男人视而不见。

萨姆拆开信件，通过内线电话厉声下达了几道命令，向一名男秘书口述了两封信。然后才屈尊将凌厉的目光投向面前那个张皇失措的男人。

"我说,莫舍,你想为自己辩解些什么?在今天结束之前,你还可以去巡逻一圈。"

莫舍结结巴巴地说:"我……我可以把所有的事都解释一下,长官。我是……我是……"

"赶紧说,莫舍。你这是在说工作上的事,别磨蹭。"

莫舍倒吸一口气:"我昨天就像您吩咐的那样,全天都跟着德威特。我整晚都待在证券交易所俱乐部附近,十点十分看到德威特出来,钻进一辆出租车,让司机去渡口。我坐上另一辆出租车继续跟踪。我坐的那辆车从第八大道转入第四十二街时遇到了堵车。我们同另一辆车发生了剐蹭,大闹一场。我跳下来,又上了另一辆出租车,飞快地沿着第四十二街追下去,但德威特坐的那辆出租车已经消失在车流里了。我知道他正要去渡口,所以我们继续在第四十二街上行驶,到达码头时,正好有一趟渡船开出,得等两三分钟才有下一趟。我们乘船到了威霍肯,我连忙前往西岸铁路等候室,但没有见到德威特的踪影。我看了一眼时刻表,发现一趟前往西恩格尔伍德的火车刚刚出发,要到午夜才有另一趟。这种情况下,我能怎么想?我很确定,德威特一定坐上了那趟前往西恩格尔伍德的火车,于是我跳上一辆公交车,赶往西恩格尔伍德……"

"太倒霉了。"萨姆探长承认道,语气中的火药味消失了,"说下去,莫舍。"

探员长吸一口气,放松下来:"就这样,我赶超了那趟火车,等着它进站,可德威特竟然不在那趟车上。我不知道该怎么办——

我觉得说不定我最后还是把他跟丢了,或者在我因为出租车事故脱不开身时,被他甩掉了。于是我打电话回总局向你报告,楼下的金说你出去查案了,要我坚守原地,观察情况,所以我就跑到德威特的住处,在房外监视。午夜过后很久德威特才回家——应该在凌晨三点左右,坐出租车回来的。然后,负责跟踪他的格林伯格和奥哈勒姆出现了。他们告诉我,渡口那边发生了命案,还有其他种种情况。"

"好,好,你走吧。去接替格林伯格和奥哈勒姆。"

莫舍匆匆离去后不久,布鲁诺地方检察官就满面愁容地走进萨姆的办公室。

布鲁诺跌坐进一把硬椅里:"呃,昨晚后来发生了什么?"

"你刚离开码头,哈德孙县的伦内尔斯就来了。我和他的手下一起去搜伍德住的出租屋。没发现什么线索,布鲁诺。只有一堆常见的垃圾。又找到了一些有他笔迹的样本。你找弗里克对比过匿名信上的字迹和伍德的其他字迹吗?"

"我今早碰到了他,他说匿名信上的字迹同其他字迹完全一致,无疑就是伍德所写。"

"呃,在我看来,我在伍德房间里发现的这几份样本,也都出自同一人之手。给你吧——你可以交给弗里克再鉴定一次。这肯定会让雷恩高兴的——那个老怪物!"

萨姆把一个长长的信封扔过桌子,落在布鲁诺那头。布鲁诺把信封叠起来,塞进皮夹。

"我们找到了——"萨姆继续道,"一瓶墨水和一些信纸。"

"笔迹核实一致的话,这些东西相对来说就不重要了。"布鲁诺地方检察官有气无力地说,"但我还是让人鉴定了墨水和信纸,结果也是一致的。"

"很好。"萨姆迅速翻了翻桌上的一摞文件,"这是今天早上送来的报告,其中一份是关于迈克·柯林斯的。为了套他的话,我们的一名探员故意告诉他,我们已经知道,上星期六之后他偷偷找过德威特。柯林斯像先前那样火冒三丈,但也承认自己找过德威特,还承认他找那老小子是为了讨个说法,因为朗斯特里特的错误股票消息害他赔了钱。他说德威特冷冷地拒绝了他——我觉得德威特那老小子这样做无可厚非。"

"你今天早上对德威特的看法改变了呀?"布鲁诺叹气道。

"哪有!"萨姆低吼道,"这是另一份报告。我手下一个伙计发现,自上星期六以来,德威特搭过两次查理·伍德的电车。那伙计叫莫舍——他昨晚被派去跟踪德威特,但他搭的出租车撞到别的车,结果他就把德威特跟丢了。"

"有意思。但从某种意义上说,也太糟了。如果这个叫莫舍的家伙昨天整晚都盯着德威特,情况可能就不一样了。莫舍有可能会目击德威特杀人。"

"呃,我现在感兴趣的是这份报告:自上星期六以来,德威特搭过两次伍德的电车。"萨姆用低沉的声音说,"你有没有想过,伍德是怎么知道谁杀了朗斯特里特的?谋杀发生当晚他当然一无所知,否则肯定会多少告诉我们一点。布鲁诺,这份两次搭电车的报告非常重要!"

"你的意思是,"布鲁诺沉吟道,"伍德可能无意中听到了什么……嘿!莫舍有没有发现德威特是跟什么人一起搭电车的?"

119

"没那么走运。德威特是一个人搭电车的。"

"那他可能掉了什么东西,被伍德发现了。萨姆,我觉得这条线索值得好好调查。"布鲁诺脸色一沉,"如果他写信时没有那么恐惧就好了……哎,木已成舟,多想无益。还有其他发现吗?"

"就这些了。朗斯特里特办公室那边的信件呢?有新发现吗?"

"没有。但我发现了一件有意思的事。"布鲁诺地方检察官答道,"你知道吗,萨姆,我们根本没找到朗斯特里特的遗嘱!"

"但我记得彻丽·布朗说过——"

"那似乎是朗斯特里特哄骗女人上钩的手段。我们搜了他的办公室、他的家、他的漂亮公寓、他的保险箱、他的俱乐部柜子,还有其他所有的地方,完全没有类似遗嘱的文件。朗斯特里特的律师,那个讼棍尼格利说,朗斯特里特从来没有委托他立过遗嘱。事情就是这样。"

"只是哄骗彻丽女士的,对吧?就像哄骗其他女人一样。他就没有亲戚吗?"

"没发现。萨姆,老小子,处置朗斯特里特实际上并不存在的遗产可是相当棘手。"布鲁诺做了个鬼脸,"他没有留下任何财产,只有一大笔债务。他唯一的资产是德威特与朗斯特里特证券经纪公司的股份。当然,如果德威特愿意买下朗斯特里特的股份,那就有些实实在在的财产……"

"请进,医生。"

席林医生走进萨姆探长的办公室,头上仍然戴着那顶布帽——每个人都猜他是秃头,但从没有人证实过。他眼圈红了,圆眼镜后面的眼睛呆滞无神。他正用一根不卫生的象牙牙签剔着牙。

"早上好，二位。你们会不会说'席林医生，您忙了一个通宵呀'？不，你们不会说的。"他叹了口气，坐进萨姆的一把硬椅子里，"我在哈德孙县那间高级停尸房里一直待到凌晨四点后才出来。"

"验尸报告出了？"

席林医生从胸袋里取出一张长长的纸，扔到萨姆面前的桌子上，头靠椅背，转眼就睡着了。他那张圆胖可爱的脸松弛下来，肥肉层层堆叠；他大张着嘴，牙签仍插在齿间晃荡；然后，他毫无预警地突然打起鼾来。

萨姆和布鲁诺连忙阅读那份字迹工整的报告。"什么都没有嘛。"萨姆嘟哝道。"一堆司空见惯的废话。嘿，医生！"萨姆怒吼起来，席林奋力睁开小小的圆眼睛，"这儿可不是廉价旅馆，想打瞌睡就回家去，我会设法保证二十四小时左右不发生谋杀案的。"

席林医生挣扎着站起来。"好，那就拜托了。"他说，摇摇晃晃地朝门口走去，却忽然停下脚步，因为门在他面前打开了，他发现哲瑞·雷恩先生正面带微笑地俯视着他。席林医生直瞪瞪地望着雷恩，道了声歉，站到一边。雷恩步入房间，法医打了个大大的哈欠，出了门。

萨姆和布鲁诺站起身。布鲁诺苦笑道："请进，雷恩先生，请进。昨晚我还以为您凭空消失了呢。您到底上哪儿去了？"

雷恩坐到椅子上，将黑刺李木手杖夹在双膝之间："我是演员，当然会有戏剧性的表现，布鲁诺先生。保证舞台效果的首要原则就是戏剧性地退场。但不幸的是，我的消失并非别有用心。有必要见到的情况，我都已经见到了，留下来也是无事可做，所以我就回我的庇护所哈姆雷特山庄去了……啊，探长！在这个阴沉的早晨，你心情如何？"

"不好不坏。"萨姆兴味索然地答道，"对一个老演员来说，您起得可真早，不是吗？我以为你们戏子——对不起，雷恩先生——我以为演员都是一直睡到午后才起床的。"

"你这话有些刻薄，探长，"哲瑞·雷恩眨了眨清澈明亮的眼睛，"我从事的这一行，是寻找圣杯不再流行之后最具活力的职业。我今天早上六点半起床，按惯例早饭前游泳两英里；然后在餐桌前满足了我向来旺盛的食欲；接着试戴了奎西昨天制作的新假发，他对此颇为自豪；后来我和我的导演克罗波特金、我的舞台设计师弗里茨·霍夫商讨问题，再阅读我收到的大量信件；最后我饶有兴致地研究1586年至1587年同莎士比亚有关的资料——然后十点三十分就来到了这里。对一个平凡的日子而言，这是个美好的开始，你说呢，探长？"

"当然，当然。"萨姆说，尽量让自己的语气听上去和蔼可亲，"你们退休的人没有我们这些上班族那些头疼事，比如说——谁杀了伍德？不过，雷恩先生，我不会再向您请教您所谓的X是谁了——尽管您已经知道是谁杀了朗斯特里特。"

"萨姆探长！"老演员喃喃道，"你要逼我用勃鲁托斯的话答复你吗？'您还有些什么话要对我说的，我也愿意耐心静听，等有了适当的机会，我一定洗耳以待，畅聆您的高论，并且还要把我的意思向您提出。在那个时候没有到来以前，我的好友，请您记住这一句话。'[1]"雷恩笑起来,"你们拿到伍德的验尸报告了吗?"

萨姆看着布鲁诺,布鲁诺也看着萨姆,然后同时放声大笑,心情多少愉悦了一点。萨姆探长拿起席林医生的报告,一言不发地递给雷恩。

雷恩把报告高举在眼前,专心致志地研读。这是一份简洁的报告,用德式花体字一丝不苟地写成。阅读的时候,雷恩偶尔会停下来,闭上眼睛,集中精神思考。

报告上说,伍德被抛下船时已经昏迷,但并未死亡。昏迷是头部遭到重击造成的,但颅骨并未破裂。这个推断可由伍德肺部有少量积水证明,这表明死者在落水后的头几秒还活着。于是报告得出推论:伍德遭到钝器袭击头部,失去知觉后被从船上抛入水中,落水时还活着,但很快就夹在"默霍克号"侧面与松散的码头木桩之间,被挤压身亡。

报告继续写道,死者肺部还有微量尼古丁,并无异常,很可能是因为死者生前只是普通吸烟者。左腿的伤疤估计至少有二十年历史。那是一条又长又深的丑陋伤口,当年处理伤口的人相当不专业。血糖虽然有点高,但不足以导致糖尿病。有明显的酒精中毒迹象,很可能死者生前比较喜欢喝烈酒。从身体状况判断,死者是强壮的中年男子,红发,手指张开,指甲形状不规则,表明他是体力劳动者。右腕有骨折迹象,但有些年头了,而且愈合良好。左臀有一小块胎记;还有一道两年前留下的阑尾炎手术伤疤;一根肋骨也

---

[1] 出自莎士比亚戏剧《裘力斯·恺撒》第一幕第二场。

123

有断裂的痕迹，至少有十一年的历史，现在已充分愈合。体重二百零二磅，身高六英尺半英寸。

哲瑞·雷恩读完报告，微笑着还给萨姆探长。

"您看出什么有用的东西吗，雷恩先生？"布鲁诺问。

"席林医生做事真是一丝不苟，"雷恩答道，"这是一份非常优秀的报告。如此残缺不全的尸体，他居然能检查得如此全面，真是了不起。到今天早晨为止，你们查出约翰·德威特的嫌疑有多大？"

"您对他这么感兴趣？"萨姆没有正面作答。

"非常感兴趣，探长。"

"我们派了人手，"布鲁诺连忙说，仿佛这就算回答了问题，"昨天监视了他一天。"

"你没有对我隐瞒什么吧，布鲁诺先生？"雷恩轻声道，接着站起来，理了理披肩，"但我相信你没有……探长先生，谢谢你给我那张朗斯特里特的清晰照片。在一切落幕之前，这张照片可能很有用。"

"噢，别客气。"萨姆回答道，语气突然亲切起来，"我说，雷恩先生，我觉得应该坦白告诉您，布鲁诺和我都认为德威特最可疑。"

"真的？"雷恩灰绿色的眼睛从萨姆扫到布鲁诺地方检察官身上，然后眼神模糊起来，把手杖握得更紧了些，"我就不再打搅二位的工作了。我自己今天的行程也排得很满。"他大步走过房间，在门口转过身。"不过，请允许我诚恳地劝告二位，现阶段不要对德威特采取明确行动。我们正处在关键时刻，二位，我说的是'我们'。"雷恩鞠了一躬,"请务必相信我。"

雷恩轻轻关门离开时,萨姆和布鲁诺无可奈何地摇了摇头。

第五场

哈姆雷特山庄
九月十日,星期四,中午十二点三十分

如果萨姆探长和布鲁诺地方检察官星期四中午十二点半出现在哈姆雷特山庄,一定会怀疑自己的感官是否可靠。

他们会看到一个变化不定的哲瑞·雷恩——一个只剩一半的雷恩,眼睛和声音与平时的雷恩一样,但服装相较于平时却大为滑稽,而他那张脸在老奎西的灵巧双手的打扮下,正在经历惊人的变化。

哲瑞·雷恩笔直地坐在一把直背硬椅上,他面前的三垂面反射镜从不同的角度分别映出了他的全脸、四分之三脸和脑后部。一盏电灯强烈的蓝白色光线直射在他脸上,房间里的两扇落地窗的深黑色窗帘关得严严实实,外面的灰白光线丝毫照不进这个神奇的房间。驼背奎西面对主人跪在长椅上,皮围裙上沾满胭脂和香粉。奎西右边的一张牢固桌子上摆着几十只颜料瓶,还有香粉、胭脂罐、调色盘、小巧到几乎看不出是什么的刷子,以及一束束五颜六色的假发。此外,桌上还放着一个男人的面部照片。

他们坐在耀眼的灯光下,仿佛置身于中世纪场景中的演员。他们所在的房间完全可以当作帕拉塞尔苏斯[1]的实验室。房间很大，到处都是工作台和杂物；古雅的破旧老柜子敞开着，里面的架子上摆着各种古怪物品；地板上散落着一缕缕头发，粘着被老奎西的鞋子踩进木头缝隙的各色油泥。角落里摆着一台奇怪的机器，如同模样怪诞的电动缝纫机。一面墙壁上系着一条粗铁丝，上面挂着至少五十顶不同尺寸、形状和颜色的假发。在一面墙的凹处，各个壁龛中摆放着十来个石膏人头像，全是真人大小——有黑色人种、蒙古人种和高加索人种——有些长着头发，有些秃着头，有些表情平静，有些则扭曲成五花八门的表情：恐惧、开心、惊讶、悲伤、痛苦、嘲讽、愤怒、坚决、热情、沮丧、邪恶。

除了哲瑞·雷恩头顶那盏大灯，整个实验室里没有任何照明——房间里散布着各种尺寸的软杆电灯，但此刻全都没有开。而这盏大灯投射出的巨大阴影仿佛在讲述一个诡异的故事。雷恩的身体纹丝不动，他那大得不成比例的影子在墙上也是静止的；而奎西那矮小、瘦弱、佝偻的身影，却像跳蚤一样跳来跳去，在墙上和雷恩的身影忽合忽离，如同自由流淌的黑色液体。

一切是如此怪异、邪恶，还散发着几分戏剧性。角落里一个冒着蒸气、没有盖上的大桶也不像真实的；浓厚慵懒的烟雾沿着墙壁飘散，仿佛来自三女巫的大锅——同《麦克白》里恐怖的伪超自然场面一样。影子们在讲述一个故事：身材瘦小、一动不动的影子是中了魔法的人；像水银般变幻不定的影子是驼背的斯文加利[2]，或

---

1 帕拉塞尔苏斯（Paracelsus，1493—1541），瑞士炼金术士及医生。
2 法裔英籍作家乔治·杜穆里埃（1834—1896）的小说《翠尔比》中，教翠尔比练声并在舞台上用催眠术控制她唱歌的音乐家。

者矮个子的梅斯梅尔[1]，或者没有穿星点长袍的梅林[2]。

事实上，矮小的老奎西只是在十分平静地从事日常工作罢了——施展双手的技能，用各种颜料和香粉来改变他主人的容貌。

雷恩注视着三垂面反射镜里自己的影像——他穿着一套普通便装，毫无特色与新意。

奎西退后一步，手在围裙上揩了揩，用小眼睛挑剔地打量着自己的作品。

"眉毛太浓了——有一点不自然，奎西。"雷恩最后说，用修长的指头拍了拍眉毛。

奎西仰起那张褐色的地精面孔，歪着脑袋，闭上一只眼睛，就像肖像画家站到一边，评估模特的比例一般。"也许是的，也许是的。"他尖声说，"左眉的弯度也是——不应该下垂这么多。"

他抓起用细绳系在腰带上的小剪刀，开始缓慢而细心地修剪雷恩的假眉毛："瞧，这样就好多了。"

雷恩点点头。奎西再次忙碌起来，抓了一把肉色油灰，轻轻地抹在主人的下巴上……

五分钟后，他后退两步，放下剪刀，两只小手叉在臀部："这下应该可以了吧，嗯，雷恩先生？"

老演员仔细观察自己的面貌："我们绝不能让这次任务看上去不自然，知道吧，你这丑恶的凯列班[3]。"奎西像小精灵一样咧嘴

---

1 梅斯梅尔，即弗朗茨·梅斯梅尔（Franz Mesmer, 1734—1815），德国心理学家、催眠术科学的奠基人。
2 《亚瑟王传奇》中帮助、支持亚瑟王的魔法师。
3 莎士比亚戏剧《暴风雨》中半兽半人的怪物。

一笑。哲瑞·雷恩先生非常满意——这是不言自明的,因为雷恩只有在特别欣赏奎西的工作时,才会用凯列班来称呼奎西。"不过——这样应该就可以了。接下来弄头发吧。"

奎西退到房间另一侧,打开灯,开始打量挂在铁丝上的假发。雷恩则在椅子上休息。

"凯列班,"雷恩带着挑衅的意味喃喃道,"恐怕我们在基本问题上永远也达不成一致。"

"啊?"奎西问了一声,并没有回头。

"就是对化装的真正作用这个问题。如果说你的化装技艺有不足之处的话,那就是过度完美。"

奎西从铁丝上挑了一顶浓密的灰色假发,关掉灯,回到主人身边,蹲在雷恩面前的长椅上,取出一把造型奇特的梳子,梳理起假发来。

"不存在所谓太完美的化装,雷恩先生。"奎西说,"只是这个世界充满了手法拙劣的化装师罢了。"

"噢,我不是质疑你的化装天才,奎西。"雷恩看着老人爪子般的双手的敏捷动作,"但我再说一次——在某种意义上,化装的表面要素是最不重要的。可以说,它们只是道具。"

奎西哼了一声。

"好吧。你没有认识到,人类的眼睛会本能地去获取整体的印象。一般观察者关注的是整体,而不是细节。"

"但是,"奎西激动地尖声抗议,"这正是问题所在!因为,如果某个细节出错了——我该怎么说呢?——如果某个细节走调了,给人的整体印象就会失调,人们就会去找出破坏整体印象的细节在哪儿。所以我才说——细节必须完美！"

"非常棒，凯列班，非常棒，"雷恩的声音温和而友善，"你为自己辩解得非常出色，但你还是没抓住这个问题的微妙之处。我从没说过，化装的细节可以忽略到引起人们注意的程度。你说得没错——细节必须完美。但是，不需要所有的细节都尽善尽美！你听懂我的话了吗？如果化装过分追求完美……那就像观赏一幅海景画，上面的每一朵浪花都忠实地画了下来；就像一棵树的每片叶子都轮廓清晰地画了出来。将每一朵浪花、每一片叶子、人脸上的每一条皱纹都画出来的话，肯定不会是优秀的作品。"

"呃，也许吧。"奎西不情不愿地说。他举起假发，凑到光源前仔细观察，摇摇头，然后拿起梳子有节奏地梳理起来。

"这样我们就可以得到一个结论：颜料、香粉，还有化装所需的其他用品，只是创造了化装的外表，而不是化装本身。你知道，化装时应该突出面部的某些要素：如果你要把我扮成亚伯拉罕·林肯，你就得强调痣、胡须和嘴唇，而淡化其他部分。不，只有鲜活的生命力、动作和姿势，才能刻画出完整的性格，塑造令人信服的真实感。比如，一具容貌和肤色十分逼真的蜡像，明显仍然是没有生命的物体而已。如果蜡像可以灵活地摆动手臂，可以从他的蜡唇里吐出抑扬顿挫的语言，玻璃眼珠也能自然地顾盼流转——你知道我想表达的意思。"

"这样就行了。"奎西平静地说，再次将假发举到明亮的光源前。

哲瑞·雷恩闭上眼睛："这正是表演艺术一直令我着迷的地方——通过动作、声音和姿态，来创造生命的近似体，创造真实人物鲜活的虚像……贝拉斯科[1]掌握了重塑生命的神奇艺术，即便在空无一人的舞台上也可以做到这点。在他上演的一部戏里，他没有满足于舞台设计师的道具布景，没有仰仗于平和静谧场面下常见的摇曳炉火，就成功制造出一种慵懒舒适的氛围。每次演出前，他都将一只猫牢牢捆住，让它无法动弹；直到幕布拉开前一刻，他才解开绳索；幕布升起时，观众看到了温馨的场景，一只猫从舞台上站起来，在火炉前打着哈欠，舒展因被束缚而酸痛难忍的肌肉……于是，不用一句台词，仅仅通过展示人所共知的简单家居生活动作，观众就能知道，这是一个温暖舒适的房间。贝拉斯科的舞台设计师最精妙的设计也无法创造出如此生动鲜活的画面。"

"这故事真有趣，雷恩先生。"奎西走到主人身边，小心翼翼地把假发套在雷恩比例匀称的脑袋上。

"但他是一位伟人，奎西。"雷恩嘟哝道，"将生命注入虚构的戏剧之中，这种工作可不是普通人能做到的——毕竟，伊丽莎白女王时代的戏剧，几十年来都依靠台词和演员的手势动作来模拟真实效果。当时，所有戏剧都是在空无一物的舞台上表演的——跑龙套的手持一丛灌木慢慢爬过舞台，就足以表示伯南森林来到了邓西嫩[2]。几十年间，大众席上和包厢里的观众全都看得明白。有时候，我觉得现代舞台艺术太繁复花哨了——这已经戕害了戏剧

---

[1] 贝拉斯科，即大卫·贝拉斯科（David Belasco，1853—1931），美国戏剧制作人、演出商、导演和剧作家。

[2] 莎士比亚戏剧《麦克白》中，麦克白被告知，只有当伯南森林来到邓西嫩时，他才会被打败。后来，敌人的军队穿过伯南森林，每个士兵都砍下一根大树枝来隐藏自己，这样当军队前进时，看起来就像树木在移动。麦克白果然战败被杀。

本身……"

"好了，雷恩先生。"奎西杵了下老演员的小腿，雷恩这才睁开眼睛，"好了，雷恩先生。"

"是吗？你从镜子前让开，小魔鬼。"

五分钟后，雷恩站起来。无论是服装、容貌、举止还是气质，他都不再是原来的雷恩先生，而完全变成了另一个人。他迈着沉重有力的脚步穿过房间，打开主灯。他身穿一件轻薄外套，改变了发型的灰白头发上戴着一顶灰白色软呢帽，下唇向外凸出。

奎西按着侧腹开心地大笑起来。

"告诉德洛米奥[1]，我准备好了。你自己也准备一下。"

就连雷恩的声调也变了。

第六场

威霍肯
九月十日，星期四，下午两点

萨姆在威霍肯下了渡船，环顾四周。一名负责守卫遭废弃的"默霍克号"的新泽西警察，正在登船入口附近闲晃，一见到萨姆，便啪地立正敬了个礼。萨姆对他匆匆点点头，大步穿过渡口等候室，来到户外。

---

[1] 莎士比亚戏剧《错误的喜剧》中的仆人。雷恩以此名字称呼自己的司机。

他越过通向渡口的鹅卵石路,开始攀爬一座陡峭的山丘。山丘从码头一直延伸到水边悬崖的顶部。萨姆艰难地往上走,几辆汽车缓缓驶下山坡。萨姆转身俯瞰下方的景象,宽阔的哈德孙河和高楼林立的纽约城尽收眼底。接着萨姆又继续爬坡。

到了坡顶,萨姆朝交警走去,用低沉沙哑的男中音询问去林荫大道怎么走。然后,他穿过一条宽阔的马路,走完几条寂静、破旧、两旁树木成荫的街道,到达一个热闹的十字路口。萨姆知道,这就是自己一直寻找的林荫大道,于是向北折去。

他终于找到了目的地——2075号房子。这是一座木结构建筑,挤在乳品店和汽车配件店中间,油漆剥落,摇摇欲坠,在岁月的缓慢侵蚀下丧失了原本的模样。地板凹陷的门廊上放着三把古老的摇椅和一条即将解体的长凳;门口的垫子上依稀看得出"欢迎光临"几个字;一根门廊柱子上,可怜巴巴地写着一行黄字告示"面向男士租房"。

萨姆探长将街道上下打量了一番,拽了拽外套,将帽子戴牢,踏上嘎吱作响的台阶。他按下标着"房屋管理人"的电铃,从这座朽败房子的深处传来隐约的丁零声,还有软拖鞋摩擦地面的沙沙声。门朝里打开一条细缝,伸出一只长着脓包的鼻子。"你想干什么?"一个暴躁女人质问道,然后长长地倒抽一口凉气,发出咯咯傻笑。门向内拉开,露出一个穿着邋遢家居服的肥胖中年妇女——同这座建筑一样肮脏衰朽。"原来是警察先生!请进,萨姆探长,请进!真的很抱歉——我不知道……"她兴奋地唠叨个不停,努力挤出微笑,但最后只是露齿假笑而已。她退到一旁,边鞠躬边颤抖,让萨姆探长走进她那墓穴般阴冷昏暗的房间。

"我们简直吓坏了！"她喋喋不休地说，"整个上午，这儿都挤满了记者，还有拿着大照相机的家伙！我们——"

"楼上有人吗，女士？"萨姆问。

"当然有，探长！那人还在上面呢，把烟灰弹得满地毯都是。"女人尖声道，"今天上午我就被拍过四次照……您是不是想再看看那可怜家伙的房间，长官？"

"带我上楼。"萨姆低吼道。

"是，长官！"多嘴的老女人又傻笑起来，用两根皴裂的指头小心翼翼地提起破烂的裙摆，一摇一摆地走上铺着薄地毯的楼梯。萨姆咕哝了一声，跟在后面。到二楼楼梯口时，一个牛头犬般的探员出现在两人面前。

"这是谁啊，墨菲太太？"男人问道，借助昏暗的光线费力地往下看。

"没事。别激动。是我。"萨姆厉声道。

探员面露喜色，露齿一笑："一开始没看清是你。很高兴在这儿见到你，探长。我的工作实在是太无聊了。"

"从昨晚到现在，有什么情况吗？"

"什么也没有。"

探员领路穿过二楼走廊，前往尾部的一个房间。女房东墨菲太太缓缓跟在后面。萨姆在敞开的门前停下。

房间小小的、空空的，褪色的天花板上布满裂缝，墙壁上的污渍看上去已经很有些年头，地板上铺着磨烂的地毯，家具破旧不堪，开放式盥洗台的管道还是老款，唯一一扇窗户上的印花棉布窗帘丧失了鲜艳的色泽。但房间里散发着干净的气息，看起来打理得相当仔细。屋里还有一张老式铁床、一个歪斜的五斗柜、一张大理石桌面的沉重小桌子、一把缠着铁丝做支撑的椅子，还有一个衣柜，这就是全部的家具。

萨姆探长走进去，毫不犹豫地来到衣柜前，拉开左右两扇门，里面整整齐齐地挂着三件旧男装；衣柜底板上摆着两双鞋，一双很新，另一双的大脚趾处已经外翻；衣柜上层有一顶放在纸袋子里的草帽，另有一顶丝带上留有汗渍的毡帽。萨姆迅速翻找男装的口袋、鞋子和帽子，但似乎没有发现什么值得关注的东西。他浓眉紧锁，仿佛对自己的搜查结果非常失望，然后就关上了衣柜门。

"你敢肯定，"萨姆低声询问站在门口墨菲太太身边注视自己的探员，"从昨晚到现在，没有人碰过这里的任何东西？"

探员点点头："我执起勤来可是高度负责的，探长。这儿跟你上次离开时一模一样。"

衣柜旁的地毯上放着一个廉价褐色手提包，提手坏了，松脱的一头挂在那里。萨姆探长打开袋子，里面是空的。

萨姆走到五斗柜前，拉开坚固沉重的抽屉，翻找起来。里面有几套干净的旧内衣裤、一叠洗熨好的手帕、半打软领条纹衬衫、几条皱巴巴的领带，还有几双卷成球的干净袜子。

萨姆从五斗柜前转身走开。尽管屋外寒气逼人，这个房间却逼仄闷热，他用一条丝绸手帕小心擦了擦通红的脸庞，叉开腿站在房间正中，皱着眉环顾四周，然后走到大理石桌面的桌子前。桌上有一瓶墨水、一支墨水凝住了的钢笔，还有一沓廉价的四线格信纸。萨姆没理会这些东西，而是拿起一个装皇家孟加拉牌雪茄的硬纸盒,好奇地检查起盒子内部。里面只剩一支雪茄,他用手指夹起来,雪茄就碎了。萨姆放下雪茄盒,眉皱得更深了,再次打量这个房间。

墙角盥洗台上方有一个架子,上面放着几件物品。萨姆探长大步走过去,俯视架子上的东西:一个外表有凹痕的闹钟,已经停了下来;一只还剩四分之一品脱[1]黑麦威士忌的酒瓶——萨姆拔出瓶塞,狠狠闻了一下——还有一个玻璃杯、一支牙刷、一个生锈了的金属剃须盒、其他一些常见的盥洗用品、一小瓶阿司匹林、一个老旧的铜烟灰缸……萨姆探长从烟灰缸里取出雪茄烟蒂,查看了烟灰里撕下来的雪茄标签,是克雷莫牌的。萨姆摇晃着身子,陷入了沉思。

墨菲太太用那对满怀恶意的小眼睛聚精会神地注视着萨姆探长的一举一动,突然用鼻音说:"房间这么乱,您得多多包涵呀,探长。这个房客不让我来给他打扫。"

"没事,没事。"萨姆说,然后突然停下来,饶有兴趣地看着女房东,"对了,墨菲太太——有没有女人来找过伍德呢?"

墨菲太太哼了一声,抬起那长满脓包的下巴:"我跟您说,如果您不是警察,探长,我听到这句话准会狠狠打你的脑袋!当然没有女人来找过他!所有人都知道,这是一座体面的房子。我总是叮嘱我的房客,这里的第一条规矩就是'不能叫女性朋友过来'。我说得很客气,但也很坚定。在墨菲太太的房子里,绝不允许有人胡作非为!"

---

[1] 美制1品脱合0.4732升。

"啊嗯，"萨姆在房间里唯一的椅子上坐下，"这么说，没有女人来过……那亲戚呢？有没有姐妹到这儿？"

"这个嘛，"墨菲太太机灵地回答，"你知道，我当然不能责怪男房客有姐妹。有的房客确实会有姐妹来找，或者姑妈姨妈、表姐表妹之类的，但伍德没有。你知道，我一直都把伍德先生看作我的模范房客。他在这里住了五年，从没惹过麻烦。那么安静，那么礼貌，真是一位绅士！据我所知，从没有人来找过他。但我们也不常看到他，他在纽约的电车上工作，从下午一直工作到晚上。我们这里当然不是提供膳食的家庭旅馆——房客得去外面吃饭——所以我也不知道伍德是怎么吃饭的。但我要为这个可怜的家伙说句话——他按时交房租，从不给我惹麻烦，也从不喝醉——我几乎说不准他是不是住在这里。我——"

但萨姆探长从椅子上站起身，用厚实的背部对着墨菲太太。墨菲太太的话戛然而止，她眨了眨蛙眼，然后瞪了下萨姆探长，哼了一声，气呼呼地从探员身边冲出房间。

"好个老巫婆。"靠在门柱上的探员评论道。"姐姐妹妹、姑妈姨妈能来的出租屋，我以前可是见过哩。"他猥琐地窃笑道。

但萨姆没有理会探员的话。他在地板上一步步地慢慢走着，用一只脚来感觉单薄的地毯下的情况。靠近地毯边缘的地板上有一小块微微的凸起，这似乎引起了他的注意。他掀开地毯，只发现一块翘得很厉害的地板。他走到床前，犹豫片刻，然后重重地双膝跪下，爬到床下，像盲人一样摸来摸去。探员连忙说："嘿，长官——我来帮你。"但萨姆没有回答，只是兀自拉扯地毯。探员也肚皮贴地爬进去，用袖珍手电筒的光束扫射床底。萨姆兴奋地低呼道:"这里!"探员扯开地毯一角,萨姆猛扑上去,抓住一本薄薄的黄皮小本子。两人筋疲力尽地从床底爬出来,一边咳嗽一边拍打衣服上的灰尘。

"是银行存折吧,长官?"

但萨姆探长没有作答——他匆匆翻阅着小本子,里面列表记录了几年来某个储蓄户头里的大量小额存款;从没有取款记录;没有一笔存款超过十美元,大部分都只有五美元;最后一项显示余额为九百四十五美元六十三美分。存折中还夹着一张规规矩矩折起来的五美元钞票。显然伍德打算去存这笔钱,却因为突然遇害而未能成行。

萨姆把存折放入口袋,转身问探员:"你什么时候下班?"

"八点整,到时会有人来换班。"

"我跟你说,"萨姆绷着脸道,"明天下午两点半左右打电话到总局找我,提醒我让你在这儿执行一项特别任务。听明白了吗?"

"听明白了。明天下午两点半,我一定准时打电话到总局。"

萨姆探长大步离开房间,下了楼梯——每踏上一个台阶都好像有小猪在尖叫——走出了房子。墨菲太太正在卖力地打扫门廊。一片飞扬的尘土中,她用长满脓包的鼻子愤怒地哼了一声,身子一闪,给萨姆让开了道。

人行道上,萨姆看了看存折表面,然后环顾四周,穿过林荫大道,朝南走去。走过三个街区后,他发现了自己寻找的那座建筑——一家用大理石虚饰门面的小银行。萨姆探长走进去,径直来到标有"S-Z"的服务窗口,一位有点上了年纪的出纳员抬眼看着他。

137

"你是这个窗口的负责人吗？"萨姆问。

"是的，先生，请问您有什么事？"

"你或许已经看了报纸上的新闻，住在这附近的一个叫查尔斯·伍德的电车乘务员被谋杀了。"

出纳员立刻点头。

"呃，我是河对岸凶案组的萨姆探长，负责调查这个案子。"

"噢！"出纳员似乎提起了兴趣，"伍德是我们银行的存款客户，探长，您就是为这个来的吧？我在今早的报纸上看到了他的照片。"

萨姆从口袋中拿出伍德的存折。"那么——"他瞥了一眼格子窗上的金属姓名牌，"阿什利先生，你在这窗口工作多少年了？"

"整整八年。"

"一直都是你负责处理伍德的存款吗？"

"是的，先生。"

"从这本存折上的记录看，他每个星期都会来存一次钱——没有固定在星期几——如果你还记得他来这里存款的情形的话，就给我讲讲吧。"

"没什么好说的，探长。就像您说的，在我的记忆里，伍德先生每个星期都会来一次，没有一周落下。而且几乎都是在同一个时间来——下午一点半或者两点——根据报纸上的报道，我猜他每次都是去纽约上班前过来存款。"

萨姆探长皱着眉头："在你的记忆里，他总是自己来存钱吗？我对这个问题特别感兴趣。他总是一个人来吗？"

"我不记得见过有人陪他。"

"谢谢。"

萨姆离开银行，沿着林荫大道返回墨菲太太的出租屋附近。乳品店的三家门面之外有个文具行，萨姆走了进去。

昏昏欲睡的老板慢慢迎上前来。

"你认识租住在这条街上墨菲太太那儿的查尔斯·伍德吗？就是昨晚在渡船上被谋杀的那个。"

老人兴奋地眨起了眼睛："噢，认识，认识！他是我的老主顾，常到这儿来买雪茄和纸。"

"他买的是哪种雪茄？"

"克雷莫牌，或者皇家孟加拉牌，大多数时候是这两种。"

"他多久来一次？"

"几乎每天中午过后都会来，买了就去上班。"

"几乎每天，对吧？见过有人和他一起吗？"

"噢，没有！他总是一个人。"

"他也在这儿买文具？"

"是啊，隔很久才买一次。买些纸和墨水。"

萨姆开始扣外套扣子："他是多久之前开始来这儿买东西的？"

老板挠了挠脏兮兮的白发："大概四五年前吧。喂，你不会是记者吧？"

但萨姆默默地走了出去，在人行道上停下脚步。他看到几家门面之外有家服饰用品店，便迈着沉重的脚步走过去，入店查问。他发现，伍德很长一段时间只到店里买过几件东西，而且都是一个人来的。

萨姆走出来，眉头皱得越发紧了。然后他依次拜访了附近的洗染店、修鞋铺、鞋店、餐馆和药店。这些店铺的人都记得,这几年来伍德确实会偶尔上门光顾。但他从来都是独来独往——就连去餐馆也是一个人。

萨姆在药店多问了些问题。店里的药剂师不记得伍德带着医生的处方来买过药。药剂师说,如果伍德生病,拿到了医生开的处方,那他可能在纽约的药店买药。在萨姆的要求下,药剂师列了一张清单,包括附近十一名医生和三名牙医的姓名和诊所地址——全在五个街区的范围之内。

萨姆逐一登门拜访。他在每家诊所都说同样的话,问同样的问题:"你可能已经从报纸上看到,第四十二街穿城电车上的乘务员查尔斯·伍德昨晚在威霍肯渡口被人谋杀。他就住在这一带。我是警察局的萨姆探长,来这里调查他的背景,想找人问问,是否了解伍德的个人生活、朋友关系和来客情况。伍德曾上你这里求诊吗?或者,你是否在他生病时被请去他的出租屋看病?"

四名医生没看过关于谋杀的报道,也不认识这个人,甚至都没听说过他的名字。另外七名医生看了报道,但没为伍德看过病,对他一无所知。

萨姆下巴紧绷,又去拜访单子上的三名牙医。令他愈加恼火的是,他在第一家牙医诊所被迫等了三十五分钟才见到牙医。萨姆最后在诊疗室里拦住牙医时,后者死活不愿回答问题,除非见到萨姆的身份证明。萨姆的眼中燃起了希望,他昂首挺胸,咆哮如雷,慑服了对方。但萨姆眼中的希望之光很快就熄灭了,因为那家伙最后不情不愿地说,他完全不认识查尔斯·伍德。

另外两名牙医连遇害者伍德的名字都没听说过。

萨姆探长叹着气，步履沉重地返回山丘顶部的宽阔车道，走下通往渡口的蜿蜒坡道，搭船回纽约去了。

* * *

纽约

萨姆探长一回到纽约，就立刻前往第三大道电车公司的行政办公室。他费力地穿过拥挤的车流，丑陋的脸庞上写满了痛苦与迷茫。

来到人事部所在的大楼，萨姆要求见人事经理，然后就被领入一间大办公室。人事经理是个外表凶狠的男人，脸上刻满深深的皱纹。他连忙迎上前来，伸出一只手。"是萨姆探长吗？"他热情地问道。萨姆咕哝着回应了一声。"请坐，探长。"经理拉来一把落满灰尘的椅子，把萨姆按到椅子上，"我想您是来问查理·伍德的情况的吧？太遗憾了，太遗憾了。"他坐到桌子后面，切掉一支雪茄的烟头。

萨姆冷冷地打量着人事经理。"我是来调查死者情况的。"他用低沉的嗓音说。

"是啊，是啊。太可怕了。不知道怎么会出这种事——查理·伍德是我们最好的员工之一。安静、稳重、可靠——简直就是完美的雇员。"

"这么说，他从没惹过麻烦，是吗，克罗普夫先生？"

人事经理热情地探出身子："我跟您说吧，探长，这个人是我们公司的瑰宝哩。他值勤时从不喝酒,办公室里的每个人都喜欢他——工作记录干干净净,是我们的模范员工——事实上,他即将获得升职。他兢兢业业地干了五年乘务员,接下来就要升为查票员了。没错,长官!"

"简直就是个方特勒罗伊小爵爷,对吧,克罗普夫先生?"

"我可不会这么说,可不会这么说,萨姆探长。"克罗普夫连忙回应道,"我只是说——我们可以信赖他。你想让我们证明他的人品,对吧?那个可怜的家伙自打进公司以来,每天都在上班。我跟你说吧,他一心要好好工作!我们尽量给了他好好工作的机会。这就是我们公司的宗旨,探长。如果有人表现出上进的意愿,我们就会激励他。"

萨姆咕哝了一声。

"我跟您说,探长,伍德从不迟到早退,也从不休假,总是喜欢在放假时上班,拿双倍工资。哎呀,常常有司机和乘务员要求预支薪水,而查理·伍德呢?他不会,探长,他不会!他把钱都存下来——有次还给我看过他的存折。"

"他为这家公司服务几年了?"

"五年。呃,我来查一下。"克罗普夫跳起来,跑到门口,探出脑袋,喊道:"嘿,约翰!把查理·伍德的档案拿给我!"

不一会儿,克罗普夫走回桌前,手上拿着一张长长的纸。萨姆趴在桌上,两肘支着身子,阅读伍德的档案。"你看,"克罗普夫指着表说,"他进公司五年多一点,先在东区[1]的第三大道线服

---

1 纽约市曼哈顿区位于东河与第五大道之间的部分。

务。三年半前，我们根据他本人的要求，把他和他的司机搭档帕特[1]·吉尼斯一起调到穿城电车上——他住在威霍肯，在这条线上工作更方便。看到没？一点不良记录都没有！"

萨姆沉思道："那么，克罗普夫，他的私生活呢？你知道这方面的情况吗？比如说朋友、亲戚，或者要好的伙伴之类的？"

克罗普夫摇摇头："呃，这方面我就不清楚了。我听到过一些传闻，但我觉得不可信。据我所知，他和同事相处融洽，但从不跟他们出去玩。我猜，能勉强称得上他朋友的就是帕特·吉尼斯。对了，你等一下，"克罗普夫把档案翻过来，"看到了没？这是他填写的就职申请表。近亲——无。我想这多多少少回答了您的问题吧，探长。"

"我希望能尽量确定。"萨姆低语道。

"也许吉尼斯——"

"没关系。有必要的话，我会亲自去找吉尼斯的。"萨姆拿起软呢帽，"好了，就这样吧，谢谢，老伙计。"

人事经理热情洋溢地与萨姆用力握手，陪他走出办公室和办公大楼，反复声明会主动配合警方查案。萨姆严厉地打断他，点头道别，动身转过街角。

他在街角停下，频频看表，似乎在等谁。十分钟后，一辆窗帘紧闭的黑色林肯豪华轿车慢慢朝他站立的路边驶来。前座上坐着一个穿着制服、身材瘦削的年轻人，正冲他露齿而笑。年轻人猛踩刹车，跳下车，拉开后门，站到一边，依然满脸堆笑。萨姆探长扫了

---

[1] 帕特里克的昵称。

一眼街道两头,然后爬上车。老奎西正缩在车内一角,看上去比以往更像地精,静静地打着盹儿。

司机关上车门,跳回驾驶座,发动引擎,驶入车流。奎西睁开眼睛,突然惊醒。他看见萨姆探长——陷入沉思的萨姆探长——一动不动地坐在自己身边。奎西那怪兽般的面孔上突然露出了笑容。他弯腰打开嵌在汽车地板上的一个隔层,然后坐起来,脸微微泛红,手里拿着一个大金属盒子,盒盖的内侧是一面镜子。

萨姆探长晃了晃宽阔的肩膀。"总的来说,今天相当辛苦呀,奎西。"他说。

萨姆脱下帽子,伸手到盒子里翻找一番,拿出一件东西。他开始用力往脸上涂抹乳脂状的液体。奎西为他拿着镜子,递上去一条柔软的毛巾。萨姆探长用毛巾擦着油亮的脸。瞧!毛巾拿开后,萨姆探长消失了——或许没有完全消失,因为他的脸上还粘着一些油灰似的东西,但他的伪装基本被抹除了,露出哲瑞·雷恩先生那干干净净、轮廓分明、堆满微笑的面容。

第七场

西恩格尔伍德德威特宅
九月十一日,星期五,上午十点

星期五早晨,太阳终于又屈尊露脸了,那辆长长的黑色林肯豪华轿车,在寂静的住宅区街道上行驶。街道两旁的白杨叶在变色凋零之前,最后一次挣扎着捕捉金黄的阳光。

雷恩先生一边望着车窗外,一边对奎西说,至少西恩格尔伍德的高级住宅区部分,没有在设计上犯千篇一律的错误,每家每户都占地宽广,作为独立的建筑,与邻居界线分明。奎西冷冷地说,他还是更喜欢哈姆雷特山庄。

他们在一座小宅邸前停下。那是一座殖民地时代风格的白色建筑,保养得很好,周围有大片草坪,附带许多厢房和门廊。雷恩还是一如既往地披着披肩,戴着黑帽子,抓着黑刺李木手杖。他下了车,冲奎西招招手。

"我也去吗?"奎西似乎很吃惊,甚至有点紧张。他没有系平常用来稳定心神的皮革围裙,此刻难免忐忑。他今天戴着圆顶硬礼帽,穿着天鹅绒领子的黑色小外套,脚蹬崭新锃亮的皮鞋。这双鞋似乎有点夹脚,因为他跳上人行道时不由得缩了一下。他一边痛苦地呻吟,一边跟着雷恩沿着小路走向门廊。

一个身穿制服的高大老头儿将他们迎入屋内,陪他们穿过明亮的走廊,来到一间也是优雅的殖民地时代风格的大起居室。

雷恩坐下来,带着欣赏的目光环顾四周,奎西在他身后转来转去。"我是哲瑞·雷恩,"他对管家说,"请问有人在家吗?"

"没有,一个人都没有,先生。德威特先生进城了,德威特小姐去购物了,德威特太太正在做——"他咳了一下,"做泥浆面膜,我想是叫这名字没错,先生。所以——"

"很高兴认识你,"哲瑞·雷恩笑道,"你是……?"

"我叫约根斯,先生,是德威特先生最年长的仆人。"

雷恩轻松地坐在科德角式椅子里:"我找的就是你,约根斯。

我必须跟你解释一下。"

"您是说我，先生？"

"你知道，朗斯特里特案由布鲁诺地方检察官负责，他已经好心允许我以独立调查员的身份行事。我——"

老人呆板的神色一扫而空："不好意思，先生，但您肯定不必跟我解释。要我说的话，哲瑞·雷恩先生是——"

"好了，好了，"雷恩说，做了个不耐烦的古怪手势，"我很感谢你的热情，约根斯。现在我有几个问题要问你，希望你能给我准确的答案。德威特先生——"

约根斯突然身子紧绷，脸色煞白："如果您让我对德威特先生不忠，先生……"

"了不起，约根斯。了不起。"雷恩用犀利的目光紧盯着约根斯，"我再说一遍——了不起。你对主人忠心耿耿，着实令人钦佩。我应该向你保证，我来这里是为了德威特先生好。"

约根斯淡灰色的嘴唇上露出轻松的微笑。

"我们继续吧。德威特先生因为同遇害的朗斯特里特先生关系密切，才被牵扯进这桩不幸的谋杀案。我认为，这种关系或许可以提供某种信息，有助于捉拿杀害朗斯特里特先生的凶手。我问你，朗斯特里特经常来这里吗？"

"不，先生。他很少来，先生。"

"为什么呢，约根斯？"

"我不清楚具体原因，先生。但德威特小姐不喜欢朗斯特里特先生，而德威特先生——呃，先生，如果我可以说得直白些的话，朗斯特里特先生在场的时候，德威特先生似乎很压抑……"

"噢，我明白了。那德威特太太呢？"

管家迟疑起来："这个嘛，先生……"

"你不想说？"

"我不想说，先生。"

"我要第四次赞扬你——了不起……奎西，你坐下吧。你会站累的，老伙计。"

奎西坐到了主人身边。

"好，约根斯。你为德威特先生工作多久了？"

"超过十一年了，先生。"

"你认为德威特先生是个好打交道的人吗？——一个友善的人？"

"呃……不是，先生。应该说，他唯一真正的朋友是住在附近的埃亨先生。不过，德威特先生其实是个非常体贴的人，如果您了解他的话。"

"这么说，这户人家通常没有访客？"

"不常有，先生。当然，因佩里亚莱先生现在住这儿，但他也是一种特别的朋友，这些年他来过这儿三四次。除此以外，德威特先生很少招待客人。"

"你说'很少'，那我猜，偶尔住这儿的少数客人或许是他的客户吧——我指生意上的客人？"

"是的，先生。但这些人也不多，先生。很长时间才有一次。比方说，最近有个南美来的生意人在家里住过。"

哲瑞·雷恩沉思道："你说的'最近'，是什么时候？"

"那位先生在这儿住了差不多一个月，大概一个月前离开的。"

"他以前来过吗?"

"在我的印象里没有,先生。"

"你说'南美',究竟是南美的什么地方?"

"我不知道,先生。"

"他具体是什么时间离开的?"

"我想是八月十四日,先生。"

雷恩沉默了片刻,再次开口时,他的语速十分缓慢,而且充满了兴趣:"在你的记忆中,那位南美客人住这儿的时候,朗斯特里特先生有没有来过?"

约根斯立即回答:"来过,先生,而且比平时频繁得多。马基乔先生——这是他的名字,先生,费利佩·马基乔——来这里后的那晚,德威特先生、朗斯特里特先生和马基乔先生在书房一直密谈到半夜。"

"你应该不知道他们谈了什么吧?"

约根斯一脸震惊:"噢,我不知道,先生!"

"这是理所当然的。我问了个愚蠢的问题。"哲瑞·雷恩嘟哝道,"费利佩·马基乔,听起来是外国人的名字。他是什么样的人呢,约根斯?你能描述一下吗?"

老管家清了清嗓子,说:"他是外国人,先生。看起来像西班牙人,黑皮肤,高个子,留着军人一样的黑色小胡子。可以说,他的肤色非常深——几乎像黑人或印第安人。他还是一位奇怪的先生,不怎么说话,也不常待在屋里。他很少同德威特一家人一起用餐。怎么说呢,他这个人一点都不好相处。他有时候直到凌晨四五点才回来,有时候甚至彻夜不归。"

雷恩微笑道："对这位奇特客人的奇特行为，德威特先生作何反应，约根斯？"

约根斯似乎有点不安："哎呀，德威特先生根本没当回事，任由马基乔先生自由进出。"

"关于这位客人，你还知道些什么？"

"呃，先生，他说英文时带着西班牙口音，行李很少，只有一个大手提箱。他晚上同德威特先生进行过许多次密谈，有时还要加上朗斯特里特先生。晚上有时会有别的客人来，德威特先生只是泛泛地介绍一下马基乔先生，就是——啊——就是社交礼仪要求的那种起码的介绍罢了。我知道的大体就是这些，先生。"

"埃亨先生认识马基乔吗？"

"噢，不认识，先生。"

"那因佩里亚莱先生呢？"

"因佩里亚莱先生当时不在。马基乔先生离开后不久，因佩里亚莱先生才来。"

"你知道那个南美访客离开后去哪里了吗？"

"不知道，先生。他是自己提着手提箱离开的，先生。我相信，除了德威特先生，家里没有谁比我更了解马基乔先生，连德威特小姐和德威特太太也不例外。"

"对了，约根斯，你怎么知道马基乔先生是南美人？"

约根斯用羊皮纸一样干巴巴的手捂住嘴，咳了两下。"德威特太太有一次当着我的面问德威特先生，德威特先生亲口说的。"

哲瑞·雷恩点点头，闭上眼睛，然后睁开眼睛，一字一顿地问："在你的记忆中，最近几年还有没有其他南美来的客人？"

"没有，先生。马基乔先生是唯一来过这里的南美客人。"

"很好，约根斯。和你谈话，我感到十分愉快。现在，你可不可以打电话给德威特先生，说哲瑞·雷恩先生有非常要紧的事找他，希望他今天务必赏脸共进午餐。"

"好的，先生。"约根斯走到矮柜旁，冷静地拨了号码，过了一会儿，询问证券经纪人道，"德威特先生吗？我是约根斯，先生……是的，先生。哲瑞·雷恩先生在这里，先生，他希望今天同您共进午餐，说有非常要紧的事找您……是的，先生，哲瑞·雷恩先生……他特别叮嘱我告诉您，事情非常紧急，先生……"

约根斯转向雷恩："中午在证券交易所俱乐部碰面方便吗，雷恩先生？"

雷恩的眼睛一亮："中午在证券交易所俱乐部碰面完全没问题，约根斯。"

雷恩和奎西进入停在门外的豪华轿车。雷恩对拼命撕扯衣领的奎西说："我发现，奎西，这么多年来，你的观察天分都被浪费了。你想不想临时扮演一下侦探？"

车子开动了，奎西从满是皱纹的脖子上狠狠扯开衣领："一切都听您的，雷恩先生。只是现在这个衣领……"

雷恩从喉咙深处发出呵呵的笑声："你的任务仅此而已——我必须向你道歉，只给你分配了如此简单的工作。但在这场游戏中，你还是一个新手……今天下午，我要处理很多重要事务，与此同时，你要去联系纽约市的每一位南美领事，努力弄清有哪位领事同费利佩·马基乔有来往，就是那个身材高大、皮肤黝黑、留着小胡子的南美人,他或许有点印第安人或黑人血统。简直就是不折不扣的奥赛罗[1]嘛,奎西……你知道,你必须谨慎行事,奎西。我不想让萨姆探长和布鲁诺地方检察官察觉我的查案方向,你明白吗?"

"马基乔,"奎西用沙哑刺耳的声音说,苍老的褐色手指缠绕着胡须,"这个该死的古怪名字怎么拼啊?"

"因为,"陷入沉思中的雷恩先生继续道,"如果萨姆探长和布鲁诺地方检察官都没意识到去问约翰·德威特的管家,我也没必要主动去告诉他们。"

"那管家太多嘴了。"奎西尖刻地说。他这辈子大部分时间都在听别人说话,自然会做此评论。

"正好相反,你这笨地精,"雷恩嘟哝道,"他说得太少了。"

第八场

证券交易所俱乐部
九月十一日,星期五,中午

哲瑞·雷恩先生的登场相当华丽,这当然不是他有意为之。他只是走进了一家气氛沉闷的华尔街证券交易俱乐部罢了,但这一事

---

[1] 奥赛罗是摩尔人,某些莎翁戏剧解读者认为他可能是黑人。

实本身却引起了一场骚动。正在休息室里热烈谈论高尔夫的三个男人像收到信号一样认出了他，立刻不再聊这种苏格兰游戏[1]，转而悄悄议论起他来。一名黑人侍者一见雷恩的披肩就瞪大了双眼。一个坐在桌子后面的职员大惊失色，连手中的笔也掉了。雷恩驾到的消息就像股市暴涨的谣言一样迅速传开。

人们装着若无其事地从雷恩旁边经过，却忍不住用眼角余光好奇地瞥向这个怪人。

雷恩叹了口气，坐在门厅的俱乐部椅子上。一个满头白发的男子匆匆迎上来，以最大幅度鞠了一躬。

"您好，雷恩先生，您好。"

雷恩微微一笑。

"非常荣幸见到您，先生。我是这里的管事。我可以帮您什么忙吗，先生？您要来支雪茄吗？"

雷恩举手拒绝道："不，非常感谢你，管事。你也知道，我的喉咙不允许抽烟。"说这些话似乎只是一种古老的仪式，虽然很客气，却完全是机械性的重复，"我在等德威特先生，他来了吗？"

"德威特先生？我想他还没到，雷恩先生。我想他还没到。"听管事的语气，仿佛在责备德威特竟然让哲瑞·雷恩先生等他，"在这段时间，我完全听您差遣，先生。"

"谢谢。"雷恩往椅背上一靠，闭上眼睛，示意管事可以走了。管事十分自豪地边解领结边退下。

---

[1] 现代高尔夫起源于苏格兰。

这时候，约翰·德威特瘦弱的身影匆匆走进门厅。证券经纪人面色苍白，神情忧虑，紧张万分，内心的压力都写在了脸上。他面无表情地迎上微笑的管事，在众人嫉妒的目光中，快步穿过门厅朝雷恩走去。

管事说："德威特先生来了，先生。"雷恩没有回应，管事似乎有点受伤。德威特示意他离开，又碰了碰雷恩硬邦邦的肩膀，老演员这才睁开了眼睛。"啊，德威特！"雷恩开心地说，蓦地跳将起来。

"抱歉，让您久等了，雷恩先生，"德威特的语气相当不自然，"我本来另外有约的——我不得不推掉——所以耽搁了……"

"别说了。"雷恩道，脱下披肩。一名穿制服的黑人快步上前，像魔仆一样敏捷地接过雷恩的披肩、帽子和手杖，以及德威特的外套和帽子。他们两人跟着管事穿过门厅，进入俱乐部餐厅。侍者领班一见他们，职业性的冷漠表情立刻一扫而空，眉开眼笑地前来引座，根据德威特的要求，将他们带到餐厅的僻静一角。

享用简单午餐的过程中——德威特漫不经心地拨弄着肉片，哲瑞·雷恩则狼吞虎咽地吃了一大块烤牛肉——雷恩拒绝进入正题。德威特尝试了几次，想探明雷恩约他碰面的目的，雷恩只是回答说："平静用餐才不会消化不良。"然后就不再多说。德威特敷衍地笑了笑。雷恩轻松而流畅地继续谈话，好像在他心中没有什么比正确咀嚼英国牛肉更重要了。他讲述了早年舞台岁月中的几段私密回忆，不时提及一些著名演员的名字——奥蒂斯·斯金纳[1]、威廉·法弗沙姆[2]、布思[3]、菲斯克夫人[4]、埃塞尔·巴里莫尔[5]。午餐继续进行,雷恩这位老演员自然流利而内涵丰富的谈话,令德威特开始津津有味地倾听,僵硬的表情也渐渐柔和下来。他不再那么紧张了,但雷恩似乎没有留意,继续自顾自地聊着。

饭后喝咖啡时,雷恩谢绝了德威特的雪茄,德威特平静地表示接受。雷恩开口道:"德威特先生,我发现你不是天生忧郁或病态的人。"

德威特吃了一惊,但只是吐了口烟,并未作答。

"即使不是精神病学家,也能从你的面相和最近的行为中读出一则哀伤而凄凉的故事——你精神抑郁,可能已患病多年,但这同你的本性不符。"

德威特喃喃道:"在某些方面,我的生活非常艰难,雷恩先生。"

"看来我是猜对了。"雷恩的声音更有说服力了,修长的双手

---

[1] 奥蒂斯·斯金纳(Otis Skinner,1858—1942),美国舞台剧演员。

[2] 威廉·法弗沙姆(William Faversham,1868—1940),英国舞台剧和电影演员、经理和制片人。

[3] 布思,即雪莉·布思(Shirley Booth,1898—1992),美国女演员,是仅有的二十四位获得表演奖大满贯的演员之一,曾获得过一次奥斯卡奖、两次艾美奖和三次托尼奖。

[4] 菲斯克夫人,即米妮·菲斯克(Minnie Fiske,1865—1932),二十世纪前二十五年美国舞台上最重要的女演员之一。她在几部易卜生戏剧中的表演帮助美国观众认识了这位挪威剧作家。

[5] 埃塞尔·巴里莫尔(Ethel Barrymore,1879—1959),美国女演员,被誉为"美国戏剧界的第一夫人"。

放在桌布上，一动不动。

德威特紧盯着这双手，视线似乎聚焦于一点。

"德威特先生，我之所以花一小时和你谈话，主要是为了表达友善。我觉得，我应该更深入地了解你。我认为，我或许可以帮助你——也许帮助的方式会很笨拙。事实上，我认为，你需要非同一般的帮助。"

"你真好。"德威特无精打采地说，眼睛也不抬，"我非常清楚自己处境危险。无论是布鲁诺地方检察官还是萨姆探长，都毫不掩饰对我的怀疑。我长期遭到监视。我觉得就连我的信件都被拆开检查过。您本人，雷恩先生，也询问过我的仆人……"

"只问过你的管家，德威特先生，而且完全是为了你好。"

"……萨姆探长也问过他。所以，您看——我清楚自己的处境。另一方面，我感觉您和警方有点不一样——您更有人情味，对吧？"德威特耸耸肩，"您也许会觉得有点意外，但从星期三晚上以来，我就一直想着您。您为我辩护了好几次……"

雷恩的脸色严肃起来："那你是否介意我问你一两个问题？我参与调查，是没有官方背书的。我只是抱着了解真相的个人动机展开行动。如果想要取得更大的进展，我就必须先了解一些事情……"

德威特忽地抬头："更大的进展？您已经得出什么结论了吗，雷恩先生？"

"我得出了两个重大结论，德威特先生。"

哲瑞·雷恩冲一名侍者招招手，后者兴奋地跑上来，雷恩又点了杯咖啡。德威特的雪茄熄灭了，垂在手指间。他注视着雷恩的侧影，完全忘掉了手中的烟。

雷恩淡淡一笑。"我必须无礼地与一位美丽女士唱反调。她的预言是不正确的，德威特先生！塞维涅夫人[1]否定了人们对咖啡的嗜好的持久性，这无异于把不朽的莎士比亚戏剧断定为短命的作品。"他用温和的语气继续道，"我知道是谁杀了朗斯特里特和伍德，如果你称其为进展的话。"

德威特像被雷恩扇了耳光一样面无血色，雪茄在指间断成两截。在雷恩的平静注视下，德威特眨了眨眼睛，强忍住惊讶，努力保持镇静。"您知道是谁杀了朗斯特里特和伍德！"他的声音听上去就像是被人扼住了喉咙，"但是，老天，雷恩先生，既然您知道凶手是谁，为什么不采取行动呢？"

雷恩温和地说："我正在采取行动，德威特先生。"

德威特僵坐在那里，纹丝不动。

"不幸的是，我们面对的是一板一眼的司法部门，它需要确切的证据。你愿意帮助我吗？"

德威特很长一段时间都没答话。他面部扭曲，疯狂的眼神审视着这个非比寻常的告发者，似乎要从那张面无表情的脸上，探查出此人知道多少，到底知道什么。他终于开口时，声音依然紧绷："只要我办得到，只要我办得到……"

"你能鼓起勇气回答我吗，德威特先生？"

这简直就是煽情通俗剧的情节，而且多少有点蹩脚。这个老演

---

[1] 塞维涅夫人（Madame de Sévigné，1626—1696），法国贵族，因其给女儿写的信而闻名于世，被尊称为法国十七世纪文学的伟大代表之一。

员不由得心生厌恶，就像是肚子里有一只小虫在蠕动。

德威特保持沉默，又认真打量雷恩的眼睛，仿佛要从中找出凶手的姓名。最后，他划亮一根火柴，手指颤颤巍巍地拿着，去点燃雪茄熄灭的一头："能说的我都会告诉您，雷恩先生。但是——我怎么说好呢？——我的两只手——好像被捆住了……有件事，您千万不要问我——就是星期三晚上和我有约的那个人的身份。"

雷恩温和地摇摇头。"如果你在整桩案子中最重要的问题上保持沉默，德威特先生，你的处境只会越发艰难。不过，这个嘛——"雷恩顿了一下，"我们暂时可以不强求。德威特先生，我知道你和朗斯特里特两人在南美采矿发了大财，然后一起回到美国，创办了需要大量资金的证券经纪公司。看样子，你们是挖到富矿了吧。我想这些都发生在战前，对吧？"

"是的。"

"你们的矿山在南美哪个国家？"

"乌拉圭。"

"乌拉圭，原来如此。"雷恩半闭着眼睛，"这么说，马基乔先生是乌拉圭人？"

德威特张大嘴巴，满眼疑惑。"您怎么知道马基乔的？"他问，"约根斯，一定是他。那该死的老蠢货，我早该吩咐他——"

雷恩厉声道："你的态度完全错了，德威特先生。约根斯是一个值得尊敬的人，一个忠心耿耿的仆人，他之所以愿意向我提供信息，只是因为他认为我是为了你好才问的。你倒是应该学学他——除非你怀疑我的意图。"

"不，不，我很抱歉。没错，马基乔是乌拉圭人。"德威特万般痛苦，左顾右盼，眼神又狂乱起来，"但雷恩先生，请别逼我谈马基乔。"

"但我非逼你不可，德威特先生。"雷恩毫不掩饰地直视着德威特，"马基乔是什么人？从事什么职业？你怎么解释他在你家做客时的奇特举动？先生，请你务必回答这些问题。"

德威特用勺子在桌布上画了一个毫无意义的图案，用低沉的嗓音说："如果您一定要问的话……也没什么不寻常的地方。纯粹是一次商务访问，雷恩先生。马基乔——他代表某家南美公共事业公司来寻找合作方——想委托我们公司发行一笔债券……您看，完全合法的生意。我——"

"你和朗斯特里特先生决定发行这笔债券了吗，德威特先生？"雷恩面无表情地问。

"呃，我们……我们决定好好考虑一下。"德威特在桌布上匆匆勾画着各种几何图案，包括角、曲线、矩形、菱形。

"你们决定好好考虑一下。"雷恩冷冷地重复道，"那为什么他逗留了这么久？"

"呃，我当然……我当然不知道，可能他还去拜访了其他金融机构……"

"你能给我他的住址吗？"

"哎呀——我也不太清楚。他总是东跑西跑的，每个地方都待不久……"

雷恩突然忍俊不禁："你真不会说谎，德威特先生。我看咱们再谈下去也徒劳无益，不如索性就此打住，免得你陷入自己的谎言之中，让你我难堪。再见了，德威特先生。我想说的是，我一直对自己判断人性的能力颇感骄傲，而你的态度对我却是当头一棒，让我知道自己是多么自负。"

雷恩站起身——一名侍者像被弹簧弹起一般，嗖地跳过来，帮他拉开椅子。雷恩对他微微一笑，又盯着德威特低垂的脑袋，用依然亲切的声音说："不过，你要是改变了主意，欢迎随时到哈德孙河畔我的哈姆雷特山庄来。再见，先生。"

雷恩走开了，留下德威特一人，神情沮丧地坐在那里，就像听到死刑判决的犯人。

跟着侍者领班从餐桌缝隙间穿过时，雷恩忽然停步，自顾自地笑了笑，然后大步走出餐厅。距德威特坐着的桌子不远的地方，一名男子正在用餐。他面色红润，神情紧张。雷恩和德威特谈话的过程中，他都探着身子，竖着耳朵，恬不知耻地在偷听。

到了门厅，雷恩拍了拍领班侍者的肩膀："德威特先生和我刚才坐的那个位置附近有个红脸男子——他是俱乐部会员吗？"

领班侍者看上去有些为难："噢，不是，先生。他是个探员，亮了证件就闯进来了。"

雷恩又微微一笑，塞了张钞票到领班手中，悠闲地走向前台。前台办事员赶紧迎上来。

"能不能请你先带我去见你们俱乐部的莫里斯医生，然后再去见俱乐部秘书？"哲瑞·雷恩先生说。

第九场

地方检察官办公室
九月十一日，星期五，下午两点十五分

  星期五下午两点十五分，雷恩脚步轻快地走在中央大街上，一边是警察总局的高大围墙，另一边则是纽约中心区专门面向外国人的各色商店。他来到一三七号，走进这幢十层高的大楼。这里是纽约县首席检察官办公室所在地。他穿过走廊，乘电梯上楼。

  像往常一样，他完全控制了自己的五官，看不出任何表情。一辈子的舞台训练，让他能灵活自如地支配每一块面部肌肉，就像杂技演员能随心所欲地操控四肢一样。然而，现在没有人发现，他的双眼正无法抑制地闪烁着某种意味深长的光芒。这是兴奋之光、期待之光——就像手持猎枪蹲伏在矮树丛后面的猎人眼中的光芒——是从热情的生活和敏锐的思维中产生的光辉和喜悦。看到这双眼睛，你绝不会相信它们的主人是个丧失听力的残疾人……有什么东西激发了他的自尊心，使他的身体充满了新能量，将他的生命之流引入信心满满、活力四射和机敏灵活的新河道。

  然而，当雷恩推开布鲁诺地方检察官外间办公室的大门时，眼中的光芒就消失了。他看上去只是一个穿着古老衣服、长相比实际年龄年轻的人罢了。

  办事员拿起内线电话小心翼翼地通报了几句。"是，布鲁诺检察官。"他转过头来对雷恩说，"您能先坐会儿吗，先生？布鲁诺先生说他非常抱歉，他正在同警察局局长开会。您能等一下吗？"

雷恩说他可以等,然后坐了下来,将下巴搁在手杖把手上。

十分钟后,正当雷恩闭着眼安静休息时,布鲁诺里间私人办公室的门开了,地方检察官现身,后面跟着高大魁梧的警察局局长。办事员站起来,神情慌乱,雷恩似乎因为年纪大了,还坐在那里打瞌睡。布鲁诺笑了笑,拍了下雷恩的肩膀。雷恩睁开眼睛,平静的灰眼睛里透出一股好奇,然后从椅子上跳起来。

"布鲁诺先生。"

"下午好,雷恩先生。"布鲁诺转身面对警察局局长,后者正好奇地盯着雷恩,"雷恩先生——这位是伯比奇局长。"

"很荣幸见到您,雷恩先生。"局长同雷恩热烈握手,用深沉的嗓音说,"我看过您在舞台上——"

"伯比奇先生,我似乎是一个活在辉煌过去的阴影里的人。"雷恩呵呵一笑,缓解了拘谨的气氛。

"哪有,哪有!我知道您现在和以前一样优秀。布鲁诺先生一直在跟我说您的新职业,雷恩先生。在您的提示下,我们才有了重大发现。布鲁诺先生至今都不知道您是怎样窥见端倪的。"局长摇了摇大脑袋,"我想,我们全都不知道。萨姆也跟我提过。"

"这只是老头子的癖好罢了,伯比奇先生。布鲁诺先生一直对我很有耐心。"雷恩的眼睛眯了起来,"伯比奇先生,你让我想起一个杰出的名字。理查德·伯比奇,他那个时代最卓越的演员,也是威廉·莎士比亚的三位终身挚友之一。"

局长闻言,似乎隐隐高兴。

他们又聊了几分钟,伯比奇局长便先行告退,布鲁诺把雷恩领进了自己的私人办公室。萨姆探长俯身在电话上,一脸不可思议的表情。他抬了抬浓眉打招呼，将话筒贴在耳朵上。雷恩面对萨姆坐下。

"给我听着，"萨姆探长说，他听话筒里的人讲话时，脸越涨越红，仿佛要从纯粹无力的愤怒中爆发一样，"你是想捉弄我吗？让我把话说清楚……你给我闭嘴，好吧？你说我叫你今天下午两点半打电话给我，提醒我给你活儿干？你脑子肯定坏掉了，伙计！或者是灌了太多酒精！……什么？我当面交代你的？嘿，等等。"萨姆从电话旁转过头，瞪着布鲁诺，"我给你说，这个笨蛋，我的一个手下，刚刚疯了。他——喂，喂！"萨姆对着话筒大吼起来，"你还帮我掀开地毯？什么地毯，你这该死的蠢货？噢，老天，你等等。"他又转向布鲁诺："这案子简直把所有人都整疯了。这个探员说，我昨天在威霍肯的伍德房间里到处翻东西。天哪，也许这是真的！也许——喂，你这家伙！"萨姆疯狂地叫起来，"看样子有人……"这时，萨姆的视线落在哲瑞·雷恩先生身上，后者正带着亲切而有趣的目光注视着他。他的下巴耷拉下来，狂热的眼睛里闪过恍然大悟的神色。他一脸苦笑，对着话筒低声咆哮道："好，我改主意了。你继续看守那个房间吧。"说完，他挂上电话，转身面对雷恩，手肘撑在桌子上。布鲁诺不知所措地轮流打量着眼前的两人。萨姆问："呃，雷恩先生，你这玩笑也太过分了吧？"

雷恩收起脸上的笑容。"探长，"他一本正经地说，"如果我怀疑过你的幽默感，现在这种怀疑已经一扫而空了。"

"你们究竟在胡言乱语些什么呀？"布鲁诺问。

萨姆将一根皱巴巴的香烟塞进嘴里："事情是这样的，昨天我干了许多事：我去了威霍肯，找墨菲太太问了话，搜了伍德的房间，还在伍德的地毯下找到一本存折。请注意，协助我做这些的是一个认识我六年的人，然后我就离开了。仔细想想，这简直就是奇迹啊。因为，我在威霍肯查案的同时，也坐在办公室和你闲聊哩，就在中央大街的这个地方！"

布鲁诺盯着雷恩，大笑起来："那有点过分了，雷恩先生，而且也有点危险。"

"没有，绝对没有危险。"雷恩温和地说，"我的密友是世界一流的易容师，布鲁诺先生……我必须谦卑地请求你原谅，探长。昨天我之所以假扮你，是有重大而紧急的理由。也许指示你手下打电话有点恶作剧的味道，但那是因为我想告诉你这次易容是多么成功——当然，易容本身是有违常规的。"

"下次您或许可以让我看看自己是什么样子。"萨姆咕哝道，"很危——"萨姆向前伸出下巴，"老实说，我不——唉，算了。我们瞅瞅那本存折吧。"

雷恩从外套的里层口袋里取出存折。萨姆接过来，开始仔细查看。

"探长，我很有可能会在近期假扮另一个人，让你更加吃惊。"

萨姆用手指卷起夹在存折里的五美元钞票。"呵呵，"他露齿一笑，"至少您很诚实。"他把存折扔给布鲁诺，布鲁诺也检查了一遍，放进抽屉。

"我今天来，"雷恩语调轻松地说，"可不只是为了欣赏我们的好探长张皇失措的。我有两个请求。第一，我希望拿到渡船乘客完整名单的副本。不知能否给我一份？"

布鲁诺翻了翻桌子的顶层抽屉，递给雷恩一小摞文件。雷恩折好文件，放进口袋。"第二，我还希望拿到最近几个月所有失踪人口的完整报告，以及从现在开始每天的失踪人口报告。不知能否提供？"

萨姆和布鲁诺对视一眼，布鲁诺耸耸肩，萨姆拿起电话，疲惫地下令给失踪人口调查科："您会拿到完整报告的，雷恩先生。报告会送到哈姆雷特山庄去。"

"你真是太好了，探长。"

布鲁诺清了清嗓子，欲言又止。雷恩友善而好奇地看着他。"前几天，"布鲁诺地方检察官开口道，"您说希望我们在采取明确行动之前通知您……"

"斧子终于要落下来了。"雷恩喃喃道，"具体是什么行动呢？"

"以谋杀查尔斯·伍德的罪名逮捕约翰·德威特。萨姆和我都认为，我们掌握了确凿的证据。局长听了我的报告后，也让我们抓紧行动。要起诉他并不难。"

雷恩神情严肃，脸颊上光滑的皮肤紧绷起来："那么，我猜你和萨姆探长也认为，是德威特杀害了朗斯特里特，对吧？"

"当然。"萨姆说，"幕后黑手就是你说的X先生。这两桩命案毫无疑问是同一个人干的，杀人动机也是匹配的，就像手套匹配双手一样。"

"巧妙的比喻。"雷恩说，"非常巧妙，探长。那你打算什么时候逮捕德威特，布鲁诺先生？"

"其实也不用太着急。"布鲁诺说，"德威特是逃不走的。但我们很可能明天就动手——只要，"布鲁诺面色阴沉地补充了一句，"除非发生什么足以改变我们决定的新情况。"

"除非发生奇迹，对吧，布鲁诺先生？"

"差不多。"布鲁诺冷冷笑道，"雷恩先生，萨姆探长和我到哈姆雷特山庄向您概述朗斯特里特案的时候，您说您已得出了某种结论。我们对德威特的逮捕不知是否与您的结论相符？"

"有点遗憾，"老演员沉吟道，"我认为现在逮捕德威特还太草率了……你刚才说证据确凿，到底有多确凿呢？"

"确凿到可以让德威特的辩护律师失眠好几天。"布鲁诺地方检察官反驳道，"大体上，检方起诉德威特是基于以下理由：据目前所知，他与伍德同时上船，谋杀发生时他还在'默霍克号'上，而且已经乘坐了四趟。船上所有的乘客中，只有他一人如此。这一点非常重要。德威特承认，谋杀发生后他试图立刻下船。为什么他会连乘四趟船——他起初还不承认，这一点我们会在法庭上加以强调——他的解释站不住脚，完全没有根据。他说他约好了和别人在船上见面，却拒绝透露对象和原因，这也足以将其定罪。我们认为这不过是他编造的谎言，有两个事实可以证明：一是'打电话的人'始终没有出现；二是无法追踪这通电话。所以，种种迹象表明，德威特口中的那通电话和打电话的那个人都是虚构出来的。到目前为止，您的看法如何，雷恩先生？"

"你说得很有道理，但几乎没有直接证据。请继续。"

布鲁诺热切的脸庞扭曲起来，他抬头看着天花板，继续道："谋杀现场所在的顶层甲板，德威特是可以上去的——当然，船上的其他人也可以上去——而且，晚上十点五十五分之后，就没有人经常看到德威特。在死者身上发现的雪茄,德威特承认是他的,从品牌和金箔带上的姓名缩写看也只可能是他的。德威特说他此前从未在任何地方给过伍德雪茄——这是他的辩解之词,实际上却可以为我们所用,因为它排除了德威特在谋杀发生前在别处把雪茄给伍德的可能性。"

雷恩轻轻拍手,表示无言的称赞。

"而且,伍德上船时身上没有雪茄,所以肯定是上了船之后有人给他的。"

"有人给的,布鲁诺先生?"

布鲁诺咬了咬嘴唇。"至少,这是合理的解释。"他说,"至于雪茄,我可以提出这样的假设:德威特在船上遇到了伍德,并和他谈了话。这个假设可以解释德威特为何坐了四趟船——这一点德威特本人也承认——以及从伍德和德威特登船到伍德被谋杀之间的一小时他们做了什么。两人见面之后,要么是德威特主动给了伍德雪茄,要么是伍德在谈话时找德威特要了雪茄。"

"等一等,布鲁诺先生。"雷恩和蔼地说,"这么说,你认为德威特给了伍德雪茄——或者伍德向德威特要了雪茄——然后德威特杀了伍德,并且完全忘记了伍德身上有一件确凿的证物,可以直接证明其涉案?"

布鲁诺唐突地笑了一下:"您知道,雷恩先生,凶手杀人的时候会做各种傻事。显然德威特确实忘了。您知道,他当时肯定非常紧张。"

雷恩挥了挥胳膊。

"那接下来,"布鲁诺继续道,"我们来谈谈动机。当然,要解释德威特杀害伍德的动机,我们必须将他同朗斯特里特谋杀案联系起来。虽然我们还没有这方面的直接证据,但其动机与朗斯特里特案的关联已经相当明显。伍德给警察局写信说,他知道谁是杀害朗斯特里特的凶手,却在暴露真相之前遇害——可以推断,凶手这样做是为了堵住他的嘴巴。只有一个人对杀人灭口感兴趣,那就是杀害朗斯特里特的凶手。这就意味着,陪审团的各位先生,"布鲁诺以戏谑的口吻继续道,"如果德威特杀害了伍德,那他必定也杀害了朗斯特里特。证明完毕。"

萨姆厉声道:"噢,你说的话,他一个字也不信,布鲁诺。这是浪费——"

"萨姆探长!"雷恩温和地责备道,"请不要误解我的看法。布鲁诺先生指出了一种在他看来不可避免的结论,我非常同意他的看法。杀害查尔斯·伍德的凶手无疑杀害了哈利·朗斯特里特。然而,布鲁诺得出这一结论的逻辑过程却要另当别论。"

"您的意思是,"布鲁诺大叫道,"您也认为德威特——"

"布鲁诺先生,请继续说下去。"

布鲁诺皱起眉头,萨姆瘫倒在椅子上,瞪着那位著名演员的侧影。"德威特谋杀朗斯特里特的动机非常清楚,"在一阵令人不安的沉默之后,布鲁诺地方检察官开口道,"两人之间早有仇怨,因为弗恩·德威特曾同朗斯特里特传出丑闻;因为朗斯特里特曾对珍妮·德威特意图不轨;因为,最重要的是,朗斯特里特无疑在长期勒索德威特,尽管我们还不知道前者掌握了后者的何种把柄。除了动机,我们还有另一个支持德威特是凶手的证据:朗斯特里特总是在电车上阅读报纸股票版,而且读报前总会掏出眼镜,这个习惯德威特比其他人都清楚。所以他才能设计出精密的杀人计划，让朗斯特里特被软木塞上的针扎伤，等等。至于伍德为什么会偶然发现德威特涉嫌朗斯特里特谋杀案的线索，我们知道，德威特在第一起案件和第二起案件之间至少搭乘了伍德的车两次。"

"那伍德掌握的'线索'到底是什么，布鲁诺先生？"雷恩问。

"当然，这一点我们还不是很清楚。"布鲁诺皱眉道，"两次搭乘电车时，德威特都是独自一人。但我觉得我们没有必要阐明伍德是如何知道德威特是凶手的——光是伍德可能知道谁是凶手这一事实，就足以支持我的论点……检方起诉时的一条具有决定性的强有力论据就是：据我们所知，朗斯特里特遇害时在电车上，伍德遇害时也在渡船上的人，只有德威特一个！"

"这个，"萨姆低吼道，"就是板上钉钉的证据。"

"从法律角度来看，这很有趣。"布鲁诺地方检察官沉思道，"雪茄是强有力的证据，再加上其他对德威特不利的推论和事实，便足以让大陪审团决定起诉德威特。要是我没有错得离谱的话，在听到陪审团的决定之后，德威特先生绝不会神采飞扬的。"

"精明的辩护律师会利用你说的这些来做相反的论证。"雷恩平静地说。

"您的意思是，"布鲁诺立刻回应道，"没有直接证据证明德威特杀了朗斯特里特，对吗？德威特被人诱骗到'默霍克号'上，由于个人原因，他不能透露此人的身份，雪茄是故意放在伍德身上的——换句话说，德威特是被陷害的，对吗？"布鲁诺微笑起来：
"当然，辩护律师一定会这么说，雷恩先生。但除非辩方律师将那个打电话的人活生生地带到庭上来，不然就肯定说不动陪审团。"

不，恐怕这个论点站不住脚。别忘了，德威特在这方面始终保持沉默，拒不开口。除非他从根本上改变态度，否则就会陷入非常不利的境地。即便从心理层面说，陪审团也会支持我们。"

"听着，"萨姆没好气地说，"我们再这样谈下去也不会有什么结果。您已经听了我们的想法，雷恩先生，您是怎么看的？"他说话的语气咄咄逼人，就像一个立场坚定、不容对手进攻的人。

雷恩闭上眼睛，微微一笑。当他再度睁眼时，眼里熠熠生辉。"我发现，二位，"他说，在椅子里扭了扭身子，面对布鲁诺和萨姆两人，"你们在对待罪与罚的态度上犯的错误，同许多制片人在戏剧及其解释的问题上犯的错误是一样的。"

萨姆大声冷笑，布鲁诺则眉头紧锁，靠回椅背。

"错误主要在于，"雷恩双手紧握手杖，和蔼地继续道，"你们处理问题的方式，就像我的童年伙伴试图进入马戏团时一样——倒着走进帐篷。也许我这么说还不够清楚。我可以用戏剧作一个鲜明的类比。"

"我们这些所谓的戏剧艺术家，会不时因为某个制片人宣布将再次上演《哈姆雷特》而想起这部戏剧舞台上的不朽之作。这个本意良好但误入歧途的制片人做的第一件事是什么？他忙着与律师协商，起草惊人的法律文件，精心挑选时机，公开宣布，将由著名演员巴里莫尔先生[1]或伟大的汉普登先生[2]主演这部惨遭破坏的经典。

---

1 巴里莫尔先生，即约翰·巴里莫尔（John Barrymore，1882—1942），美国戏剧演员，因为对哈姆雷特的塑造而被誉为"美国最伟大的在世悲剧演员"。
2 汉普登先生，即沃尔特·汉普登（Walter Hampden，1879—1955），美国戏剧演员，百老汇明星。

重点完全放在了巴里莫尔先生或汉普登先生身上。吸引人的是巴里莫尔先生或者汉普登先生。公众的反应也完全一样——他们去观看巴里莫尔先生或者汉普登先生认真努力的表演,而完全忽视了戏剧本身的史诗魅力。

"为了纠正过分强调明星的弊端,格迪斯先生[1]冒险起用优秀的年轻演员马西先生[2]担任主角,但这也是不明智的,因为这从另一个方面破坏了这部戏。格迪斯先生之所以选择马西先生,是灵光一现的结果,因为马西先生从来没有演过哈姆雷特,而这多多少少实现了莎士比亚原本的意图——表演者应该去呈现一个连他自己都觉得有趣的哈姆雷特,而不是去追求作为哈姆雷特诠释者的名声。当然,格迪斯先生砍掉了哈姆雷特的部分台词,还让马西先生将哈姆雷特演得更像是体格健美、脸上长着细绒毛的年轻人,而不是思想深邃的哲人,这就要另当别论了……

"但这种以明星为重的做法,对有史以来最伟大的剧作家莎士比亚来说是残酷的。在电影中也存在类似的情况。乔治·阿利斯[3]先生在电影中扮演一位历史人物。公众会成群结队地去看迪斯雷利[4]这个角色在声音和肉体上神奇地复活吗?或者去看亚历山

---

1 格迪斯先生,即诺曼·格迪斯(Norman Geddes,1893—1958),美国戏剧设计师。
2 马西先生,即雷蒙德·马西(Raymond Massey,1896—1983),加拿大演员。
3 乔治·阿利斯(George Arliss,1868—1946),英国演员,因在《迪斯雷利》(1929)中扮演维多利亚时代的英国首相本杰明·迪斯雷利而成为第一位获得奥斯卡奖的英国演员。
4 迪斯雷利,即本杰明·迪斯雷利(Benjamin Disraeli,1804—1881),英国保守党政治家、作家和贵族,曾两次担任首相。

大·汉密尔顿[1]复活？当然不会。他们会成群结队地去看乔治·阿利斯先生对另一角色的精彩诠释。"

"你们看，"哲瑞·雷恩继续说，"强调的问题不一样，解决问题的方法也会不一样。你们的现代罪犯逮捕制度，就像歌颂阿利斯先生或让巴里莫尔扮演哈姆雷特的现代制度一样，丧失了平衡，是极其错误的。制片人塑造《哈姆雷特》，删减它，改变它的比例，重新设计它，以适应巴里莫尔先生，而不是根据莎士比亚确定的真实比例来衡量巴里莫尔先生，看他是否满足戏剧的原始规格。你们，萨姆探长和布鲁诺地方检察官，犯了同样的错误——你们塑造犯罪，删减它，改变它的比例，重新设计它，以适应约翰·德威特，而不是衡量约翰·德威特是否符合犯罪的既定规格。那些无法解释的事实和附带事实之所以在你们的假说中显得零碎、肤浅、冗余，就是因为你们的假说过于牵强。我们应当始终将犯罪本身当作一组不可改变的事实来探究；如果一个假说导致了冲突或相反的结果，那这个假说就是错误的。听懂了吗，二位？"

"亲爱的雷恩先生，"布鲁诺的额头皱起来，整个举止都发生了微妙的变化，"这是一个绝妙的类比，我不怀疑它基本上是正确的。但是，老天，你建议的方法，我们能用上几次？我们需要行动。我们受到上级、报纸和公众的压力。如果有些事情是模糊的，那并不是因为我们错了，而是因为它们本身就无法解释，可能毫不相关、七零八碎。"

---

[1] 亚历山大·汉密尔顿（Alexander Hamilton，1755/1757—1804），美国开国元勋、美国宪法起草人之一。阿利斯也扮演过这一角色。

"这是一个有待商榷的问题……事实上,布鲁诺先生,"雷恩突然回答——他的神情又变得平和而神秘,"这场愉快的讨论到此为止吧。我同意你的看法,我们应该按法律程序办事。请务必以谋杀查尔斯·伍德的罪名逮捕德威特先生。"

雷恩微笑着站起身,鞠了一躬,迅速离开房间。

布鲁诺将雷恩送到走廊电梯口之后,带着忧心忡忡的表情回来了。萨姆从椅子上望着布鲁诺,脸上特有的凶悍表情已全无踪影。

"呃,萨姆,你是怎么想的?"

"该死,"萨姆说,"我也不知道自己该怎么想。一开始我以为他是个信口开河的老糊涂,可现在……"他站起来,开始在地毯上踱来踱去:"他刚才说的那些话可不是一个弱智的过气老演员的胡言乱语。我不知道……对了,有件事你一定会感兴趣:雷恩今天和德威特共进午餐了。莫舍刚才向我报告的。"

"和德威特共进午餐,对吗?可他对此只字不提啊。"布鲁诺地方检察官喃喃道,"我怀疑他对德威特还暗中有所打算。"

"呃,他应该没有和德威特共谋。"萨姆冷冷地说,"因为莫舍说,雷恩离开时,德威特看起来像条挨过打的狗。"

"也许吧。"布鲁诺叹口气,跌进转椅里。"也许雷恩终究是站在我们这边的。只要他有一丝可能会查出什么,我们就只能将就他,忍受他……当然,"他最后蹙额补充道,"这滋味很不好受!"

第十场

哈姆雷特山庄
九月十一日，星期五，晚上七点

在一个哥萨克人模样的男子的陪同下——此人骨瘦如柴，面颊苍白，每走一步，下巴都会剧烈颤抖——哲瑞·雷恩先生走进了哈姆雷特山庄私人剧院的门厅。剧院有一条与大厅平行的走廊，门口有一面宏伟的玻璃墙。门厅不像一般剧院那样到处都是闪闪发亮的镀金装饰，主要由青铜和大理石构成。门厅正中央立着一座非凡的雕塑，是高尔勋爵[1]那座著名雕像的青铜复制品——莎士比亚坐在高高的底座上，下面两边立着麦克白夫人、哈姆雷特、哈尔王子[2]和福斯塔夫的雕像。门厅后面有一扇青铜门。

雷恩一边敏锐地观察着打手势的同伴的嘴唇——这让后者瘦高的身材显得矮小起来——一边打开门，两人进入了剧院。里面没有包厢；没有洛可可装饰；没有挂在高高天花板上的壮观水晶吊灯；也没有阳台；没有气势恢宏的壁画。

舞台上，一个穿着脏罩衫的秃头小伙子正站在梯子上，随心所欲、活力四射地在背景幕上挥舞着画笔。那是一幅奇特的印象派图景——一条小巷，两边排列着古怪而扭曲的住宅。

"太棒了，弗里茨！"雷恩嗓音清晰地说，在剧院尾部停下

---

1 高尔勋爵，即罗纳德·高尔勋爵（Lord Ronald Gower，1845—1916），英国雕塑家，以在埃文河畔斯拉特福的莎士比亚雕像最为出名。

2 在莎士比亚戏剧中，亨利五世在登基前做王子时被称作"哈尔王子"。

脚步，打量着这个小伙子的作品。"我喜欢。"尽管剧院里空无一人，雷恩的声音却没有激起一丝回响。

"现在，"雷恩说着坐到后排的座位上，"请注意，安东·克罗波特金，你倾向于低估你同胞作品的潜力。在其怪诞的外表下，隐藏着真正的俄罗斯热情。把这部戏翻译成英语会冲淡它的斯拉夫激情。而按照你那可怕的建议，根据盎格鲁-撒克逊背景重写剧本，则会……"

铜门当啷一声向内打开，矮胖的奎西跟跟跄跄地走进剧院。克罗波特金晃了晃身子，雷恩顺着俄罗斯人的目光看去。"奎西，你是否侵犯了戏剧的神圣性呢？"雷恩亲切地问，然后眯起了眼睛，"你好像累了，可怜的丑卡西莫多[1]，出什么事了？"

奎西慢吞吞地走到旁边的座位，嘟嘟囔囔地向高个子的克罗波特金打了个招呼，然后抱怨道："我忙了一整天——只有仁慈的上帝才会这么忙。累？我……我差点累散架了！"

雷恩轻拍老奎西的手，好像这个满脸皱纹的跛子是个小孩："有收获吗，地精？"

奎西那张皮革般的脸上忽然露出一排牙齿："怎么可能？南美领事都是这样为国家效劳的吗？太可耻了。他们都出城了，都去度假了。事实上，我浪费了三小时打电话和——"

"奎西，奎西，"雷恩说，"作为这场游戏的新手，你得有耐心呀。你也联络过乌拉圭领事吗？"

"乌拉圭？乌拉圭？"老人尖叫道，"好像没有。乌拉圭？这

---

[1] 维克多·雨果的小说《巴黎圣母院》中驼背人的名字。

是一个南美国家吗？"

"是的。我相信，你去试试那边，或许会走运的。"

奎西扮了个鬼脸，那的确是张非常丑陋的脸。然后，出于纯粹的恶意，他猛击了一下克罗波特金的肋骨，啪嗒啪嗒地走出了剧院。

"这只可恨的老鼠！"克罗波特金粗声说，"他把我的肋骨打痛了。"

十分钟后，克罗波特金、霍夫和雷恩正坐在一起讨论一部新剧，老奎西又拖着步子走进剧院，龇牙咧嘴地笑道："噢，真是了不起的建议，雷恩先生，乌拉圭领事要到十月十日星期六才回来。"

克罗波特金抬起大脚，噔噔噔地沿过道走开了。雷恩眉头紧锁。"真不走运，"他低声道，"他也去度假了吗？"

"是的，他回乌拉圭了，领事馆里没有人能——或者说没有人愿意——提供任何信息。那个领事的名字叫胡安·阿霍斯，A-j-o-s……"

"对了，"霍夫沉吟道，"我想在这部作品上做个实验，雷恩先生。"

"阿霍斯——"奎西眨眨眼，开口道。

"你说什么，弗里茨？"雷恩问。

"把舞台横着隔开怎么样？技术上并不难实现。"

"我刚刚接了通电话——"奎西拼命插话，但雷恩正盯着霍夫。

"这值得考虑，弗里茨。"老演员说，"你——"

175

奎西拽住雷恩的胳膊，雷恩转过头去："噢，奎西！你还有什么事？"

"我是想告诉你，"奎西厉声道，"萨姆探长打电话来，说他刚刚逮捕了约翰·德威特。"

雷恩漫不经心地挥挥胳膊："愚蠢，但有用。他还说了些什么？"

驼背奎西用手掌搓了搓秃头："探长说，他们会尽快起诉德威特，但审判大约一个月后才开始。他说，地方刑事法庭到十月才会开庭，诸如此类的话。"

"那样的话，"雷恩说，"我们就让胡安·阿霍斯先生安心度假吧。你可以休息了，凯列班，下去吧！……现在，弗里茨，我们好好讨论一下你的创意吧。"

第十一场

莱曼、布鲁克斯与谢尔登律师事务所
九月二十九日，星期二，上午十点

弗恩·德威特太太在接待室的地板上踱来踱去，像一头不停甩动尾巴的雌豹。她穿着豹皮镶边的衣服，缠着豹皮镶边的头巾，蹬着很奇怪的豹皮镶边的鞋子。那对黑眼睛里闪烁着雌豹的邪恶与凶残。那张上了年纪、浓妆艳抹的脸简直就是一张图腾面具，隐藏着千百年的残酷。而且，在那张面孔的虚假外表下，也隐藏着一种原始的恐惧。

当接待员开门说布鲁克斯先生现在要见她时,德威特太太正静静地坐在椅子上。之前的表演只是她卖弄性感的把戏罢了。她淡淡一笑,拿起豹皮镶边的钱包,跟着接待员穿过一条摆满法律书籍的长长走廊,来到一间办公室的门口,门上写着:布鲁克斯先生私人办公室。

莱昂内尔·布鲁克斯就像他的名字——像狮子一样[1]。他身材魁梧,一头散发着英雄气概的蓬乱金发已经泛白。他穿着严肃,眼里写满深深的忧郁。

"请坐,德威特太太。对不起,让你久等了。"

她很不自然地坐下,拒绝了布鲁克斯递过来的香烟。

布鲁克斯坐在桌子边上,眼望着远方,突然开口道:"你可能在想我为什么请你过来吧?恐怕这件事关系重大,我很难开口。你明白,我只是个中间人,德威特太太。"

"我完全明白。"她说,涂着厚口红的嘴唇看上去一动不动。

布鲁克斯下定决心,继续道:"我每天都去牢房看望德威特先生。当然,他被指控犯有一级谋杀罪,法律规定不许保释。对于自己身陷囹圄这件事——呃,他倒是看得开。但这不是我最想说的。德威特太太,你丈夫昨天委托我来通知你,如果他的谋杀指控被宣告不成立,他将立即向你提起离婚诉讼。"

女人的眼睛一动不动;面对这个意外的打击,她的内心没有丝毫退缩。但她那双西班牙大眼睛的深处,却有什么东西开始燃烧起

---

[1] 莱昂内尔(Lionel)这个名字起源于拉丁语,意思是"小狮子"。

来。布鲁克斯急忙继续说下去。

"你丈夫授权我向你提出离婚条件,德威特太太。只要你不反对离婚,并且在尽量不张扬、不闹腾的情况下完成离婚,那么,在你今后独自生活期间,德威特先生每年都会向你支付两万美元的赔偿金。我觉得,德威特太太,在目前这种情况下——"布鲁克斯站起来,转过身,绕过桌子,"在目前这种情况下,德威特先生开出的条件非常慷慨。"

德威特太太用刺耳的声音说:"如果我要跟他打官司呢?"

"那他会一分钱也不给你。"

女人露出丑陋的微笑,因为她眼睛里的火焰没有熄灭,只有嘴唇弯了:"在我看来,你和德威特先生都过于乐观了,布鲁克斯先生。你知道,还有赡养费这回事。"

布鲁克斯坐下来,认真点了一支烟:"不会有任何赡养费的,德威特太太。"

"身为律师,你这么说可真奇怪,布鲁克斯先生。"德威特太太脸颊上的胭脂像火一样红,"一个被抛弃的妻子当然有权得到赡养!"

布鲁克斯被她金属般刺耳的声音吓了一跳,她用一种冷漠而机械的方式说话,听起来仿佛不是人类。"你不是一个被抛弃的妻子,德威特太太。如果你拒绝这一提议,迫使我们打官司,那你可以相信我的话:法庭会同情你的丈夫,德威特太太,而不是你。"

"有话请明说。"

布鲁克斯耸耸肩:"好吧,如果你一定要知道的话。德威特太太,在纽约州的离婚诉讼中,原告只能提起一种指控:不忠。德威特先生掌握了证据——我不得不这么说,德威特太太——他掌握了你不忠的证据,而这种证据也没必要捏造!"

这一次她非常平静,一只眼皮微微耷拉下来,仅此而已:"什么证据?"

"一份证人的签字声明。证人在法律文件上签字,发誓说你和哈利·朗斯特里特在今年二月八日凌晨,住进了朗斯特里特的公寓,而你当时本该出城度周末。证词上说得很清楚,证人看见你在早上八点钟穿着轻薄的睡衣,朗斯特里特先生则穿着肥大的睡衣。在证人看到你们的那一刻,你们显然很亲密。需要我说得更具体点吗,德威特太太?因为宣誓证词还记录了一些令人痛心的细节。"

"够了。这就够了。"她低声说,眼睛里面闪动着火焰。她已经放松下来,又变成了正常人,像个涉世不深的女孩一样瑟瑟发抖。然后她摇了摇头:"你那个思想龌龊的证人是谁——一个女人吗?"

"我不能随便说。"布鲁克斯厉声道,"我知道你在想什么。你认为这是虚张声势,或者是一场骗局。"他的脸色冷酷起来,语气也变得冷漠无情:"我向你保证,那份文件在我们手里,而且我们还有证人,一个完全可靠的人,可以证明那份文件真实可信。我还要向你保证,我们可以证明,在朗斯特里特公寓发生的事不是你们之间的第一次,尽管那可能是最后一次。我再说一遍,德威特太太,在这种情况下,德威特先生已经很慷慨了。根据我处理这些事情的经验,我建议你接受他开出的条件——如果你不吵不闹,帮我们顺利办完离婚手续,那在你今后独自生活期间,就能每年拿到两万美元。好好考虑一下吧。"

布鲁克斯态度决绝地站起来，俯视着坐在椅子上的德威特太太。她双手十指交握，放在膝上，坐在那里盯着地毯。然后，她一言不发地从椅子上溜下来，向门口走去。布鲁克斯为她打开门，送她到接待室，按下电梯按钮。他们默默地等着电梯。电梯来了，布鲁克斯缓缓地说："我希望在一两天内收到你的信——或者是你律师的信，德威特太太，如果你决定聘请一位的话。"

德威特太太与布鲁克斯擦身而过，进入电梯，仿佛他并不存在一样。电梯侍者咧嘴一笑，布鲁克斯晃着身子，独自站在那里，陷入沉思。

年轻的合伙人罗杰·谢尔登把长着一头鬈发的脑袋伸进接待室，做了个鬼脸："人走了吗，莱昂内尔？她是什么反应？"

"我不得不称赞她。她面不改色地把我的话听完了。她挺勇敢的。"

"嗯，这应该会让德威特高兴的。前提是她不闹腾。你认为她会打官司吗？"

"很难说。但我有预感，她知道安娜·普拉特是我们的证人。因为那个叫普拉特的女人说，她觉得那天早上她偷窥卧室的时候，德威特太太看到了她。这些女人真该死！"他突然停下来。"喂，罗杰，"他喃喃道，"这让我冒出一个不舒服的念头。你最好派人看住安娜·普拉特。我不敢肯定她出来做证的目的是否诚实。就算德威特太太想收买她，就算她在证人席上翻供，我也不会感到惊讶……"

他们沿着走廊来到布鲁克斯的办公室。谢尔登说："我会让本·卡勒姆去。他很擅长这种事。莱曼在德威特的案子上进展如何？"

布鲁克斯摇摇头："很困难，罗杰，很困难。弗雷德[1]非常头痛。天哪，如果德威特太太知道德威特逃脱惩罚的机会是多么渺茫，她就不会担心离婚诉讼的事了。她成为寡妇的可能性比离婚的可能性大多了！"

第十二场

哈姆雷特山庄
十月四日，星期日，下午三点四十五分

哲瑞·雷恩先生在英式花园中漫步，双手松松垮垮地交握在腰背上，嗅着空气中的馥郁花香。褐色面庞、紧咬着褐色牙齿的奎西陪在雷恩身边，一如既往地沉默寡言，因为他的主人这时候正在闹情绪，而奎西会像忠实的老猎犬一样顺应主人反复无常的情绪。

"如果我看上去像是在抱怨，猴子，"雷恩嘟哝道，没有低头去看奎西那乱蓬蓬的脑袋，"请原谅。有时我会变得很不耐烦。不过，我们所有人的老师莎士比亚对不紧不慢、不慌不忙的时间有过许多论述。比如，"他用雄辩的口吻继续道，"'时间是审判一切这一类罪人的老法官，让他来审判吧。'[2]美丽的罗瑟琳从没说过

---

1 弗雷德里克的昵称。
2 出自莎士比亚戏剧《皆大欢喜》第四幕第一场。

比这更正确的话。还有,'总有一天,深藏的奸诈会渐渐显出它的原形;罪恶虽然可以掩饰一时,免不了最后出乖露丑。'[1]这句话有点别扭,但也算深刻。还有,猴子:'六十年风水轮流转,您也遭了报应了。'[2]这句话也是非常正确的。所以,你看……"

他们来到一棵奇形怪状的老树前。这棵树有两根粗壮的树干,长满灰色节瘤,在他们头顶形成奇怪的隆起。树干之间有一处凹陷,可以充当长椅。雷恩坐下来,示意奎西坐在他身边。

"奎西之树。"雷恩喃喃道,"你看啊,可敬的老人,我们为羸弱的你立了一座纪念碑……"他眯着眼睛。奎西坐下来,焦急地探出身子。

"您看起来很忧虑。"奎西嘟囔着,然后立刻抓住自己的胡须,好像刚才说了句鲁莽的话似的。

"你这样认为吗?"哲瑞·雷恩问道,狡黠地斜眼看了他一眼,"那你就比我更了解我自己了……可是,奎西,等待时间流逝并不能抚慰我的心神。我们走进了死胡同。没有任何可以改变僵局的事情发生。我在问自己,这样的事情到底有没有可能出现。我们见证了一个斯芬克斯似的神秘人物的形成过程。约翰·德威特,从一个被莫名的恐惧折磨的人,变成了一个被莫名的兴奋剂振作起来的人。谁知道是什么药使他拥有了钢铁般的灵魂?我昨天见到他时,他就像一个瑜伽修行者——孤僻、平静、无忧无虑,似乎正以神秘东方式的泰然自若等待死亡。太奇怪了。"

---

1 出自莎士比亚戏剧《李尔王》第一幕第一场。

2 出自莎士比亚戏剧《第十二夜》第五幕第一场。

"也许,"奎西尖声说,"他会被无罪释放。"

"说不定,"老演员继续说,"我认为他已经听天由命,而他只是像罗马斯多葛派那样坦然淡定罢了。这个人从根子上说有钢铁般的品格。有意思……除此之外——什么发现都没有。我无能为力,现在我沦落为没用的、念开场白的角色。失踪人口调查科一直彬彬有礼,但他们的报告就像蒲柏[1]所说的剽窃诗人的作品一样索然无味。办事高效的萨姆探长一本正经地告诉我——他可真是一位天真的绅士,奎西——他调查了那艘卡戎[2]渡船上的所有乘客的私生活,他们的住址、身份和背景看上去都没有异常。又是死胡同……到头来毫无意义!太多的人离开了现场,下落不明,无从追寻……无所不在的迈克尔·柯林斯,带着忏悔者爬进帕普努提乌斯洞穴里的那种热忱,去探访了约翰·德威特等待法律判处他死刑的囚室——却没有给他的灵魂带来任何慰藉,奎西……布鲁诺地方检察官,一个忧心忡忡的家伙,通过莱昂内尔·布鲁克斯律师告诉我,德威特太太已经溜回了巢穴——她似乎既不接受也不拒绝她丈夫的离婚提议。她是个精明又危险的女人,奎西……我那位在非法剧院工作的同行,彻丽·布朗小姐,在地方检察官办公室频频出没,主动提出要帮助检方起诉德威特。她对检察官几乎没有什么用,除了她那诱人的姿色——毫无疑问,如果把她可爱的小腿和引人偷窥的乳房凸显出来,她在证人席上还是颇有价值的……"

---

1 蒲柏,即亚历山大·蒲柏(Alexander Pope,1688—1744),启蒙运动时期的英国诗人、翻译家和讽刺作家,被认为是十八世纪早期最杰出的英国诗人之一。
2 希腊神话中送亡灵过冥河往冥府去的渡神。

"如果现在是四月左右,雷恩先生,"奎西在一阵充满敬畏的沉默后主动说,"我敢说,您刚才是在排练《哈姆雷特》里的一段独白。"

"可怜的查尔斯·伍德,"哲瑞·雷恩叹了口气,继续道,"把他不朽的遗产留给了新泽西州政府,因为没有人来认领这九百四十五美元六十三美分。夹在存折中没有存入的五美元,很可能会在档案室中腐朽成灰……啊,奎西,我们生活在一个充满奇迹的时代!"

第十三场

弗雷德里克·莱曼宅
十月八日,星期四,晚上八点

哲瑞·雷恩的豪华轿车停在西区大道的一座公寓楼前,门卫弓着腰,把这位老演员迎下车,领入门厅。

"我找莱曼先生。"

门卫操作通话器,一番问答后,领着哲瑞·雷恩先生进入电梯,直上十六楼。一个日本仆人笑眯眯地打了个招呼,把雷恩领进一间复式公寓。一个中等身材的英俊男人走过来,同雷恩握手。他穿着晚礼服,圆脸,下巴下有一道白色伤疤,额头宽大,头发稀疏。日本仆人拿走了雷恩的披肩、帽子和手杖。

"久仰大名,雷恩先生。"莱曼说着把雷恩领到书房里的一把扶手椅旁,"您知道,在这里接待您,我感到无比荣幸和愉快。莱昂内尔·布鲁克斯告诉我,您对德威特的案子很感兴趣。"

莱曼绕过一张堆满文件和法律书籍的书桌,坐下来。

"我想,你的辩护遇到了困难吧,莱曼先生?"

律师斜斜地倒在椅子里,开始不安地抚摩下巴上的伤疤。"困难?"他闷闷不乐地看了看桌上凌乱的文件和书籍,"这案子几乎不可能打赢,雷恩先生,尽管我已经尽了全力。我再三向德威特断言,除非他改变态度,否则就在劫难逃。但他还是顽固地一言不发,一心求死。审判已经进行了好几天,我从他嘴里什么也问不出来,情况看上去很不乐观。"

雷恩心满意足地叹了口气:"莱曼先生,你认为德威特会被判有罪吗?"

莱曼看起来愁眉不展。"这似乎是不可避免的。"他摊开双手,"布鲁诺口若悬河,状态极佳——他是一位极其聪明的检察官——他向陪审团提出了一项非常有力的间接证据[1]。我观察过那十二个善良诚实的人,毫无疑问,他们被布鲁诺说服了。这些家伙都是白痴。"

雷恩注意到这位律师的眼袋很暗:"莱曼先生,你认为德威特拒绝透露神秘打电话者的身份是恐惧使然吗?"

"该死,我不知道。"莱曼按了一个按钮,日本仆人端着托盘悄无声息地进来了。"您是不是要喝点什么,雷恩先生?来点可可

---

[1] 指基于常识可以合理地从中推断出待证事实的情况或事实,而并非个人亲身经历或亲眼所见的事实。也指除证人、证言以外的其他形式的证据。在无直接证据的情况下,与待证事实有关联性的间接证据可以被采纳。

185

牛奶或者茴香酒?"

"不,谢谢。给我一杯黑咖啡就好。"

日本仆人退了下去。

"我坦率地告诉您,雷恩先生,"莱曼拿起面前的一份文件,继续道,"德威特从一开始就把我弄糊涂了。我真不知道他是听天由命了,还是藏着什么锦囊妙计。如果是听天由命,那他就注定死路一条。我已经尽力了。布鲁诺今天下午就要结束陈词,这个我想您知道吧。明天上午我就开始辩护。今天庭审结束后,我在法官办公室见到了格里姆,那位老法官比平时口风更严……至于布鲁诺,他想要血债血偿,或者说,他相当自信。我的一个手下无意中听他说,这案子他已经稳操胜券……但根据我在这一行的经验,我一直信奉这样一句话:陷身于如此巨大的危难之中,就连最微小的一丝希望也不可放过。[1]"

"莎士比亚风格的日耳曼戏剧台词。"雷恩喃喃道,"你打算怎么辩护?"

"我所能做的,就是提出与布鲁诺的论点截然不同的解释——那就是,这一切都是诬陷。当然,"莱曼说,"我已经尝试在一个细节上发起诘问,质疑布鲁诺——在陪审团面前嘲笑他无法解释伍德是如何发现德威特的罪行的。即使考虑到德威特在谋杀发生后两次上了伍德的电车,也无法证明伍德发现了德威特是凶手。毕竟,德威特有乘坐那辆电车的习惯,我让陪审团彻底了解了这一点。不过,布鲁诺论证中的这个弱点,恐怕无法抵消伍德尸体上那根雪茄

---

[1] 出自德国文学家歌德的戏剧《埃格蒙特》。这部作品深受莎士比亚戏剧的影响。

作为直接证据的效力。那可是根难啃的硬骨头。"

雷恩从日本仆人手里接过一杯黑咖啡,边喝边思索起来。莱曼则摆弄着手中的小酒杯。

"这还不是全部。"莱曼耸耸肩,继续道,"德威特最大的敌人一直是他自己。要是他没有告诉警察他从没给过伍德雪茄就好了!那样的话,我也许能编出一条能让人信服的辩词。还有那天晚上他撒谎的方式……真气人。"他干了那一小杯酒:"他先是说他只坐了一趟渡船,然后又承认坐了四趟——还说是有人打电话约他见面的,这也太可疑了——说实话,我不怪布鲁诺在法庭上嘲笑这套说辞。如果我不了解德威特,我也不会相信。"

"但是,"雷恩平静地说,"难道你指望陪审团在证据面前接受你对德威特的个人评价?应该不会吧……莱曼先生,从你今晚的语气来看,你明显已经做了最坏的打算。也许——"雷恩微笑着放下咖啡杯,"也许我们可以一起努力,好好利用歌德所说的'最微小的一丝希望'……"

莱曼摇了摇头:"虽然我很感谢您的帮助,但我看不出有多大的希望。从法律上讲,我的最佳策略就是,尽量质疑布鲁诺的间接证据,这样一来,陪审团就会因为合理怀疑而做出无罪判决。虽然机会不大,却是我的最佳进攻路线。德威特固执地守口如瓶,任何证明他清白的努力都是白费口舌。"

雷恩闭上眼睛。莱曼一言不发,好奇地端详着这位传奇人物的脑袋。老演员睁开眼睛,莱曼在雷恩那灰色眸子的深处看到了纯粹的惊讶。"你知道吗,莱曼先生,"雷恩低语道,"我感到无比震惊,有这么多聪明的头脑调查此案,却没有一个人能看透纷纷扰扰的表象，直击——至少对我来说——像照片一样清晰的真相。"

莱曼的脸上闪现出某种东西——一种希望，一种疲惫的期盼。"您的意思是，"他急忙问，"您掌握了一件我们其他人不知道的相关事实吗？——能证明德威特清白的东西？"

雷恩双手十指交握："告诉我，莱曼先生，你真的相信德威特没有杀伍德吗？"

律师嘟哝道："这个问题很难回答。"

雷恩摇摇头，微笑道："好吧，不谈这个了……我刚才提到了像照片一样清晰的真相，而你立即推断我发现了新东西……莱曼先生，我知道的内容，萨姆探长、布鲁诺地方检察官和你自己也知道，那就是你们通过对命案当晚的事实和情况进行研究所掌握的事实和情况。我觉得，头脑敏锐的德威特如果处在不同的立场，换句话说，如果他自己不是案件的中心人物，应该很容易就能看穿真相。"

莱曼已经不耐烦地从椅子上跳了起来。"看在上帝的分儿上，雷恩先生，"他叫道，"到底是什么真相？天哪，我真的又开始心怀希望了！"

"请坐，莱曼先生。"雷恩温和地说，"仔细听着。如果愿意的话，也可以做笔记……"

"等等，先生，等等！"莱曼跑到柜子前，匆匆拿回来一个奇怪的机器，"这是口述录音机——您尽管说，雷恩先生。我会整夜研究，明天上午去拼死一搏！"

莱曼从桌子抽屉里拿出一个黑色蜡筒[1]，装到口述录音机上，然后把麦克风递给雷恩。雷恩对着口述录音机轻轻说话……九点三十分，雷恩走了，留下欣喜若狂的莱曼——他目光炯炯，眼中的疲惫一扫而空，手正向电话摸去。

第十四场

刑事法庭大楼
十月九日，星期五，上午九点三十分

矮小的老法官格里姆裹着黑袍，面色阴沉、神态威严地走进法庭。法警敲了下小木槌，大喝一声"肃静"，法庭里嗡嗡的窃窃私语声立刻如潮水般退到庭外的走廊里。约翰·O.德威特谋杀查尔斯·伍德案的第五天审判开始了，法庭外的走廊里一片寂静。

旁听席上挤满了人。在法官席前的围栏内，法庭速记员办公桌的两侧各摆着一张桌子。一张桌旁坐着布鲁诺地方检察官、萨姆探长和一小组法律助理；另一张桌旁坐着弗雷德里克·莱曼、约翰·德威特、莱昂内尔·布鲁克斯、罗杰·谢尔登和几个律师事务所的职员。

围栏外，人头攒动的旁听者中浮现出几张熟悉的面孔。在离陪审团席不远的角落里，坐着哲瑞·雷恩先生，他旁边坐着矮小的

---

[1] 口述录音机上用于记录语音的装置。

奎西。房间另一侧坐着一群人，他们是富兰克林·埃亨、珍妮·德威特、克里斯托弗·洛德、路易斯·因佩里亚莱和德威特的管家约根斯。离他们不远处是一身迷人黑衣的彻丽·布朗，还有面色阴郁的波卢克斯。迈克尔·柯林斯咬着嘴唇，独自坐着；朗斯特里特的秘书安娜·普拉特也一样。弗恩·德威特太太远远地坐在旁听席末尾，脸上蒙着面纱，神秘的身影一动不动。

预备程序结束后，瞬间活力四射的莱曼嗖地站起身，从桌后走出来，愉快地瞥了一眼陪审团，对地方检察官咧嘴一笑，然后面朝法官道："法官大人，我请求传唤辩方的第一位证人，被告约翰·O.德威特出庭做证！"

布鲁诺从椅子上半站起身，双眼圆睁；在席卷法庭的一片惊讶的嗡嗡声中，萨姆探长困惑不解地摇了摇头。布鲁诺地方检察官的脸上此前一直写满平静与自信，现在却隐隐透出了忧虑。他向萨姆俯下身，用手捂着嘴，低声说："莱曼到底要玩什么把戏？传唤谋杀案的被告！让我有机会发起攻击……"萨姆耸耸肩，布鲁诺靠到椅背上，自言自语道："肯定有哪里不对劲。"

约翰·O.德威特正式宣誓，用平静而僵硬的声音念出了誓言、姓名和住址，然后坐在证人席上，双手十指交握，等待着律师发问。法庭上笼罩着一片死寂。德威特那瘦小的身材，近乎超然的冷静态度，是那样神秘莫测、不可思议。陪审团成员都探出身子，坐到座位的边缘。

莱曼相当和蔼地说："能不能告诉我你的年龄？"

"五十一。"

"职业？"

"证券经纪人。在朗斯特里特先生去世之前,我是德威特与朗斯特里特证券经纪公司的高级合伙人。"

"德威特先生,请向法官和陪审团陈述九月九日星期三晚上,从你离开办公室到你到达威霍肯渡口这段时间发生的事。"

德威特用一种近乎聊天的口吻说:"我五点半离开时代广场分公司,乘地铁到市中心华尔街的证券交易所俱乐部。我去了健身房,打算在晚饭前锻炼一下,也许可以在游泳池游两圈。在体育馆里,我的右手食指被器械割伤了——一条又长又难看的伤口,流血不止。俱乐部的莫里斯医生立刻为我处理了伤口,止了血,还对伤口消了毒。莫里斯想用绷带包扎手指,但我认为没有必要,而且……"

"等一下,德威特先生,"莱曼温和地插话道,"你说你认为没有必要包扎手指,你不是非常在意自己的外表吗……"

布鲁诺跳起来反对,认为这个问题是在误导证人。格里姆法官裁决反对有效。莱曼笑了笑,又问道:"你拒绝包扎还有别的原因吗?"

"是的。我打算大半个晚上都待在俱乐部。既然在莫里斯医生的照料下,伤口已经不流血了,我就不想被难看的绷带缠起来,那样很不方便,而且被人看见了,我还不得不回答关于这场事故的善意询问,而我对这种事是相当敏感的。"

布鲁诺又站了起来,争辩,咆哮,大叫……格里姆法官让地方检察官安静,示意莱曼继续。

"继续讲你的故事,德威特先生。"

"莫里斯医生告诉我要小心手指,因为扭曲或碰撞会导致伤口再次撕裂出血。我只好放弃游泳,费了一番力气才穿上衣服,和我的朋友富兰克林·埃亨一起去俱乐部餐厅。我们本来就约好了要共进晚餐。我们吃过饭,同其他生意上的朋友一直待在俱乐部。有人邀请我玩一场定约桥牌,但我的手受伤了,只好婉言谢绝。十点十分,我离开俱乐部,乘出租车来到第四十二街尽头的渡船终点站……"

布鲁诺再次站起来,激烈抗议证词是"不恰当、不相关、不重要的",要求将被告的所有证词从记录中删除。

莱曼说:"法官大人,被告的证词是恰当的、相关的,而且对辩护至关重要。辩方将借此证明德威特先生并未犯下被指控的罪行。"

经过几分钟的进一步讨论,格里姆法官驳回了地方检察官的反对意见,示意莱曼继续。但莱曼转向布鲁诺,用和蔼的语气说:"你可以询问证人了,布鲁诺先生。"

布鲁诺犹豫了一下,皱皱眉,然后站起来,恶意攻击德威特。整整十五分钟,法庭里都吵闹不断。布鲁诺纠缠着德威特,试图推翻他的供词,提出与朗斯特里特有关的事实。对于这些质问,莱曼都坚决反对,而且每次反对格里姆法官都裁决有效。最后,在受到格里姆法官的冷冷训斥之后,布鲁诺地方检察官挥挥胳膊,坐下来,擦了擦额头的汗水。

德威特从证人席上走下来,脸色比平时更加苍白,回到被告席的座位上。

"我请求传唤辩方的第二位证人——"莱曼宣布,"富兰克林·埃亨。"

德威特的朋友一脸惊愕，从旁听的人群中站起来，走下过道，穿过围栏上的门，来到证人席。他宣了誓，报上全名本杰明·富兰克林·埃亨，以及在西恩格尔伍德的住址。莱曼双手插在口袋里，温和地问："你从事什么职业，埃亨先生？"

"我是一名退休工程师。"

"你认识被告吗？"

埃亨瞥了德威特一眼，微笑道："是的，先生，认识六年了。我们是邻居。他是我最好的朋友。"

莱曼严厉地说："请只回答我提出的问题。好了，埃亨先生，请告诉我，你是否在九月九日星期三晚上在证券交易所俱乐部见过被告？"

"是的，德威特先生说的都是真的。"

莱曼又严厉地说："请只回答我提出的问题。"

布鲁诺抓住椅子扶手，紧闭嘴唇，身子靠在椅背上，双眼紧盯埃亨的脸，就像以前从未见过这个人似的。

"我确实在你说的那天晚上在证券交易所俱乐部见过德威特先生。"

"那天晚上，你第一次见到他是什么时候，在什么地方？"

"是七点差几分的时候。我们在餐厅的门厅里见面，马上就进去吃饭了。"

"从那一刻到十点十分，你一直和被告在一起吗？"

"是的，先生。"

"他是在十点十分和你离开俱乐部的，对吗，就像他刚才做证时说的那样？"

193

"是的,先生。"

"埃亨先生,作为德威特先生最好的朋友,你认为他是否在意自己的个人形象?"

"我认为——我非常肯定——他在意自己的个人形象。"

"那么,你认为他不缠绷带的决定符合他的这个性格特点吗?"

埃亨由衷地说:"毫无疑问!"与此同时,布鲁诺也对这个提问和回答提出反对,并且得到了法官的支持,于是这组问答被从记录中删除。

"那天用晚餐的时候,你注意到德威特先生的手指受伤了吗?"

"是的。我们走进餐厅之前,我就注意到了,还评论了两句。德威特先生讲述了他在健身房发生的意外,并允许我检查他的手指。"

"这么说,你看到了那根手指。你检查手指的时候,伤口是什么情况?"

"伤口露了肉,很难看,在手指内侧,大约一英寸半长,又长又深。伤口已经不流血了,刚刚结上干涸的血痂。"

"在用餐的时候,或者用餐之后,发生了什么与这一点有关的事吗,埃亨先生?"

埃亨静静地坐着,抚摩着下巴,若有所思,然后抬起头来:"是的。我注意到德威特先生整个晚上都笨拙地举着右手,在餐桌上也只用左手吃饭。德威特先生的猪排不得不由侍者来切。"

"你可以询问证人了,布鲁诺先生。"

布鲁诺在证人席前踱来踱去。埃亨静静地等待着。

布鲁诺伸出下巴，满脸敌意地盯着埃亨："你刚才做证说，你是被告最好的朋友。他最好的朋友，你不会为你最好的朋友做伪证吧，埃亨先生？"

莱曼微笑着站起来，表示反对，陪审席上有人也窃笑起来。格里姆法官裁决反对有效。

布鲁诺瞥了一眼陪审团，好像在说："好吧，我的意思，你们反正都明白了。"他又转过脸，直面埃亨："被告当晚十点十分离开你后，你知道他要去哪里吗？"

"不知道。"

"你怎么没有和被告一起离开呢？"

"德威特先生说他有个约会。"

"和谁？"

"他没说，我当然也没问。"

"被告离开俱乐部后，你做了什么？"

莱曼又站起来，疲倦地微笑着再次提出反对。格里姆法官再次裁决反对有效。布鲁诺做了个厌恶的手势，结束了对证人的询问。

莱曼自信地走上前来。"我请求传唤第三位证人，"他故意拉长腔调说，瞥了一眼检方席，"萨姆探长！"

萨姆探长吓了一跳，一脸愧疚，就像被抓住的偷苹果的男孩。他看着布鲁诺，布鲁诺摇了摇头。萨姆探长蹒跚着站起来，瞪着莱曼，宣了誓，重重地坐到证人席上，挑衅似的等着莱曼询问。

莱曼似乎玩得非常开心。他友好地瞥了一眼陪审团，仿佛在说："你们看！我甚至不怕请伟大的萨姆探长来为我的当事人辩护。"他调皮地朝萨姆晃了晃手指。

"萨姆探长,查尔斯·伍德被发现遇害时,你正负责率领警方调查'默霍克号'渡船,对吗?"

"是的!"

"尸体从河里捞上来之前,你站在哪里?"

"在顶层乘客甲板上,船的北侧,栏杆边上。"

"就你一个人吗?"

"不是!"萨姆厉声道,抿紧了嘴唇。

"谁和你在一起?"

"被告和哲瑞·雷恩先生。我的一些手下也在甲板上,但只有德威特、雷恩和我在栏杆边上。"

"你当时注意到德威特先生的手指被割伤了吗?"

"是的!"

"你是怎么注意到的?"

"他靠着栏杆,右手僵硬地向上举着,手肘撑在栏杆上。我问他出了什么事,他说他那天晚上在俱乐部里把自己割伤了。"

"你近距离观察过伤口吗?"

"你这话是什么意思?——近距离?我看见了——我刚才告诉过你。"

"好了,好了,探长,别发火嘛。请描述一下你当时看到的伤口的样子。"

萨姆不解地看了眼检方席上的布鲁诺地方检察官,但布鲁诺双手抱头,正竖着耳朵仔细倾听。萨姆耸耸肩道:"嗯,手指有点肿,伤口好像很痛,整个伤口上都结了干涸的血痂。"

"整个伤口的长度是多少,探长?痂是完好无损的,没有裂开,对吧?"

惊奇的表情爬上萨姆僵硬的脸庞,他声音里的敌意也小了。"是的。痂看起来很硬。"

"那么,你认为伤口愈合得相当不错吗,探长?"

"是的。"

"那么,你看到的不是一个新伤口了?换言之,皮肤不是你在栏杆边看到伤口前刚刚划开的,对吧?"

"我不明白你到底是什么意思。我又不是医生。"

莱曼嘴角上翘,微微一笑:"很好,探长。我换个方式提这个问题:你看到的伤口是刚刚形成的新伤口吗?"

萨姆紧张地扭动起来:"这是一个愚蠢的问题。上面都是痂了,怎么可能是新伤口呢?"

莱曼咧嘴一笑:"说得正是,探长……现在,萨姆探长,请告诉法官和陪审团,你注意到德威特先生的伤口后发生了什么。"

"那时候尸体被捞上来了,我们连忙跑向通往底层甲板的楼梯。"

"在你做这件事的时候,有没有发生与德威特先生的伤口有关的事情?"

萨姆满脸阴郁地说:"有。被告先走到门口,抓住门把手,为雷恩先生和我开门。他大叫一声,我们看到他手指上的伤口裂开了,正在流血。"

莱曼倾身向前,轻拍着萨姆结实的膝盖,一字一顿地说:"仅仅因为被告抓住门把手,痂就裂开,伤口就开始流血了?"

萨姆犹豫起来，布鲁诺无奈地摇摇头，眼神中充满悲伤。

萨姆咕哝道："是的。"

莱曼紧接着又问："伤口开始流血后，你仔细看过吗？"

"是的。德威特把手举了一会儿，伸手去拿手帕，我们看到痂有好几处裂开了，血正从破开的地方渗出来。然后他用手帕把手包好，我们继续下楼。"

"探长，你敢发誓，你在门口看到的流血伤口，就是你前不久在栏杆边看到的没裂开的伤口吗？"

萨姆无可奈何地说："是的。是的。"

但莱曼固执地追问道："根本没有新的伤口，甚至连新的划痕都没有？"

"没有。"

"我问完了，探长。你可以询问证人了，布鲁诺先生。"莱曼说完对陪审团意味深长地笑了笑，然后走开了。布鲁诺不耐烦地摇摇头，萨姆从证人席上走下来，脸上表情复杂——厌恶、震惊，还有某种领悟。莱曼再次向前走去，观众紧张兴奋起来，彼此窃窃私语，记者疯狂地写着东西，法警大声要求现场肃静，布鲁诺地方检察官慢慢转过头来，环视法庭，仿佛在寻找某个人。

莱曼平静而自信地传唤莫里斯医生出庭做证。这位证券交易所俱乐部的医生是个中年男子，一副苦行僧面孔。他从听众中走出来，宣了誓，报上全名休·莫里斯和住址，然后坐到证人席的椅子上。

"你是医生吗？"

"是的。"

"在哪里工作？"

"我是证券交易所俱乐部的正式医生，还在贝尔维医院担任主治医师。"

"你持有行医执照多久了，医生？"

"我持有纽约州行医执照，已从事医务工作二十一年。"

"你认识被告吗？"

"是的。我认识他已有十年，从他成为证券交易所俱乐部会员开始。"

"德威特先生九月九日晚在俱乐部健身房弄伤右手食指的情况，你已经听到前面几位证人的证词了吧？就你所知，你是否相信，关于健身房发生的事，到目前为止的证词在每个细节上都准确无误？"

"是的。"

"在被告拒绝用绷带包扎手指之后，你为什么警告他要小心手指呢？"

"因为伤口的情况不允许大意，只要食指突然弯曲，皮肤绷紧，伤口就会重新裂开。伤口贯穿食指上部的两个关节。例如，星期三晚上，只要像平常那样握拳，就会导致伤口皮瓣膨胀，使本应形成的痂破裂。"

"这就是你想把那只手包扎起来的专业理由吗？"

"是的。因为用含药物的绷带包扎过后，如果伤口真的裂开了——由于位置特殊，这种情况是可能发生的——伤口可以得到抗菌保护。"

"非常好，莫里斯医生。"莱曼语速飞快，"现在，你已经听过前一位证人的证词,描述了他在船栏杆边看见的伤口和结痂的情况。我们的证人萨姆探长描述的这个伤口,会不会在被探长看到之前十五分钟裂开过呢,莫里斯医生?"

"你的意思是,原来的伤口会不会在萨姆探长第一次看到它的十五分钟之前就裂开了,并且在十五分钟内恢复成探长描述的那样?"

"是的。"

医生斩钉截铁地说:"肯定不会。"

"为什么?"

"即使是在一小时以前裂开,它也不可能恢复成萨姆探长描述的那种状况——表面粗糙,完好无损,连成一整块,而且又硬又干。"

"那么,你的意思是,根据萨姆探长的描述,从你在俱乐部治疗伤口,到被告在渡船上抓住门把手这段时间,伤口没有裂开过,对吗?"

布鲁诺极力反对,与此同时,莫里斯医生冷静地回答:"是的。"检方愤怒争辩的时候,莱曼意味深长地瞟了一眼陪审团,他们正在热烈地交头接耳。莱曼平静而满意地笑了。

"莫里斯医生,萨姆探长在栏杆边看到被告伤口处于探长所描述的状态前几分钟,被告是否可能抓住并举起一个两百磅重的物体,将其推出或者扔出栏杆,越过往外伸出两英尺半的甲板,并且不导致伤口裂开?"

布鲁诺又跳起来,气得满头大汗,用最大的肺活量表示反对。但格里姆法官驳回了他的意见,裁定医生的专业意见与辩方的论点有关。

莫里斯博士说:"绝不可能。他不可能按照你刚才描述的那样去做,并且不导致伤口裂开。"

莱曼带着胜利的微笑说:"你可以询问证人了,布鲁诺先生。"

法庭上又是一阵骚动,布鲁诺咬着下唇,瞪眼怒视着医生。他在证人席前来回踱步,像一头被关在笼里的动物。

"莫里斯医生!"布鲁诺开口道。

格里姆法官敲了敲法槌,要求大家保持肃静。

布鲁诺顿了顿,等法庭安静下来后才继续道:"莫里斯医生,你已宣誓,并基于你所谓的专业知识和经验做证说,根据前一位证人描述的被告伤口的愈合情况,被告不可能用右手把一个两百磅重的物体扔出栏杆而不导致伤口裂开……"

莱曼不慌不忙地说:"反对,法官大人。这不是证人给出肯定回答的问题。我的问题是说,不仅越过了栏杆,还越过了'默霍克号'顶层甲板往外伸出的两英尺半的部分。"

"请正确复述问题,地方检察官先生。"格里姆法官说。

布鲁诺只好照做。

莫里斯博士平静地回答说:"这就是我给出肯定回答的问题,我愿意用名誉来担保此言不虚。"

莱曼回到辩护桌旁,低声对布鲁克斯说:"可怜的布鲁诺,我从没见过他这么慌乱过。想想看吧,越是重复那个问题,留给陪审团的印象就会越深刻!"

但布鲁诺没有就此放弃。他威胁道:"你指的是哪只手,医生?"

"当然是手指割伤的那只手，右手。"

"但被告可以用左手实施上述行为，而不导致伤口裂开，对吗？"

"按理说，如果他不用右手，就不会导致右手伤口裂开。"

布鲁诺紧盯着陪审团，仿佛在说："你们瞧，辩方刚才嚷嚷的一大堆都没有意义，完全站不住脚。德威特用左手也能作案。"他坐下来，脸上露出难以捉摸的笑容。莫里斯医生开始走下证人席，但莱曼已经请求再次询问证人。医生又坐了下来，眼里闪烁着喜悦的光芒。

"莫里斯医生，你刚才听到地方检察官暗示被告可以只用左手处理死者的尸体。在你看来，被告可以在右手受伤的不利条件下，只用左手就举起查尔斯·伍德两百磅重的尸体，并将其推出或扔出栏杆，越过甲板往外伸出的部分，让其从船上掉下去吗？"

"不可能。"

"为什么？"

"我因为工作关系，同德威特先生相识多年。首先，我知道他是右撇子，而他的左臂，同所有右撇子一样，通常力气较弱。我知道他矮小虚弱，只有一百一十五磅重，是一个身单力薄的人。我想说，从这些事实来看，一个一百一十五磅重的人，只用一只胳膊，而且是两只胳膊中较弱的那一只，是不可能像你描述的那样处理两百磅重的尸体的！"

法庭上立刻炸开了锅。几个记者跑出法庭。陪审团成员兴奋地说着话，频频点头。布鲁诺站起来，脸色发紫，大喊大叫，但没有人注意他，法警则高喊着肃静，努力恢复法庭秩序。骚动平息后，布鲁诺用像是被卡在了喉咙里的声音要求休庭两小时,以便获得进一步的医学意见。

格里姆法官咆哮道:"如果在接下来的审判中再出现这种不光彩的场面,我就会下令清场,关闭法庭!批准休庭请求。休庭至今天下午两点。"

有人敲了下法槌,所有人都站起来,等待格里姆法官大摇大摆地走出法庭,回到自己的办公室。然后骚乱再次爆发,脚步凌乱,争吵不断,陪审团也跟着退席。德威特失去了镇静,坐在椅子上大口喘气,苍白的脸上露出难以置信的宽慰表情。布鲁克斯与莱曼用力握手,表示祝贺:"这是我多年来听到的最精彩的辩护,弗雷德!"

在周围的喧嚣中,布鲁诺地方检察官和萨姆探长坐在检方席上面面相觑,不知是该哑然失笑还是勃然大怒。报纸记者现在已经包围了被告席,一名法警正在拼命将德威特从记者堆里解救出来。

萨姆探出身子。"布鲁诺,你这傻瓜。"他咕哝道,"哎,老伙计,你闹笑话了。"

"是我们闹笑话了,萨姆,我们。"布鲁诺厉声道,"你和我都是傻瓜。说到底,你的部门负责收集证据,我的部门负责展示证据。"

"呃,我不能否认这一点。"萨姆气呼呼地说。

"我们是纽约的两个大傻瓜。"布鲁诺抱怨道,把文件塞进公文包,"事实一直摆在你面前,你却没看出如此明显的真相。"

"这个我承认。"萨姆嘟囔道,"我确实有点糊涂,这没错。但毕竟——"他有气无力地说,"那天晚上你肯定也看到了德威特的手上包着手帕，你也从来没想过问问这是怎么回事。"

布鲁诺突然扔下公文包，满脸通红："真想看看弗雷德·莱曼把功劳归于自己的嘴脸！该死，这就是叫人恼火的地方。让我听听他是怎么自吹自擂的！哎，事情明摆着，就像你那张丑脸上的鼻子一样清楚——"

"当然，"萨姆探长咆哮道，"当然是雷恩搞的鬼。那个老怪物！"他压低声音，恶狠狠地说："把我们骗得团团转啊，老天。我们也是活该，竟然怀疑他。"

他们在椅子上扭来扭去，望着空荡荡的法庭。雷恩已不见踪影。"一定是跑出去了，"布鲁诺沮丧地说，"我刚才在这儿见过他……哎，萨姆，这都是我们自己的错。雷恩一开始就警告我们不要坚决起诉德威特。"他猛然一惊。"仔细想想，"他喃喃道，"后来他似乎很希望我们起诉德威特。他早就想好了辩方驳倒我们的方法。但他为什么要……"

"是啊，我也不明白。"

"不知道他为什么愿意拿德威特的生命冒险。"

"其实也没有多么危险。"萨姆冷冷地说，"对这场辩护，他胜券在握。他知道他能帮德威特脱罪。不过，我要告诉你一件事。"他站起来，伸展着猿猴般的手臂，像一头毛发蓬乱的獒犬一样抖了抖身子："从现在起，朋友，小萨米[1]要满怀敬意地倾听哲瑞·雷恩的话！尤其是他谈到X先生的时候！"

---

[1] 萨姆的昵称。

第三幕

第一场

丽兹酒店套房
十月九日,星期五,晚上九点

　　哲瑞·雷恩先生不动声色地审视着主人的面庞。德威特站在一群朋友中间,面带微笑,侃侃而谈,对善意的嘲弄做出妙语连珠的反驳。

　　哲瑞·雷恩先生内心洋溢着温暖的满足感,就像一个不断探索、终于达成了追寻目标的科学家。约翰·德威特成了人类性格研究中颇具挑战性的对象,不到六小时,他就从顽固地藏在自己盔甲下的人变成了全无忧愁的人——一个活力四射、聪明睿智的伙伴,一位和蔼可亲的宴会主人。陪审团团长——一个喘着粗气的老人,晃动着瘦削的下巴,咬着牙齿宣告德威特当庭获释——"无罪"二字仿佛咒语，刚一出口，本来要将德威特关住的牢门就打开了。从那一瞬开始，德威特就挺起了单薄的胸膛，脱下了沉默的盔甲。

一个性情孤僻的人？今晚不是！因为今晚注定会有祝贺声、欢笑声、碰杯声，庆祝无罪释放的宴会已经开始……

这群人聚集在丽兹酒店的一间私人套房里。一个房间内有一张长桌，上面摆满餐具、高脚玻璃酒杯和鲜花。珍妮·德威特站在桌旁，容光焕发，面色红润；身材高大的克里斯托弗·洛德和富兰克林·埃亨站在矮小的朋友德威特身边；路易斯·因佩里亚莱依旧打扮得一丝不苟；此外还有莱曼、布鲁克斯，以及独自待在一旁的哲瑞·雷恩。

德威特低声说了句"抱歉，失陪一下"，就溜出了谈笑的人群。在一个角落里，德威特与雷恩碰了面。德威特警觉而谦逊，雷恩则亲切而暧昧。

"雷恩先生，我还没找到机会……我简直无法用语言来表达我的……我的衷心感激。"

雷恩轻笑一声："我明白，就连莱曼这样老练的律师也无法抗拒冲动的轻率行为。"

"您不坐吗？……是的，弗雷德里克·莱曼告诉过我，雷恩先生。莱曼说他不能接受祝贺，因为那理应属于您。您……您基于一系列事实所做的推理太精彩了，雷恩先生。精彩绝伦！"德威特眨了眨目光敏锐的眼睛。

"但那再明显不过了。"

"没那么明显，先生。"德威特高兴地叹了口气，"您不知道您能来我有多荣幸。我知道您对这种事不感兴趣，也很少在公众场合露面。"

"不错,"雷恩笑着说,"但这毕竟不重要,德威特先生。你看,我来了……不过,我之所以来这里,恐怕并不完全是因为这场聚会大快人心,也不是因为你的热情邀请让我无法拒绝。"

德威特的脸上掠过一丝阴影,但转眼就消失了。

"你知道,我来这里,是因为我认为你也许有什么事——"雷恩的声音变得不像往常那样坚定了,"有什么事要告诉我。"

德威特没有马上回答。他环顾四周,陶醉在欢声笑语中,陶醉在女儿柔美的倩影中,陶醉在房间另一头埃亨轻轻的笑声中。一个身穿晚礼服的侍从正在打开宴会厅的推拉门。

德威特转过身,慢慢抬起手,放在眼睛上。他按住眼皮,保持着思考和盘算的姿态:"我……呃,先生,您真是不可思议。"他睁开眼,直视着老演员那张严肃的脸,"我已决定信任您,雷恩先生。是的,这是唯一的办法。"他声如洪钟道,"我有……真的……我有事要告诉您。"

"是吗?"

"但我现在什么也不能说。"证券经纪人坚定地摇摇头,"现在不行。这是一个冗长而龌龊的故事,我不想毁了您今晚的兴致——也不想毁了我自己的。"他灰白的双手抽搐了一下:"今晚——呃,对我来说,今晚有点特别。我逃过了一件可怕的事情。珍妮——我的女儿……"

雷恩缓缓点头。他确信,在德威特迷离的眼睛后面有一个幻象,不是珍妮·德威特,而是弗恩·德威特。德威特也许很悲伤吧——德威特的妻子不在场,而根据了解到的事实,雷恩断定

207

德威特仍然以他平静无声且毫无怨言的方式，爱着那个曾经背叛他的女人。

德威特慢慢起身："先生，您今晚和其他人一起来我郊区的家，好吗？我们都要到我在西恩格尔伍德的住处去——我在那里安排了一场小小的庆祝活动——如果您不介意在那里过周末的话，我就会为您做进一步安排，让您过得舒适愉快。只住一晚上当然不行……布鲁克斯本来就要留下来过夜，我们已经准备了床上用品；您如果也来的话，我们再准备一套就好……"他换上另一种腔调补充道："明天上午我们可以单独待在一起，然后我就会告诉您——您凭神奇的直觉已经猜到，希望我今晚告诉您的那些事。"

雷恩站起来，把手轻轻地放在那个矮小男人的肩膀上："我完全理解。暂时忘掉一切——直到明天早上。"

"明天早上总会来临的，不是吗？"德威特喃喃道。他们上前加入众人中。雷恩感到一阵轻微的恶心。陈词滥调……他突然对这一切都厌烦起来。他对大家保持着微笑。当穿着晚礼服的侍者请大家进入宴会厅的时候，他脑中忽然亮起一个光点，他发现自己在想："'明天，明天，再一个明天……直到最后一秒钟的时间……'"这个光点闪烁着，颤抖着，在他脑中清晰地震动起来，"'……到死亡的土壤中去……'[1]"他叹了口气，发现莱曼挽着他的胳膊，于是他笑了笑，跟随其他人步入宴会厅。

---

1 出自莎士比亚戏剧《麦克白》第五幕第五场：明天，明天，再一个明天，一天接着一天地蹑步前进，直到最后一秒钟的时间；我们所有的昨天，不过替傻子们照亮了到死亡的土壤中去的路。

***

宴会上洋溢着一片欢乐的气氛。埃亨很不好意思地特别点了盘水煮蔬菜,但他已经喝了一些托考伊白葡萄酒,正在向因佩里亚莱先生讲述一场激烈的象棋比赛的细节。后者显然心不在焉,更喜欢向桌对面的珍妮·德威特嘀咕精心挑选的俏皮话。莱昂内尔·布鲁克斯随着轻快柔和的曲调晃动着金发脑袋,那是角落里藏在棕榈树后面的管弦乐队演奏的。克里斯托弗·洛德讨论着哈佛大学橄榄球队的前途,一只眼睛斜看着身边的珍妮。德威特静静地坐着,但嗡嗡的谈话声、小提琴伴奏的歌声、房间本身、餐桌和食物都让他乐在其中。哲瑞·雷恩观察着他,一直盯着他看。当喝得满脸通红的莱曼要雷恩发言时,雷恩只是开了个玩笑应付过去。

喝完一小杯浓咖啡,抽过香烟之后,莱曼突然站起来,拍着手叫大家安静,然后他举起酒杯。

"一般来说,"他开口道,"我鄙视敬酒的习俗。这是女人穿衬裙,男人常去戏院捧女演员场的混乱时代遗留下来的古老仪式。但今晚有一个绝佳的敬酒理由——为一个人的重获自由举杯庆贺。"他低头朝德威特咧嘴一笑:"祝你身体健康,万事如意,约翰·德威特。"

众人纷纷干杯。德威特挣扎着站起来:"我——"他的声音颤抖起来。哲瑞·雷恩微微一笑,但感觉越发恶心了。"和弗雷德一样,我是一个害羞的人。"众人无缘无故地笑了。"但我要向你们介绍我们中的一个人,数十年来,他一直是成千上万知识精英的偶像,曾经面对数不胜数的观众,但我认为,他也是我们当中最害羞的一位——哲瑞·雷恩先生!"

众人再次干杯。雷恩又微微一笑,但他其实希望自己能远离人群。他没有站起来,只是用他那激动人心的男中音说:"对那些能轻松完成这些壮举的人,我无比钦佩。舞台可以让人学会镇定,但我从来没有掌握在眼前这种事上保持完全镇定的艺术……"

"给我们说几句话,雷恩先生!"埃亨喊道。

"看来我别无选择了。"他站起来,眼里闪烁着厌倦的神色,"我想我应该发表一篇布道词。但既然我的营生手段不是牧师的小册子,而是演员的剧本,我的布道就必须用戏剧语言来表达。"他直接转向沉默而警觉地坐在他身边的德威特,说道:"德威特先生,你刚刚经历了情绪丰富的人可能经历的最痛苦的考验,坐在被告席上,忍受着无尽岁月的折磨,等待着生死判决。而囿于人类的本性,这样的判决往往会犯错——这样的漫长等待,正是人类社会最阴险的惩罚。你能不损尊严地忍受这无尽的苦难,值得最高的赞美。我想起法国政论家西耶斯被问到在恐怖统治时代做了什么时,他那句半幽默半悲壮的话,他只是简单地说了一句:'我活下来了。'这样的话,没有勇气和信念的人是说不出来的。"老演员深吸一口气,一动不动地看着这群人。"没有什么美德比坚韧不拔的勇气更伟大。这是一句老生常谈的话,同时也是颠扑不破的真理。"所有人都纹丝不动,德威特更是宛如一尊石像。他似乎感到雷恩隽永深刻的话语如潮水般涌入他的身体,成为他的一部分;他似乎觉得,这些话完全是对他一个人说的,只对他一个人有意义,只给他一个人带来慰藉。

哲瑞·雷恩猛然扭头，说道："我说话总喜欢引用古人的至理名言，这会给这场愉快的聚会带来阴郁的气氛。不过，既然你们坚持让我说话，就请多多包涵吧。"他的声音轻快有力，"在《理查三世》这部尚未得到充分赞誉的莎士比亚的戏剧中，有一段对黑暗灵魂美好一面的评论。在我看来，其洞察力令人惊讶。"他慢慢瞥了眼德威特低垂的脑袋。"德威特先生，"他说，"幸运的是，你过去几周的经历已经消除了你的谋杀嫌疑。然而，这并没有澄清一个更大的问题，因为在我们周围的某个地方，在迷雾中潜伏着一个凶手，他已经把两个人送进了地狱——我希望他们进的是天堂。我们中有多少人反思过这个凶手的性格和灵魂的构造？这么说或许有点俗套，但凶手也有灵魂。如果我们相信我们的精神向导[1]的话，凶手的灵魂也是永远不灭的。我们中太多的人认为，凶手是毫无人性的怪物，却没有想到，在我们每个人的内心深处都隐藏着情感弱点，只要轻轻一碰，都可能让我们堕落成杀人不眨眼的恶魔……"

沉默使气氛变得浓厚而沉重。雷恩平静地接着说："接下来，让我们看看，莎士比亚是如何观察他笔下最有趣的戏剧角色之一的，也就是那位畸形、嗜血的理查三世。如果世上有吃人魔鬼的话，这位国王一定就是。然而，这位洞察一切的伟大剧作家观察到的是什么？用理查三世自己尖刻的话来说……"

突然间，雷恩的动作、表情和声音都变了。此举进行得如此巧妙，如此出人意料，以至于所有人都以近乎恐惧的眼神注视着

---

[1] 指莎士比亚。

他。狡诈、尖刻、恶毒和长年的极度失望,用阴险的线条和阴影遮蔽了那张和善的面庞。哲瑞·雷恩先生被一种全新的可怕人格完全吞噬。他嚅动的嘴唇慢慢张开,哽咽的声音从黄金般宝贵的嗓子里流出来:"'再给我一匹马!把我的伤口包扎好!饶恕我,耶稣!'"那痛苦的声音从喉咙里勉强挤出来,变成可怜的咆哮,但马上就平静下去,不再激动,不再绝望,变得几不可闻,"'且慢!莫非是场梦'"。众人被深深吸引,陶醉其中。那声音继续往下说,像是在喃喃自语,但又异常清晰:"'呵,良心是个懦夫,你惊扰得我好苦!蓝色的微光。这正是死沉沉的午夜。寒冷的汗珠挂在我皮肉上发抖。怎么!我难道会怕我自己吗?旁边并无别人哪:理查爱理查;那就是说,我就是我。这儿有凶手在吗?没有。有,我就是;那就逃命吧。怎么!逃避我自己的手吗?大有道理,否则我要对自己报复。怎么!自己报复自己吗?呀!我爱我自己。有什么可爱的?为了我自己曾经做过什么好事吗?呵!没有。呀!我其实恨我自己,因为我自己干下了可恨的罪行。我是个罪犯。不对,我在乱说了;我不是个罪犯。蠢东西,你自己还该讲自己好呀;蠢材,不要自以为是啦……'"

那凌乱的声音越来越接近粗俗的咒骂,但说着说着突然又高亢起来,发出悲壮的呐喊,仿佛完全变成了另一个人:"'我这颗良心伸出了千万条舌头,每条舌头提出了不同的申诉,每一项申诉都指控我是个罪犯。犯的是伪誓罪,伪誓罪,罪大恶极;谋杀罪,残酷的谋杀罪,罪无可恕;种种罪行,大大小小,拥上公堂来,齐声嚷道:"有罪!有罪!"我只有绝望了。天下无人爱怜我了;我即便死去,也没有一个人会来同情我;当然,我自己都找不出一点值得我自己怜惜的东西，何况旁人呢？'[1]"

不知是谁叹了口气。

第二场

威霍肯车站
十月九日，星期五，晚上十一点五十五分

　　午夜前几分钟，德威特一行人进入位于威霍肯的西岸铁路终点站——谷仓般的灰色等候室里，天花板上暴露着纵横交错的铁桁架，头上靠墙的地方延伸出一个平台。周围有几个人；通往车站的一扇门旁的角落里是行李室，一个职员正在柜台后面打瞌睡；一个男人在杂志摊后面打哈欠；有靠背的长椅上空无一人。

　　德威特一行人带着一阵笑声走进车站。除了离开酒店回自己寓所的弗雷德里克·莱曼，宴会上的那群人一个不少。珍妮·德威特和洛德跑到杂志摊前，因佩里亚莱面带微笑跟在他们后面。洛德买了一大盒糖果，夸张地鞠了个躬，将糖果献给珍妮。因佩里亚莱在向女人献殷勤方面不逊于人，他买了一堆杂志，像军人一样脚跟一碰，将杂志送给了那位姑娘。珍妮面色红润，浑身皮草，眼睛闪闪发亮。她开心地大笑起来，一手挽着一个男人的胳膊，将他们领到一条长椅边坐下，一边聊天，一边小口吃着巧克力。

---

[1] 出自莎士比亚《理查三世》第五幕第三场。

剩下的四个人慢慢走向售票窗口。德威特抬头看了看杂志摊上方的大钟,指针停留在零点零四分。

"嗯,"他兴高采烈地说,"我们的火车零点十三分才开——我们还有几分钟。失陪一下。"

他们在窗前停下来。雷恩和布鲁克斯后退一步,埃亨抓住德威特的胳膊:"听着,约翰,让我来。"德威特呵呵一笑,甩开埃亨的胳膊,对售票员说:"请给我六张去西恩格尔伍德的单程票。"

"我们有七个人,约翰。"埃亨抗议道。

"我知道,但我有可以坐五十趟车的回数票簿。"当售票员把六张车票塞过窗口时,德威特的脸忽然阴沉起来,然后他笑了笑,冷冷地说,"我想我应该起诉州政府,赔偿我旧回数票簿的损失。我被拘留的时候,回数票簿过期了——"他停了下来,突然说:"再给我一本五十回的回数票簿吧。"

"您的名字,先生?"

"约翰·O.德威特,西恩格尔伍德。"

"好的,德威特先生。"售票员努力不去打量对方,忙得不可开交。过了一会儿,他把一本印有乘坐期限的长方形回数票簿从铁栅窗下塞过来。德威特拿出钱包,取出一张五十美元的钞票,这时传来珍妮清晰的喊声:"爸爸,火车进站了!"

售票员迅速找零,德威特把钞票和硬币塞进裤子口袋,转身面对三个同伴,手里拿着六张单程票和一本回数票簿。

"要跑吗?"莱昂内尔·布鲁克斯问道,四人面面相觑。

"不,我们有足够的时间。"德威特答道,把单程票和新回数票簿塞进背心左上角的口袋里,然后重新扣上外套的扣子。

他们穿过等候室，和珍妮、洛德、因佩里亚莱一起来到带顶棚的车站里，进入寒冷的空气中。零点十三分，火车来了。他们穿过铁栅门，走过长长的混凝土月台。几个零散的乘客跟在他们后面。最后一节车厢黑漆漆的，他们只好继续往前走，上了倒数第二节车厢。

这节车厢里坐着几个陌生的乘客。

第三场

威霍肯至纽堡的列车上
十月十日，星期六，凌晨零点二十分

一行人分成两组：珍妮、洛德和那位护花使者因佩里亚莱坐在车厢很靠前的位置，叽叽喳喳地聊着天；德威特、雷恩、布鲁克斯和埃亨坐在靠近车厢中部面对面的座位上。

火车还停在威霍肯终点站时，一直用坦率的眼神盯着德威特的律师布鲁克斯转过头来，面朝坐在对面的哲瑞·雷恩，突然说道："雷恩先生，您知道吗，您今晚说的一件事让我很感兴趣……您说'无尽的岁月'被集中在一刻——一个人在被告席上等待陪审团判决的那一刻。他要么被判处死刑，要么走出法庭，获得新生。无尽的岁月！这句话很精彩，雷恩先生……"

"这句话很准确。"德威特说。

"您这么认为？"布鲁克斯偷偷看了一眼德威特沉着的表情，

"这让我想起曾读过的一个故事——我想是安布罗斯·比尔斯[1]写的。真是一个非常奇怪的故事。讲的是一个被绞死的人。就在——在，呃，在脖子被折断前的短短一瞬，这个人看到了他一生的细节投射在大脑里。雷恩先生，这就是您所说的无尽的岁月在文学中的体现吧？毫无疑问，许多其他作家也描写过类似的概念。"

"我想我知道这个故事。"雷恩回答说。

布鲁克斯身边的德威特点点头。

"正如我们的科学家多年来一直告诉我们的那样，时间是相对的。例如，梦——我们醒来时感觉似乎占据了整个寂静夜晚的梦——一些心理学家认为，梦实际上只占据了睡眠的潜意识和清醒意识之间的最后一个边缘时刻。"

"我也听过这个说法。"埃亨说。他坐在德威特和布鲁克斯的对面，面朝火车前进的方向。

"我真正想说的是，"布鲁克斯道，又看着德威特，"这种奇特的精神现象也可能发生在你身上，约翰。我不禁想知道——我猜我们很多人都想知道——今天，在宣判前的那一刻，你究竟在想什么？"

"也许，"哲瑞·雷恩温和地说，"也许德威特先生不想谈这个。"

"恰恰相反。"证券经纪人两眼发亮，神采焕发，"那一刻给了我人生中最惊人的一次经历。我认为，这次经历既证实了比尔斯

---

[1] 安布罗斯·比尔斯（Ambrose Bierce, 1842—1914?），美国短篇小说作家、记者、诗人，代表作为短篇小说《枭河桥纪事》和讽刺小说《魔鬼词典》。

的设想,也证实了雷恩先生刚才提到的有关梦的理论。"

"难道你想说的是,你的整个人生在那一刻闪过了脑海?"埃亨似乎难以置信。

"噢,没有。我想到了一件非常奇怪的事,跟这次审判毫不相干……"德威特沉重无力地靠在绿色靠垫上,急促地说,"是关于某人身份的事。大约九年前,在纽约这里的一场谋杀案审判中,我被叫去当陪审员。被告是个粗笨的老男人,被指控在廉价公寓刺死了一个女人。那是一级谋杀案——地方检察官令人信服地证明了谋杀是蓄意策划的——那个人的罪行无可置疑。在短暂的审判期间,甚至在审判结束后的陪审室里,在我们讨论他的命运时,一种感觉始终萦绕在我心头,仿佛我以前在什么地方见过被告。正如人们在这种情况下会做的那样,我努力思索着他的身份,直到筋疲力尽,但我就是想不起他是谁,也想不起我在哪里或什么时候见过他……"

汽笛一响,火车抖了一下,哐当哐当地开动起来。德威特稍稍提高了声音:"长话短说。我当时同意了大家的意见:根据法庭上展示的证据,那人是有罪的。我投票赞成定罪。我们裁决被告有罪。那个人因此被判刑并处决了。我后来就把整件事都忘了。"

火车缓慢驶出终点站。德威特停下来,舔舔嘴唇,其他人都没有说话。"奇怪的地方就在这里。根据我的记忆,随后九年里,我从未想起过那个人或那件事。但是,今天,当法官询问陪审团团长是否做出了那个对我意义重大的裁决时——就在法官正式询问的最后一个音节和陪审团团长正式答复的第一个词之间那极短的瞬间——不知为何,那个被处决者的面孔(他现在已经化为尘土了吧)突然浮现在我眼前。与此同时,我解决了他是谁以及在哪儿见过他的问题——说起来,我上次被这个问题困扰还是九年之前了。"

"那他是谁?"布鲁克斯好奇地问。

德威特笑了。"所以我才说这很奇怪……大约二十年前,当我在南美洲漫游时,碰巧来到一个叫巴里纳斯的地方,那里位于委内瑞拉的萨莫拉地区。一天晚上,在回住处的路上,我经过一条漆黑的小巷,听到一阵激烈的扭打声。当时我还年轻,我敢说比现在更大胆。"

"我带着一把左轮手枪,于是连忙把枪从枪套里拔出来,跑进小巷。两个衣衫褴褛的混血儿正在攻击一个白人。其中一个混血儿在那个白人头上挥舞着中南美洲土著用的大砍刀。我开了枪,没打中,但那两个拦路贼应该受到了惊吓,匆匆逃走了,留下那个白人。他身上已经有好几处刀伤,倒在地上。我走到他跟前,以为他伤得很重,他却自己站了起来,擦了擦沾满血迹的帆布裤子,粗鲁地咕哝了句谢谢,然后在黑暗中一瘸一拐地走开了。我只瞥了一眼他的脸。

"这个人,二十年前我救了他的命,十多年后,我却把他送上了电椅。这有点像上天的安排,对吧?"

"这个故事,"哲瑞·雷恩先生在接下来的沉默中说,"应该在不朽的民间传说中拥有一席之地。"

火车在威霍肯郊外灯光点点的黑暗中穿行。

"但这个故事的特殊之处在于,"德威特继续道,"我竟然在自己命悬一线时解开了这个恼人的谜团!要知道,我以前只见过他一次,而且是很多年之前……"

"这是我听过的最神奇的事情之一。"布鲁克斯说。

"在死前的一瞬间,人类的大脑甚至能做出比这更令人惊奇的事情。"雷恩说,"八个月前,我在报纸上看到一则来自维也纳的新闻报道,详细描述了那里发生的一起谋杀案。事情是这样的:一名男子被发现死在酒店房间里,维也纳警方轻而易举就查明死者是一个黑社会小人物,据说过去曾充当警方的线人。犯罪动机显然是报复,很可能是死者向警方提供的线索对凶手造成了毁灭性的打击。新闻报道说,死者已经在这家酒店住了几个月,很少离开房间,就连用餐都在房间里。他显然在躲什么人。尸体被发现时,餐桌上还摆着没吃完的最后一顿饭。他是站在离餐桌七英尺的地方中枪的。那是致命的一击,但不会立即致死。这是根据现场痕迹推断出来的:地毯上有一条血迹,从他中枪的地方一直延伸到桌脚,而他的尸体就四肢摊开躺在那里。"

"现场有一个特殊情况。餐桌上的糖罐被打翻了,砂糖撒在桌布上,死者的手里紧攥着一把这种砂糖。"

"有意思。"德威特喃喃道。

"解释似乎很简单。他在离餐桌七英尺的地方中了枪,爬到餐桌旁,用超人的力量勉强站起来,从罐子里抓起一把糖,然后瘫倒在地,死了。但为什么呢?糖的意义是什么?如何解释一个垂死之人最后的绝望举动?新闻报道结束时说,维也纳警方对此案大惑不解。"哲瑞·雷恩先生对听众微微一笑,"我想到了这些颇具挑战性的问题的答案,于是写信给维也纳警方。几星期后,我收到了当地警察局局长的回信,说在我的信寄到之前,凶手已经被捕,但我的推理澄清了死者和糖之间的关系——即使在凶手被捕之后,警察仍然无法解释这一点。"

"您的推理是什么?"埃亨问,"从这些微不足道的细节中,至少我看不出可能的解释。"

"我也看不出来。"布鲁克斯说。

德威特眉头紧锁,嘴扭曲成一个奇怪的形状。

"德威特先生,你呢?"雷恩问,又微微一笑。

"恐怕我看不出糖本身的意义,"证券经纪人沉吟道,"但有一件事似乎非常明显。就是说,那个垂死之人留下了关于凶手身份的线索。"

"太棒了!"雷恩叫道,"正是这样,德威特先生。非常好——想想看,糖本身会是线索吗?换言之,死者是在告诉我们,凶手——这是十分滑稽的牵强附会——是糖果爱好者吗?或者是在暗示凶手是糖尿病患者?这当然太离谱了。我不相信这一点,因为这条线索无疑是死者留给警察的启示,而按理说,警察凭借这个垂死之人留下的线索,是很有希望破案的才对。另一方面,糖还能有什么含义呢?砂糖在外形上与什么相似?嗯,它是一种白色晶体物质……于是我写信给维也纳警察局局长说,虽然糖可能表示凶手是糖尿病患者,但更可能的解释是,凶手是可卡因成瘾者。"

众人盯着雷恩。德威特呵呵一笑,轻拍大腿:"当然是可卡因!白色晶体粉末嘛!"

"那个被捕的人,"雷恩继续说,"被我们这里的小报戏称为可卡因瘾君子——维也纳警察局局长在信中这样写道,还献上了许多华丽的赞美之词。然而,在我看来,这只是简单的推理罢了。我感兴趣的是被害者的心理。他绝不可能是智力平庸之辈。他脑子里灵光一闪，留下了关于凶手身份的唯一线索，而这条线索是他在死前的一刹那找到的。所以你看，在生命终结前那独特的、神圣的瞬间，人类的心智可以迅速提升到无限高的境地。"

"是的，您说的千真万确。"德威特说，"这是一个有趣的故事，雷恩先生。尽管您觉得您的推理很简单，不值一提，但我认为，这整件事充分说明，您具有看穿表象直达本质的特殊才能。"

埃亨说："要是雷恩先生在维也纳的话，警察破案就省事多了。"

北伯根消失在火车窗外的黑暗中。

雷恩叹了口气："我常想，人在面临潜在的凶手时，只要能留下可以查明凶手身份的线索，无论多么模糊，罪与罚的问题都会变得非常简单。"

"无论多么模糊？"布鲁克斯用争辩的语气反问道。

"当然，布鲁克斯先生。有线索总比没有线索好吧？"

一个高大魁梧的男人从车厢前端进来，帽子拉得很低，遮住了眼睛，脸色苍白，神情憔悴。他跟跟跄跄地走到那四个正在谈话的人身边，重重地靠在座椅的绿色格子靠背上，身子随火车的颠簸来回摇摆，怒视着约翰·德威特。

雷恩住了嘴，恼怒地抬头看了一眼来者。德威特厌恶地说了声："柯林斯。"听到这句话，老演员好像又产生了兴趣，重新打量起男子来。布鲁克斯说："你喝醉了，柯林斯。你想要干什么？"

"我没有跟你说话，骗子。"柯林斯用沙哑的声音说。他充血的双眼中满是疯狂,好不容易才把视线集中在德威特身上。"德威特,"他尽量礼貌地说,"我想单独跟你谈谈。"他把帽子往上一推,努力露出愉快的微笑。德威特用怜悯和厌恶的眼神看着他。

两人谈话时,哲瑞·雷恩的灰色眼珠不停地来回转动,一会儿瞅瞅柯林斯那张神情沉重的脸,一会儿又看看德威特那张皱纹细密的脸。

"听着,柯林斯,"德威特的语气温和下来,"我已经多次告诉过你,在那件事上我帮不了你。你知道为什么,而你正在让自己变成讨厌鬼。你看不出你打扰了一场私人聚会吗?做个好兄弟,走吧。"

柯林斯紧绷的嘴唇松弛下来,泪水模糊了他血红的眼睛。"听着,德威特,"他嘟哝道,"你得让我跟你谈谈。你不知道这对我意味着什么,德威特。这是……这是生死攸关的事。"

德威特犹豫了,其他人都目不转睛地看着柯林斯。这人可怜巴巴的样子和赤裸裸的谦卑态度令人非常为难。

柯林斯抓住德威特的犹豫带来的微弱希望,连忙说:"我保证,我发誓,如果你让我跟你私下谈谈,我绝不会再打扰你——就这一次。求求你,德威特,求你了!"

德威特冷冷地打量着他:"你是说真的吗,柯林斯?你不会再来烦我了?不会像现在这样纠缠我?"

"是的!你放心好了!"那双血红的眼睛里燃起可怕的希望。

德威特叹了口气,站起来,告辞离开。两人沿着过道向车厢尾部走去,德威特低着头,柯林斯连珠炮似的说个不停,边打手势边恳求,紧盯着德威特转向一边的脸。德威特突然转身回到三个同伴身边，留下柯林斯一人站在过道里。

证券经纪人把手伸进背心左上角的口袋，掏出在终点站买的单程票，把新回数票簿留在口袋里。他将单程票交给埃亨。"票还是你拿着吧，乘务员会来检票，弗兰克。"他说，"我不知道这个讨厌鬼会讲多久。我回头再给乘务员看我的回数票簿。"

埃亨点点头，德威特顺原路折回车厢尾部，柯林斯站在那里，一副垂头丧气的样子。德威特一走近，柯林斯这个大块头就立刻恢复了精神，又开始喋喋不休地央求。他们穿过车厢门，来到后连廊。有一小会儿，留在车厢里的三人还能看见他们的模糊影子，然后柯林斯和德威特继续往前走，穿过车厢连接部，来到最后一节车厢的前连廊。那里光线昏暗，根本没法看清。

布鲁克斯说："有个人玩火自焚，注定一败涂地。德威特要是帮他，那就太蠢了。"

"我猜，他还想让德威特为朗斯特里特那条让他赔惨了的建议做出补偿。"埃亨说，"就算约翰心软了，我也不会感到惊讶，你们知道吗？他心情很好，很可能完全出于重获新生的喜悦，把朗斯特里特的愚蠢行为造成的损失扛下来。"

哲瑞·雷恩一言不发，转头向后连廊望去，但看不见那两个人。这时乘务员从车厢前门进来，开始为乘客检票打孔。车厢中部的三人转过头，紧张的气氛消失了。洛德向乘务员指了指车厢中部，发现只有三个同伴，德威特不见了，连忙来回扫视，显得有些惊讶。乘务员走过来，埃亨把六张单程票交给他，解释说还有一个同伴刚出去，一会儿就回来。

"好的。"乘务员说着，在车票上打了孔，把票塞进埃亨座位上部的票夹里，然后继续向车厢后部走去。

车厢中部的三人有一搭没一搭地聊了一会儿，但很快话题就枯竭了。埃亨说了声抱歉，站起身，把手插进口袋，开始在过道里来回踱步。雷恩和布鲁克斯开始讨论遗嘱问题：雷恩提到了一个奇怪的案例，那是他多年前在欧洲巡演莎翁剧目时偶然遇到的；布鲁克斯则举出了几个遗嘱含混不清的例子进行反驳，这些遗嘱都引发了复杂的法律问题。

火车哐当哐当地向前行驶。雷恩两次回头去看，但德威特和柯林斯都不见了。老演员的两眼之间浮现出一道细细的皱纹。与布鲁克斯交谈的间隙，他坐在那里陷入了沉思。然后他笑了笑，摇摇头，仿佛要甩掉胡思乱想似的，继续同布鲁克斯讨论起来。

火车摇摇晃晃地停在位于哈肯萨克郊区的波哥大站。雷恩盯着窗外。当火车再次启动时，他两眼之间的皱纹再次浮现，而且更深了。他看了看手表表盘，指针指向零点三十六分，布鲁克斯一脸困惑地望着他。

雷恩突然跳起来，布鲁克斯吓得低呼一声。"请原谅，布鲁克斯先生，"雷恩急忙说，"也许是我神经过敏，但德威特还没回来，我不禁感到非常不安。我要到后面调查一下。"

"您觉得出事了吗？"布鲁克斯惊慌起来，立刻起身，和雷恩一起大步沿着过道走去。

"我真心希望没事。"

他们经过焦急踱步的埃亨。

"出什么事了，先生们？"埃亨问。

"德威特一直没回来，雷恩先生认为有些可疑。"律师厉声道,"一起去看看,埃亨。"

雷恩领头,三人穿过车厢后门,突然停下来。连廊里一个人也没有。他们跨过摇晃的车厢连接部,最后一节车厢的前连廊里也没有人。

他们面面相觑。"唉,他们到底上哪儿去了?"埃亨嘟哝道,"我没看见他们两个回来,你们呢?"

"我没有特别留意,"布鲁克斯说,"但我认为他们都没回来。"

雷恩没有理会另外两人,径直走到连廊中的一扇门前,从上方的玻璃窗向外面黑沉沉的乡野望去,然后走回来,端详着昏暗得几乎看不清的后车厢的前门。他透过玻璃窗往车厢内部看;很明显,这是一节加挂车厢,正被拉去这条铁路的终点站纽堡,准备在早高峰时返回威霍肯。雷恩下巴绷紧,吐字清晰地说:"先生们,我要进去看看。布鲁克斯先生,麻烦你顶住门,好吗?里面几乎没有光。"

他抓住门把手,使劲一推。门毫不费劲地打开了,原来没有上锁。三人眯着眼睛站了一会儿,以适应几乎完全黑暗的环境,这段时间他们什么也看不见。然后,雷恩突然转过头,深吸一口气……

门左边是一个有墙的隔间——硬座车厢的入口处常常看到这种隔间。车厢前壁和隔间外第一个座位背后的墙构成两个边;外侧是一扇普通车窗,车窗对面就是雷恩站的空地。隔间里和车厢其他部分一样,有两条面对面的长椅。面朝前墙的长椅上,约翰·德威特坐在靠窗的座位,身下压着垫子,头低垂在胸前。

雷恩的眼睛在黑暗中眯起来,证券经纪人似乎睡着了。雷恩顶住在身后推搡的布鲁克斯和埃亨,慢慢挤到两条长椅之间的区域,轻轻碰了碰德威特的肩膀。没有反应。"德威特!"他用坚定而锐利的声音说,晃动着那具不动弹的身体。仍然没有反应。但这次德威特的脑袋微微转了一下,雷恩看到了他的眼睛;接着,德威特的脑袋又转了回去……

即使在昏暗中也看得出,那是一双死不瞑目的空洞眼睛。

雷恩蹲了下来,在德威特的心脏上摸了摸。

他直起身,搓搓手指,退出车厢。埃亨像白杨树叶般瑟瑟发抖,低头盯着那个依然模糊不清的身影。布鲁克斯哆哆嗦嗦地说:"他……他死了。"

"我手上有血,"雷恩说,"请让那扇门开着,布鲁克斯先生,我们需要光——至少在我们找到人打开电灯开关前是这样。"他从埃亨和布鲁克斯身边走到连廊上,"请不要碰他。你们两个都不行。"他严厉地说。两人都没有回答,本能地蜷缩在一起,带着惊恐又出神的目光注视着那具尸体。

雷恩朝头顶望去,找到了要找的东西,伸出长胳膊,用力拉了几下——那是紧急信号线。随着嘎吱嘎吱的刹车声,火车颠簸着、颤抖着往前滑行,最后停下来。埃亨和布鲁克斯抓住彼此,以免摔倒。

雷恩穿过车厢连接部,打开他们座位所在的车厢的门,那里亮着灯。他静静地站了一会儿。因佩里亚莱正独自坐在座位上打瞌睡。洛德和珍妮紧紧依偎着,头几乎碰在一起。车上还有几个乘客,大多都在打盹儿或看报纸杂志。车厢另一头的门被撞开,两名乘务员沿过道朝雷恩跑去。乘客立即惊醒,或者扔下报刊,意识到肯定出事了。珍妮和洛德惊愕不已地抬起头。因佩里亚莱站起来，一脸茫然。

两个乘务员冲上来。"是谁拉的紧急信号线？"第一个乘务员叫道，他是一个脾气暴躁的小老头儿，"到底出了什么事？"

雷恩低声说："发生了一起重大事件，乘务员。请和我去看看。"

珍妮、洛德和因佩里亚莱朝他们跑来；其他乘客蜂拥而至，张皇失措地问着问题。

"不，德威特小姐。你最好不要和我们去。洛德先生，带德威特小姐回到座位上。因佩里亚莱先生，你也可以留下。"他意味深长地看了一眼洛德；那个小伙子脸色苍白，抓住六神无主的女孩的胳膊，强拉着她穿过车厢，回到前面的座位。第二个乘务员，一个高大壮硕的男人，开始把挤在一起的乘客往后推："请回到你们的座位上。别提问。现在就回去……"

雷恩在两名乘务员的陪同下回到最后一节车厢。布鲁克斯和埃亨没有动；他们被吓呆了，仍然紧盯着德威特的尸体。一名乘务员拨动了车厢墙上的一个开关，灯亮了，一直处在昏暗中的车厢立刻清晰可见。三人进入车厢，把布鲁克斯和埃亨推到前面，高个子乘务员关上了车厢门。

更矮、更年长的乘务员慢慢走进隔间，弯下腰，挂在背心上的沉重金表摇来荡去。他苍老的手指指着死者的左胸。"弹孔！"他喊道，"谋杀……"

他直起身子，盯着雷恩。雷恩平静地说："我建议你什么也不要碰，乘务员。"他从皮夹里拿出一张名片递给老乘务员。"在最近几起谋杀案中,我一直以警方顾问的身份参与调查。"他说,"我想,我有权处置这件事。"

年长乘务员将信将疑地检查了名片,然后递回去。他脱下帽子,挠了挠白发苍苍的脑袋。"呃,怎么说呢,"他带着一丝恼怒道,"我怎么知道你是不是在糊弄我?我是这趟火车的高级乘务员,法律规定,在任何时候和任何紧急情况下,我都是火车的负责人……"

"听着,"布鲁克斯插话道,"这位是哲瑞·雷恩先生,他一直在协助调查朗斯特里特和伍德谋杀案。你肯定在报纸上看到过相关报道吧。"

"噢!"老乘务员揉了揉下巴。

"你知道死者是谁吗?"布鲁克斯继续道,声音沙哑,"是约翰·德威特,朗斯特里特的合伙人!"

"不会吧!"乘务员叫道,难以置信地看着德威特半隐半现的脸庞,然后露出恍然大悟的表情,"仔细想想,他看起来确实有点眼熟,应该长久以来都在搭乘这趟火车。好吧,雷恩先生,我听你的。你要我们怎么做?"

布鲁克斯与老乘务员谈话期间,雷恩默默地站着,但眼中透着烦躁之色。他立刻厉声道:"车上所有的门,甚至窗户,都要锁好、看守好。让司机把火车开到最近的车站——"

"下一站是蒂内克站。"高个子乘务员主动说。

"不管是什么站,"雷恩继续道,"让司机都尽快赶到。派人给纽约警察局的萨姆探长打电话——总局找不到就往家里打——可能的话,还要联络纽约县的布鲁诺地方检察官。"

"我会让站长去办。"老乘务员想了想,答道。

"很好。抵达蒂内克后,要获得授权,任何必要的授权,把火车从主干道转到岔道上。你叫什么名字,乘务员?"

"他们叫我博顿利老爹。"老乘务员严肃地说,"您的吩咐我都明白了,雷恩先生。"

"要完全明白才行,博顿利。"雷恩说,"请马上执行。"

两名乘务员走到门口。博顿利对他的下属说:"我要去给司机传话,你去看门。听懂了吗,埃德[1]?"

"当然。"

他们跑出车厢,从拥挤在另一节车厢门口的乘客中钻出去。

乘务员离开后,凶案现场一片寂静。埃亨突然虚弱地靠在过道另一侧的厕所门上,布鲁克斯则背靠在车厢门上。雷恩面色阴沉地审视着约翰·德威特的遗体。

他头也不回地说:"埃亨,你是德威特最好的朋友,虽然很难受,但把这个噩耗告诉他女儿是你的责任。"

埃亨身体僵硬,舔了舔嘴唇,一言不发地离开了车厢。

布鲁克斯又靠到车厢门上,雷恩像哨兵一样站在死者身边。两人都沉默不语,一动不动。前面的车厢传来微弱的哀号。

不一会儿,火车沉重的钢铁车身颤抖着缓缓启动,布鲁克斯和雷恩依然站在刚才的位置。

车外夜色深沉。

---

[1] 爱德华的昵称。

* * *

蒂内克站岔道
稍后

　　灯火通明的火车像一条无助的毛毛虫，匍匐在蒂内克站附近锈迹斑斑的岔道上，四周一团漆黑。车站里到处都是忙碌的人影。一辆汽车从夜色中呼啸而来，一个急刹，在铁轨旁停下，里面立刻跳下许多高大的人影，向那辆停着的火车冲去。

　　刚刚赶到的是萨姆、布鲁诺、席林医生和一小群探员。

　　他们匆匆经过一群人——乘务员、司机、车站工人——这些人正在刺眼的灯光下，在火车外低声交谈。萨姆等人冲到最后一节车厢紧闭的车门前，一个车站工作人员举起提灯为他们照明，萨姆探长把提灯从脸前拂开，用硬邦邦的拳头敲门。车厢里传来轻微的叫喊："他们来了！"乘务员博顿利推开门，门撞在墙上的挂钩上，发出砰的一声。博顿利拉起活动铁连廊，露出一段铁台阶。

　　"是警察吗？"

　　"尸体在哪儿？"萨姆探长问。其他人随他拥上台阶。

　　"这边。最后一节车厢。"

　　萨姆等人冲进最后一节车厢。雷恩一直没动。他们的目光立刻投向死者。旁边站着一名当地警察、蒂内克站站长，以及初级乘务员。

　　"谋杀，对吧？"萨姆看向雷恩，"这到底是怎么回事，雷恩先生？"

雷恩稍稍动了动身子:"我永远也不会原谅自己,探长……一桩胆大包天的命案。胆大包天。"他轮廓分明的面庞略显苍老。

席林医生把布帽推到后脑勺上,敞开轻便大衣,跪在尸体旁边。

"有人碰过尸体吗?"他嘟哝道,手指忙碌地摸索起来。

"雷恩。雷恩先生,"布鲁诺提醒道,他对雷恩的表现颇为费解,"席林医生在跟你说话呢。"

雷恩机械地答道:"我摇了摇他。他的头转到一边,然后又转回原来的位置。我弯下腰,去摸他的心脏。我手上沾了血。除此以外,没有人碰过他。"

然后,众人再次陷入沉默,注视着席林医生。法医嗅了嗅弹孔,抓住外套,用力拉拽。子弹穿过外套左胸装手帕的口袋,直接射入心脏。外套撕开,发出黏糊糊的微弱声响。"子弹穿过他的外套、背心、衬衫、内衣和心脏。干净利落,毫无疑问。"席林医生宣布。衣服上几乎没有血迹;每件衣服上的弹孔周围,都有一个被血濡湿的不规则红圈。"大概死了一小时。"法医继续道,看了看手表,接着摸了摸死者的胳膊和腿上的肌肉,还古怪地试图弯曲死者的膝关节。"是的,死于凌晨零点三十分左右,也许还要早几分钟,我说不准。"

众人盯着德威特僵硬的面庞。一种可怕的、不自然的表情扭曲了他的五官。他的表情并不难理解——那是赤裸裸的恐惧,这种恐惧让他眼睛上翻,下巴肌肉绷紧,并在每一条皱纹里注入使人丧失勇气的毒素……

席林医生轻声惊呼起来。众人的目光从死者可怕的脸庞移开,齐刷刷地转向尸体的左手。法医正举着这只手供大家检视。"看看这些手指。"席林医生说。众人依言望去,只见死者的中指紧紧地缠在食指上,呈一种奇特的姿势,拇指和剩下的两根手指向内弯曲,这才是死者应有的状态。

"见鬼——"萨姆咆哮道。

布鲁诺弯下身子,眼睛睁得老大。"天哪!"他叫道,"是我疯了,还是产生幻觉了?哎呀——"他笑道:"这不可能。不可能啊。现在又不是欧洲中世纪……可这是抵御邪眼[1]的手势呀!"

众人默不作声。过了一会儿,萨姆咕哝道:"见鬼,这简直就是侦探小说里的情景嘛。十有八九这儿的厕所里藏着个长着尖牙的怪物。"

没人发笑。席林医生说:"不管这手势意味着什么,反正保持下来了。"他抓住那两根缠在一起的手指,想用力掰开,可脸都涨红了也没成功。他耸了耸肩。"死后强直。僵硬得跟木板一样。我猜德威特有轻微糖尿病,很可能连他自己都不知道。不管怎么说,这就解释了为什么这么快就形成了尸僵……"他抬起头,眯着眼,"萨姆,你来试试看,把手指这样缠在一起。"

大家像机器人一样紧盯着萨姆探长。他二话没说,举起右手,好不容易才把中指缠在食指上。

"压住,萨姆。"席林医生说,"压紧,像德威特那样。现在保持这个姿势几秒钟……"

---

[1] 邪眼是一种古老的迷信,认为其携带者可以通过目光对他者产生损害,使其衰弱,甚至致其死亡。

探长用力压下去，脸微微涨红。

"费了很大的劲吧，萨姆？"验尸官冷冷地说，"这是我法医生涯中最有趣的经历之一。手指紧紧相扣，即使在人死后也分不开。"

"我不能接受邪眼的说法。"萨姆松开手指，不动声色道，"这太像小说了。在我看来根本站不住脚。哎呀——公众会嘲笑我们的！"

"那你说这是怎么回事？"布鲁诺道。

"这个，"萨姆粗声粗气地说，"好吧，也许是凶手把德威特的手指弄成这样的。"

"胡说八道，"布鲁诺厉声道，"这个解释比刚才并无新意的邪眼说更荒谬。凶手究竟为什么要这样做呢？"

"呃，你会明白的。"萨姆说，"你会明白的……您怎么看，雷恩先生？"

"我们非要在这个案子里寻找耶塔托雷[1]吗？"雷恩动了动身子。"我想，"他无比疲倦地说，"约翰·德威特把我今晚早些时候一句无心的话当真了。"

萨姆正要请雷恩进一步解释，但见到席林医生挣扎着站起来，就没有问出口。

"好啦，我在这里能做的都做完了。"医生说，"有一点是肯定的：他当场就死了。"

隔了这么久，雷恩终于做了第一个大幅度动作——他抓住法医

---

1 那不勒斯和西西里的民间信仰中拥有邪眼的人。

的胳膊:"你肯定吗,医生——当场死亡?"

"是的,绝对肯定。子弹很可能是点三八口径的,从右心室穿过心脏。顺便说一句,这也是这次表面检查中发现的唯一伤口。"

"他的头没事吧?没有其他遭到暴力攻击的痕迹——没有瘀伤吧?"

"一处都没有。他是被贯穿心脏的子弹打死的,不是别的。相信我,这颗子弹就足以要他的命了。这是我几个月来见过的最干净利落的弹孔。"

"换句话说,席林医生,德威特不可能在濒死挣扎时把手指扭成这个样子?"

"听好了,"席林医生略带恼怒地说,"我刚才不是说他当场就死了吗?看在上帝的分儿上,他怎么会有濒死挣扎呢?子弹穿过心室——噗!像灯灭一样,死了,结束了。你知道,人可不是做实验用的豚鼠。老天,当然不是。"

雷恩没笑,转向萨姆探长。"我认为,探长,"他说,"我们这位暴躁医生的意见澄清了一个有趣的问题。"

"那又怎么样?就算他一声不吭就当场死了,那又能说明什么?我见过几百具当场翘辫子的尸体,这没什么新鲜的。"

"这事有点蹊跷,探长。"雷恩说。

布鲁诺不解地瞥了他一眼,但雷恩没有再作声。

萨姆摇摇头,从席林医生身边挤过去。他俯身去看死者,开始不慌不忙地搜查死者的衣服。雷恩挪了挪身子,以便看到萨姆的脸和死者。

"这是什么?"萨姆咕哝道,在德威特外套的内侧胸袋里发现

234

了一些旧信、一本支票簿、一支钢笔、一张火车时刻表和两本铁路回数票簿。

雷恩冷冷地说:"那是他的旧回数票簿,可以坐五十趟车,在他被拘留在监狱时过期了,还有一本新回数票簿,是他今天晚上在我们上车之前买的。"

萨姆探长哼了一声,翻了翻那本旧回数票簿里打过孔的车票。票簿的边缘都卷角了。在票簿表面和里面的车票上,有许多德威特闲来无事留下的涂鸦,有些勾勒的是打孔的形状,有些描摹的是印刷体文字,但最多的是几何图案,从头到尾都有,这表明德威特的思维是多么严谨。大多数票都被撕掉了。然后,萨姆仔细检查了新票簿。它完好无损,没有打孔。雷恩说这是德威特在终点站买的。

"谁是乘务员?"萨姆问。

穿蓝色乘务员制服的老人答道:"我是。我叫博顿利老爹,是这趟车的高级乘务员。你想知道什么?"

"你认识这个人吗?"

"呃,"博顿利拉长腔调说,"在你们来之前,我正在对那边的雷恩先生说,死者看起来有点面熟。我想起来,他好像常坐这趟车,已经好多年了。住在西恩格尔伍德,对不对?"

"你今晚在火车上见过他吗?"

"我没有。他没有坐在我检票的那一头。你见过他吗,埃德?"

"今晚没有。"那个魁梧的初级乘务员怯生生地说,"我当然认识他,但我今晚没见过他。我走到前面那节车厢的时候,见到一群乘客,一个高个子男人递给我六张票,说他们的一个同伴暂时离开了。之后我也没见过他们这个同伴。"

"你没去找他,对吗?"

"见鬼,我不知道他在哪儿。我还以为他多半在厕所呢,从没想过他在这节漆黑的车厢里。从没人进过这里。"

"你说你认识德威特?"

"这是他的名字?嗯,他经常坐这趟车。我当然认识。"

"他坐过多少次?"

埃德摘下帽子,若有所思地拍了拍自己的光头:"我不知道,长官。我也说不清他坐过多少次。我想有很多次了。"

身材瘦小的博顿利老爹兴冲冲地挤上前来:"我想我可以帮你解决这个问题,长官。你知道,我和我的搭档每晚都在这趟火车上检票,所以我们可以查到这个人坐过我们火车多少次。嘿,把那本旧票簿给我。"他从萨姆手中拿过那本卷角了的票簿,翻开,举起来给萨姆看。其他人都围过来,从探长肩膀上望过去。"喏,你看,"博顿利指着剩下的票根,殷勤地说,"每次检票的时候,为慎重起见,我们都会撕下车票,在车票和票根上打孔。你只需要将圆形孔——它们是我打的,看到了吗?——还有十字形的孔——它们是埃德·汤普森打的——都加起来,就能知道他坐了这趟火车多少次,因为这趟火车上就只有我们两名乘务员。明白了吗?"

萨姆仔细观察着那本旧票簿:"真是个好主意。一共四十个孔。这四十个孔中,应该有一半孔是去纽约时打的——打孔的形状不一样,对吧?"

"是的,"老博顿利说,"早上的火车是去纽约的——上面有别的乘务员,每个乘务员打孔的方式都不一样。"

"好吧，"萨姆继续说，"那么，晚上回西恩格尔伍德时打的孔就还剩二十个。这二十个孔当中——"他飞快地数着："让我看看，你和你的搭档打了十三个。那他就搭了十三趟车。这意味着，他搭这趟火车比下午六点左右出发的普通通勤列车更频繁……"

"我也算是个侦探哩。"老乘务员咧嘴笑道，"你说得对，长官。乘务员打的孔可不会说谎！"他高兴地呵呵笑起来。

布鲁诺皱起眉头："我敢打赌，凶手知道德威特习惯搭这趟火车，而不是普通通勤列车。"

"有可能。"萨姆探长耸了耸肩，"好了，我们还要把别的情况弄清楚。雷恩先生，今晚这里到底发生了什么？德威特怎么会碰巧跑到这节车厢来的？"

哲瑞·雷恩摇摇头："我不知道究竟发生了什么。可火车离开威霍肯不久，迈克尔·柯林斯就——"

"柯林斯！"萨姆喊道。

布鲁诺挤上前来："天哪，柯林斯也卷进这个案子了吗？你怎么不早说呢？"

"拜托，探长，冷静一点……柯林斯要么逃走了，要么就还在车上。我们一发现德威特的尸体，乘务员就关闭了门窗，确保没人能离开。就算柯林斯在尸体被发现之前就下车了，也不可能逃到很远的地方。"

萨姆哼了一声。雷恩用平静的语气，将柯林斯恳求德威特最后一次私下谈话时车厢里发生的事都讲了一遍。

"他们进入了这节车厢，对吧？"萨姆问。

"我可没这样说，探长，"雷恩反驳道，"这只是你的猜想。

你也许是对的,但我们只看到那两个人穿过我们那节车厢的后连廊,站在这节车厢的前连廊上。"

"嗯,我们很快就会弄清这一点的。"萨姆派出几名探员在火车上搜寻失踪的柯林斯。

"你想把尸体留在这儿吗,萨姆?"席林医生问。

"就留在原地吧。"萨姆抱怨道,"我们去前面车厢问几个问题。"

众人结队离开了发生命案的车厢,只留下一名探员守在死者身边。

珍妮·德威特瘫倒在座位上,靠着洛德的肩膀抽泣。埃亨、因佩里亚莱、布鲁克斯呆呆地坐着,不知所措。

车厢里的其他乘客已被清空。他们都转移到前面的车厢去了。

* * *

席林医生静静地沿过道走来,低头看着那个虚弱地哭泣的女孩。他默默打开医务包,拿出一个小瓶子,叫洛德去取了杯水,把打开的瓶子放在女孩抽动的鼻孔下。她喘着气,眨着眼睛,身体颤抖起来。洛德拿水回来后,她贪婪地喝着,像个口渴难耐的孩子。医生拍了拍她的脑袋,把什么东西塞进了她的喉咙。过了一会儿,她平静下来,闭眼躺下,头枕在洛德的大腿上。

萨姆一屁股坐进一把绿色长毛绒座椅里,伸长了腿。布鲁诺看着他,忧闷地陷入沉思,然后对布鲁克斯和埃亨打了个手势。两人疲倦地站起来,神情紧张,脸色苍白。在接受地方检察官询问时,布鲁克斯将事情经过简要地讲述了一遍：先是在酒店举行庆祝宴会，然后前往威霍肯终点站，在那里等了一会儿，接着登上火车，车厢里遇到主动凑上前来的柯林斯。

"德威特怎么样？"布鲁诺问道，"开心吗？"

"他这辈子从来没有这么开心过。"

"我从来没有见他这么开心过。"埃亨低声说，"审判、不安——然后是判决……我还以为他终于躲过了被送上电椅的厄运……"他浑身颤抖起来。

律师的脸上掠过一丝愤怒："这无疑是德威特无罪的最有力证据，布鲁诺先生。如果你们没有以那个荒谬的罪名逮捕他，他今天可能还活着！"

布鲁诺无言以对，过了一会儿才问："德威特太太在哪儿？"

"她没跟我们在一起。"埃亨很不客气地说。

"这对她来说是个好消息。"布鲁克斯说。

"你是什么意思？"

"她现在不用担心离婚的问题了。"布鲁克斯冷冷地回答。

布鲁诺地方检察官和萨姆探长交换了一下眼色。"那她根本不在这趟车上？"布鲁诺问。

"据我所知不在。"布鲁克斯转过身。埃亨摇了摇头，布鲁诺看着雷恩，雷恩耸了耸肩。

就在这时，一个探员报告说车上没有找到柯林斯。

"嘿！那两个乘务员到底在哪儿？"说着，萨姆向面朝他的那两个穿蓝色制服的人招招手，"博顿利，你看见一个高个红脸的爱尔兰人了吗——记得今晚检过他的票吗？"

239

"他戴着一顶毡帽,"雷恩平静地说,"玩世不恭地拉下来遮住眼睛,穿着粗花呢大衣,有点醉醺醺的。"

老博顿利摇摇头:"我很确定没有检过他的票。你呢,埃德?"

初级乘务员摇摇头。

萨姆站起身,迈着沉重的脚步,走向前面的车厢,开始粗声粗气地询问与德威特一行人同坐一节车厢的少数几个乘客。没有人记得柯林斯,也没有人记得他的行踪。萨姆回来,又坐进椅子里:"有没有人记得柯林斯返回这节车厢?"

雷恩说:"我肯定他没有回来,探长。他十有八九是从最后一节车厢的两个连廊中的一个跳下车的。打开连廊里的门跳下车非常简单。我敢肯定,在德威特同柯林斯离开和悲剧发生之间的某个时间点,火车曾经进站停靠。"

萨姆向老乘务员要了一张火车时刻表,仔细研究了一番。通过比较各个条目,他得出结论:火车在小渡口、里奇菲尔德公园、西景,甚至波哥大停靠时,柯林斯都有可能从车上溜下来。

"好吧,"萨姆转身对一个手下下令道,"带几个人去这些车站,沿铁路仔细搜查柯林斯的踪迹。他肯定在其中一个车站下了车,留下了某些蛛丝马迹。有结果就打电话到蒂内克站向我报告。"

"好的。"

"他看起来也不可能在那个时候搭上回纽约的火车,所以别忘了去问问车站附近的出租车司机。"

探员离开了。

"好了,你们两位,"萨姆对两名乘务员说,"好好想想,有没有乘客在小渡口、里奇菲尔德公园、西景或波哥大下车？"

乘务员立即回复说，在上述每个站都有几名乘客下车，但他们都不记得乘客的人数或身份。

"如果我们见到他们，也许认得出来几个。"博顿利老爹慢吞吞地说，"但就算他们是常客，我们也不可能知道他们的名字。"

"偶尔搭乘的就更不可能认识了。"汤普森主动说。

布鲁诺说："你知道吗，萨姆，凶手和柯林斯一样，有可能在某个车站溜下火车而不被发现。他要做的就是等待火车靠站，打开面朝轨道而不是车站的门，然后跳下车，从车下关上门。毕竟，这列火车上只有两个乘务员，他们不可能监视所有的车门。"

"当然。任何人都可以做到这点。"萨姆粗声粗气地说，"要是让我碰上一桩凶手拿着枪站在尸体旁边的谋杀案就好了……对了，那把枪到底在哪儿？达菲！在后面的车厢里找到左轮手枪了吗？"

警佐摇了摇头。

"把所有车厢都搜一遍。凶手可能把枪落在火车上了。"

"我建议，"雷恩说，"你派人去沿着我们来时的铁路搜索，探长，凶手也有可能把左轮手枪扔出火车，手枪又掉到了铁轨上的某个地方。"

"好主意。达菲，赶紧去办。"

警佐迈着艰难的脚步走开了。

"好了，"萨姆用一只手疲惫地摸了摸额头，继续道，"现在该干脏活儿了。"他怒视着德威特的六个同行者："因佩里亚莱！请到这边来，好吗？"

瑞士人站起身,迈着慢吞吞的步子走过来。他因为疲惫而眼圈乌黑,就连短而尖的胡须也脏兮兮的。

"咱们走走形式,"萨姆的话中透着浓浓的讽刺味道,"你在车上做什么?当时坐在哪儿?"

"我同德威特小姐和洛德先生坐了一会儿。后来,我看到他们不喜欢被第三者打扰,就告辞离开了。我一定是睡着了。接下来我只记得雷恩先生站在门口,两个乘务员从我身边跑过。"

"睡着了?"

因佩里亚莱眉毛一扬。"是的,"他用尖锐的声音说,"你怀疑我的话吗?坐渡船和火车让我头疼。"

"噢,是的,"萨姆嘲笑道,"所以你不能告诉我们其他人在做什么,对吗?"

"很抱歉。我睡着了。"

萨姆从瑞士人身边走过,来到洛德和珍妮的座位前。洛德正抱着珍妮。他俯下身子,拍了拍女孩的肩膀。洛德气呼呼地抬起头,珍妮抬起满是泪痕的脸。

"很抱歉打扰你,德威特小姐,"萨姆粗声粗气地说,"但如果你回答一两个问题,会对我有所帮助。"

"你疯了吗,伙计?"洛德厉声道,"你看不出她已经精疲力竭了吗?"

萨姆盯着洛德,他立刻安静下来。珍妮低声说:"你尽管问,探长。只要能找出……找出是谁……"

"交给我们吧,德威特小姐。你还记得火车离开威霍肯后,你和洛德先生在做什么吗?"

她茫然地望着萨姆，仿佛没有听懂问题。"我们……我们大部分时间都在一起。一开始因佩里亚莱先生和我们坐在一起，然后就去别的地方了。我们一直在谈话……"她咬着嘴唇，热泪盈眶。

"然后呢，德威特小姐？"

"基特离开过我一次。我单独待了几分钟……"

"他离开你了，是吗？好吧。他去哪儿了？"萨姆狡黠地瞥了眼那个年轻人，他一声不吭地坐在那里。

"噢，就是从那扇门出去的。"她含糊地指了指车厢的前门，"他没说要去哪儿。你说了吗，基特？"

"没有，亲爱的。"

"因佩里亚莱先生离开你和洛德之后，你见过他吗？"

"基特不在的时候见过一次。我转过头，看见他坐在不远的座位上，正在打瞌睡。我还看到埃亨先生在来回踱步。然后基特回来了。"

"这是什么时候的事？"

她叹了口气："我记不清了。"

萨姆直起身子："我想和你单独谈谈，洛德。喂，因佩里亚莱！……或者席林医生也可以，你们能和德威特小姐坐一会儿吗？"

洛德不情愿地站起来，矮胖的法医坐到他的位置上，立刻开始用交谈的口吻同那个女孩说话。

萨姆和洛德沿过道走出一段距离。"好了，洛德，"萨姆说，"坦白吧。你当时是要去哪儿？"

"说来话长，探长。"年轻人沉着地答道，"我们坐渡船过来

243

的时候,我碰巧注意到一件事——嗯,很反常。我看见彻丽·布朗和她那个声名狼藉的男朋友波卢克斯在同一条船上。"

"真的!"萨姆慢慢点了点头,"嘿,布鲁诺,过来一下。"
地方检察官依言过来。

"洛德说,他今晚坐渡船过来的时候,看见彻丽·布朗和波卢克斯也在船上。"

布鲁诺吹了个口哨。

"这还不是全部,"洛德继续说,"我在威霍肯终点站又看到了他们,就在码头附近。他们在争论什么。打那以后,我就一直瞪大眼睛留意他们,因为——呃,在我看来,这事太可疑了。我在等候室没看到他们。上车时我也仔细观察了,但我也不记得见到他们上车。反正火车开动后,我感到非常不安。"

"为什么?"

洛德皱起眉:"那个叫布朗的女人是个泼妇。考虑到在朗斯特里特案调查期间她对德威特的疯狂指控,我不知道她会干出什么来。总之,我起身离开了珍妮一会儿,我要确保他们不在火车上。我看了,他们不在。于是我回来了,感觉放心多了。"

"你检查过最后一节车厢吗?"

"天哪,没有!我怎么会认为他们在那儿呢?"

"你找人的时候,火车行驶到哪个车站附近?"

洛德耸了耸肩:"我知道才见鬼。我没有留意。"

"你回来的时候看见别人在干什么了吗?"

"呃,我似乎记得,埃亨还在踱来踱去,跟我离开时一样。我还记得看到雷恩先生在同布鲁克斯谈话。"

"你回来的时候,注意到因佩里亚莱了吗?"

"不记得。"

"好吧。回到德威特小姐身边去,我想她需要你。"

洛德匆匆离去,布鲁诺和萨姆低声交谈了一会儿。然后萨姆示意一个在车厢前门站岗的探员过来:"叫达菲在车上找找彻丽·布朗和波卢克斯——他认得他们。"探员走了。

不一会儿,身材粗壮的达菲警佐冲进车厢:"没什么发现,探长。他们不在这里。而且没有人记得见过和他们相像的人。"

"好吧,达菲,那你就负责继续追寻这两个人。马上派人去。这事儿你最好自己去办。回城看看能不能找到他们的踪迹。那个女人住在格兰特酒店。如果他们不在,试试夜店,去波卢克斯常去的地方。他们可能在地下酒吧。一有线索就给我打电话,必要的话就通宵调查。"

达菲警佐咧嘴一笑,转身离开。

"现在,轮到布鲁克斯了。"萨姆探长和布鲁诺地方检察官沿着过道走回来。布鲁克斯和雷恩坐在一起,布鲁克斯凝望着窗外的火车站,雷恩则把头靠在椅背上,闭着眼睛。萨姆在对面坐下时,雷恩忽然睁开眼,眼中熠熠生辉。布鲁诺犹豫了一下,退到车厢前部,去前面的车厢了。

"你呢,布鲁克斯?"萨姆懒洋洋地问,"老天,我累坏了。这该死的案子害我不得不半夜从床上爬起来。怎么样?"

"什么怎么样?"

"你在这趟列车上做了什么?"

"我一直坐在这个座位,直到雷恩先生起身去调查德威特和柯林斯为什么没回来。"

萨姆看向雷恩,雷恩点了点头。

"那你没事了。"萨姆转过脑袋,"埃亨!"

老人步履蹒跚地走上来。

"火车开动以后,你一直在干什么?"

埃亨冷笑一声:"你在跟我玩捉迷藏这种古老的游戏吗,探长?我没干什么特别的事。雷恩先生、布鲁克斯先生和我聊了会儿天,然后我想活动下腿脚,就站起来,在过道里走来走去。就是这样。"

"你注意到什么了吗?你看到有人从车厢后门进来吗?"

"说实话,我没有留意。我没看到什么可疑的事情,如果你是这个意思的话。"

"难道你什么都没看见?"萨姆怒吼道。

"你说的那个方向我什么都没看见,探长。说起来,别的方向我也什么都没看见。事实上,我当时在思考一种相当独特的开局让棋法。"

"思考什么?"

"一种开局让棋法。一连串走棋方法,探长。"

"噢,想起来了,你是象棋高手。好吧,埃亨,你没事了。"萨姆转过头,发现雷恩灰色的眼睛正好奇地看着他。

"当然,探长,"雷恩说,"你也必须盘问我。"

萨姆哼了一声:"如果您在这节车厢里看到了什么,您会告诉我们的。不过很遗憾,就连您也看漏了,雷恩先生。"

"事实上,"雷恩喃喃道,"在我一生中,从没感到像现在这样屈辱。竟然让这可怕的事情就在我眼皮底下发生……"他若有所思地看着自己的双手,"这么近……"他抬起头,"不幸的是,我太专注于同布鲁克斯先生愉快地讨论了,什么也没注意到。不过,我感到越来越焦虑。正是这种焦虑促使我后来起身去调查那节黑暗的车厢。"

"我猜,您没有留意您坐的这节车厢的所有状况吧?"

"非常惭愧,探长,我没有。"

萨姆站起来。地方检察官走进车厢,靠在过道对面的座位上。

"我刚才在问其他乘客,"他说,"这节车厢的人都不记得有什么事不对劲,也不记得谁经过了过道谁没有。我从没见过这么一群睁眼瞎。至于其他车厢的乘客,问他们也没用。该死!"

"好吧,不管怎样,我们还是把他们的名字记下来。"萨姆走开,开始下达命令。在他回来之前,其他人都默不作声;雷恩以专心思考时的惯常姿势坐着,双眼紧闭。

一个探员朝探长跑来。"发现线索了,长官!"他喊道,"刚接到搜寻组的电话,说发现柯林斯的行踪了!"

沉闷的空气中突然爆出了火花。"好家伙,"萨姆叫道,"什么情况?"

"有人在里奇菲尔德公园站见过他。他叫了辆出租车,直奔纽约。一个伙计从城里打电话来报告,因为他猜柯林斯回家了,就去他家打探,果然发现柯林斯几分钟前就回去了。出租车似乎直接把他送回家了。伙计们随后会去找那个司机调查的——司机还没回来呢。他们这会儿在柯林斯的公寓外监视,请求指示。"

"好,好,城里的伙计还在电话上吗?"

"有一个在。"

"叫他别打草惊蛇,除非柯林斯想开溜。我一小时左右就到。不过告诉他,如果那个爱尔兰浑蛋跑了,我就让他滚出警队!"

探员急忙下了火车。萨姆兴高采烈地用大脚跺了跺地板。另一个探员走进来。萨姆满怀期待地抬起头。

"怎样?"

那人摇了摇头:"伙计们还没有找到那把枪。车上找遍了都没找到。我们也搜查了所有乘客,一无所获。沿铁道搜索的伙计们还没传来任何消息。他们在努力,但外面黑黢黢的。"

"继续找……达菲!"萨姆突然满脸惊讶。

身材健硕的达菲警佐跌跌撞撞地闯进车厢,他本该前往纽约市的。

"达菲!你到底在这儿干什么?"

达菲脱下帽子,擦了擦额头上的汗,咧嘴笑道:"我也做了点侦探工作,长官。我想,鉴于这个姓布朗的女人常在格兰特酒店鬼混,我应该先给那里的服务台打个电话,问问她在不在,然后再走。我知道你马上就要离开——如果可以的话,我想在你回去之前为你打探到消息。"

"嗯,那结果呢?"

"她果然去了,长官!"达菲咆哮道,"她就在那儿。我敢打赌,那个叫波卢克斯的家伙跟她一起进了酒店!"

"什么时候的事?"

"服务台的工作人员说,他们在我打电话前几分钟就登记入住了,然后一起去了她的房间。"

"看见他们离开了吗?"

"没有。"

"干得好。我们在去柯林斯老巢的路上,先到酒店一趟。你先赶去格兰特酒店,监视他们的行动。打辆出租车。"

达菲警佐奋力穿过车厢时,遇到了一群陌生人。他们纷纷涌进车厢,领头的是一个中等身材、亚麻色头发的男人。"喂!你去哪儿?"达菲咆哮道。

"闪一边去,警官。我是这个县的地方检察官。"

达菲骂骂咧咧地下了火车。布鲁诺赶忙上前,同亚麻色头发的男人简单握手。这男人介绍自己是阜尔根县的地方检察官科尔,还抱怨说,布鲁诺的一条消息就把他从床上撵出来了。布鲁诺领着科尔回到最后一节车厢,科尔在那里检查了德威特已经僵直的身体。他们就法律管辖权问题进行了彬彬有礼的讨论。布鲁诺指出,虽然德威特是在阜尔根县被谋杀的,但这起谋杀案无疑与哈德孙县的伍德谋杀案和纽约县的朗斯特里特谋杀案有关。说完,两人面面相觑。

科尔举起手:"我猜下起谋杀案会发生在旧金山。好吧,布鲁诺,这是你的案子,我会尽量帮忙的。"

他们沿原路返回。最后两节车厢突然乱成一锅粥。两名实习生跳下一辆新泽西医院的救护车,在席林医生的监督下,将德威特的尸体抬出火车。法医疲惫地挥手告别,跟着救护车走了。

火车上,所有的乘客都聚在一起。萨姆探长对他们严厉训话,登记了他们的姓名和住址,然后就把他们释放了。铁路官员为他们安排的专列轰隆隆地驶出蒂内克站。

"这下你不会忘记了吧。"布鲁诺提醒道,科尔和他正站在前面的车厢里聊天,"你会去寻找尸体被发现前下车的乘客吗?"

"我会竭尽全力。"科尔沮丧地答道,"但老实说,我认为不会有什么结果。无罪的乘客会主动与我们联系,而有罪的凶手会躲得远远的。就是这样。"

"还有一件事,科尔。萨姆的手下正在铁道附近沿铁轨和路基寻找那把左轮手枪,希望它被从车上扔了下来。你可以派新泽西的人手去接替他们继续搜寻吗?天快亮了,到时他们就能看得更清楚了。当然,我们已经搜查了德威特的同行者和其他乘客,但没有找到枪。"

科尔点点头,离开了火车。

德威特的同行者在前面的车厢重新集合。萨姆吃力地穿上轻便大衣。"嗯,雷恩先生,"他说,"您对这起犯罪有什么看法?这是否证实了您的其他想法?"

"您还认为,"布鲁诺插话道,"您知道是谁杀了朗斯特里特和伍德吗?"

自从发现德威特的尸体后,雷恩第一次笑了:"我不仅知道是谁杀了朗斯特里特和伍德,还知道是谁杀了德威特。"

他们盯着雷恩,一句话也说不出来。自从认识雷恩以来,萨姆第二次像挨了一记重拳的拳击手一样摇摇头,好让自己恢复神志。"哎呀!"他说,"您真是让我甘拜下风呀。"

"但雷恩先生,"布鲁诺抗议道,"让我们做点什么吧。如果您知道凶手是谁,就告诉我们,我们会抓住他的。我们不能让他一直这样逍遥法外啊。他是谁?"

雷恩一下子形容憔悴，有些为难地答道："对不起，二位。你们必须相信我——很奇怪，不是吗？——相信我，现在揭开X先生的面具一点好处都没有。你们必须有耐心。我正在玩一场危险的游戏，而操之过急将导致满盘皆输。"

布鲁诺呻吟了一声，无助地向萨姆求助。萨姆若有所思地吮吸着食指，突然坚定地看着雷恩清澈的眼睛："好的，雷恩先生。您说什么我都信。我会尽我所能奋斗到底，我知道布鲁诺也会如此。如果我信错您了，我会像男子汉一样承认失败。因为我现在——这话我只对您说——现在完全处于进退两难的状态。"

雷恩脸红了——这是他参与案件调查以来第一次表现出强烈的情绪反应。

"如果我们让这个疯狂的杀手继续任意来去，就可能会发生另一起谋杀。"布鲁诺最后一次绝望地请求道。

"你可以相信我的话，布鲁诺先生。"雷恩的声音中充满冷冷的自信，"不会再有别的谋杀了。X已经达成了所有的目标。"

第四场

回纽约途中
十月十日，星期六，凌晨三点十五分

布鲁诺地方检察官、萨姆探长和一小队探员爬上警车，从蒂内克站的岔道向纽约方向呼啸而去。

两人一言不发地坐了好长时间，陷入纷乱的思绪中。黑漆漆的新泽西乡村从车窗外掠过。

布鲁诺张开嘴，但他吐出的字句被雷鸣般的汽车排气声吞没了。萨姆喊道："你说什么？"他们把头凑到一起。

布鲁诺对着探长的耳朵喊道："你觉得雷恩怎么知道谁杀了德威特？"

"我想，"萨姆叫道，"就跟他知道谁杀了朗斯特里特和伍德一样！"

"他真知道就好了。"

"噢，他当然知道。这个老浑蛋不知怎么就是能让人相信他。我自己也不知道他是怎么做到的……很容易看出他是怎么想的。他很可能认为朗斯特里特和德威特从一开始就被盯上了，两个都是。而伍德被杀是形势所迫——为了让他闭嘴。这意味着——"

布鲁诺慢慢点了点头："这意味着，犯罪动机或许可以追溯到很久以前。"

"看起来的确如此。"车在路上颠簸了一下，司机没踩刹车，萨姆脱口咒骂了一声，"所以雷恩才说不会再有谋杀了——懂了吗？朗斯特里特和德威特都被除掉了，事情就结束了。"

"真为那个可怜的老家伙感到难过。"布鲁诺自顾自地嘀咕道。他们不约而同地想到了德威特——出于某种未知的原因，他被献上了祭坛……汽车疾驰而过，他们默默坐着，彼此心照不宣。

过了一会儿，萨姆脱下帽子，捶了捶额头。布鲁诺目瞪口呆地瞪着他。

"怎么了——不舒服吗？"

"我在想德威特留下的那个该死的手势是什么意思。"

"噢。"

"我疯了，布鲁诺，彻底疯了。我一点头绪也没有。"

"你怎么知道那是德威特留下的？"地方检察官质问道，"也许那什么意义也没有，只是一个意外。"

"你不会是说真的吧。意外？老天！你看到我试着做出那个手势了吧？把手指缠在一起三十秒都需要很大的力气。我得说，那两根手指不可能是在临死痉挛中缠在一起的，布鲁诺。席林也有同样的想法，否则他也不会让我做实验……哎呀，你听我说！"萨姆探长在皮椅上动了动身子，满腹狐疑地瞪着布鲁诺地方检察官，"我还以为你被什么邪眼吓到了呢！"

布鲁诺局促不安地笑了笑："嗯……我越想越觉得那是无稽之谈。不可能。太离奇了——老天在上，那不会是真的。"

"难说啊。"

"话说回来，谁知道呢？让我们假设一下——请注意，萨姆，我并不是说我相信……"

"我懂，我懂。"

"好吧，让我们假设，交缠的手指确实是抵御邪眼的手势。不妨把所有的可能性都考虑进去。好了，既然德威特遭枪击后当场死亡，那有一点是肯定的，就是这个手势一定是德威特在被枪击之前故意做的。"

"凶手可能是在德威特死后才把他的手指摆成那个样子的。"萨姆提出异议，"就像我之前说的那样。"

"噢，该死！"布鲁诺嚷道，"凶手没有在另外两具尸体上留下任何痕迹——为什么在这具尸体上留下那个手势呢？"

"好吧——你说得也有道理。"萨姆喊道，"我只是按常规进行推理罢了——排查所有的可能性，诸如此类的玩意儿。"

布鲁诺没在意萨姆的辩解："如果德威特是故意留下那个手势的——见鬼，他肯定认识凶手，没错，他想留下凶手身份的线索。"

"你的推理到目前都不错，"萨姆大喊道，"浅显易懂，亲爱的布鲁诺！"

"噢，闭嘴。另外，"地方检察官继续道，"关于那个邪眼，德威特不迷信。他亲口告诉过你，他不相信那些无稽之谈。那就是说……喂，萨姆！"

"我懂了，我懂了，"探长突然坐起来，大声说，"你的意思是，德威特留下那个手势是为了表明凶手很迷信！天哪——这听起来有点道理了！符合德威特的特点。他脑筋转得飞快，是个反应迅速、思维敏锐的生意人……"

"你认为雷恩考虑过这点吗？"布鲁诺若有所思地问。

"雷恩？"探长的兴奋瞬间消退，就像被兜头浇了盆冷水。他用粗手指搓了搓下巴："嗯，现在想想，也许刚刚的猜想并没有那么棒。这该死的迷信……"

布鲁诺叹了口气。

五分钟后，萨姆突然说："耶塔托雷是什么鬼东西？"

"拥有邪眼的人——我想应该是那不勒斯语。"

汽车继续飞奔，两人陷入了阴郁的沉默之中。

第五场

西恩格尔伍德德威特宅
十月十日，星期六，凌晨三点四十分

西恩格尔伍德在冷月下酣睡，一辆大型警车驶过村子，进入一条两旁矗立着枯木的小路。两名骑着摩托的州警护卫在警车两侧。后面跟着另一辆较小的车，里面坐满了探员。

这支队伍在穿过草坪通向德威特家的车道前停下来。珍妮·德威特、基特·洛德、富兰克林·埃亨、路易斯·因佩里亚莱、莱昂内尔·布鲁克斯和哲瑞·雷恩从大型警车里走下来，所有人都默不作声。

骑警熄了火，放下支架，悠闲地坐在鞍座上，抽起了烟。探员从较小的汽车上蜂拥而出，包围了珍妮一行人。

"你们全都进屋去。"一个探员威严地说，"地方检察官科尔的命令，你们必须待在一起。"

埃亨表示抗议，他说他就住在附近，没有理由在德威特家过夜。当其他人三三两两沿着车道朝门廊走去时，雷恩落在后面。那个神气十足的探员摇了摇头，另一个探员走到埃亨身边。埃亨耸耸肩，跟上其他人。雷恩淡淡地笑着，跟在埃亨后面，沿着黑暗的车道向前走着。探员们步履沉重地跟在后面。

约根斯衣衫不整地来开门，大感不解地盯着进门的这群人。谁也没做解释。珍妮一行人在探员的倔强尾随下，走进殖民地时代风格的大起居室，跌坐在椅子上。尽管大家神情各异，但都显得绝望又疲惫。约根斯一只手扣好扣子，另一只手摁亮电灯。哲瑞·雷恩松了一口气，坐下来，摸着手杖，用炯炯有神的目光注视着其他人。

约根斯在珍妮·德威特身边徘徊。女孩坐在沙发上，洛德搂着她。男管家怯生生地说："对不起，珍妮小姐……"

她喃喃道："什么事？"

她的声音很奇怪，老人往后退了一步，但他还是说："出什么事了吗？这些人……对不起，德威特先生在哪儿？"

洛德粗声粗气地说："噢，走开，约根斯。"

女孩却清晰地答道："他死了，约根斯。死了。"

约根斯的脸唰地白了。他还是那样弯着腰，像是出神了一样。然后，他犹豫不决地环顾四周，仿佛要证实这一骇人听闻的消息。他看到的只是转开的面孔，和被昨夜的冷血事件消磨掉所有情感的冷漠眼睛。他一句话也没说，转身就走了。

领头的探员挡住他的去路："德威特太太在哪里？"

老管家用那双模糊、湿润的眼睛茫然地望着他："德威特太太？德威特太太？"

"是的。说吧——她在哪儿？"

约根斯身体僵硬道："我想是在楼上睡觉吧，长官。"

"她整晚都在这儿吗？"

"没有，长官。没有，长官，我想没有。"

"她去哪里了？"

"恐怕我不知道，长官。"

"她什么时候回来的？"

"她回来的时候,长官,我已经睡了。她显然忘了带钥匙,因为她一直按门铃,直到我下来。"

"好吧,那是什么时候?"

"我想她大概是一个半小时前回来的,长官。"

"你不知道确切时间吗?"

"不知道,长官。"

"等等。"探员转向珍妮·德威特。他们谈话的时候,珍妮坐起来,带着几乎称得上热切的表情侧耳倾听。探员似乎被她脸上的奇特表情弄糊涂了。他笨拙地装出殷勤的样子说:"我猜——你想告诉德威特太太发生了什么事,是吗,小姐?她必须知道,而且我想和她谈谈。这是地方检察官科尔的命令。"

"我告诉她?"珍妮仰起头,歇斯底里地大笑起来,"我告诉她?"洛德轻轻地摇着她,在她耳边低语。疯狂从她眼中消失了,她打了个寒战,低声说:"约根斯,把德威特太太叫下来。"

探员急切地说:"没关系。我自己去找她。嘿,你——带我去她房间。"

约根斯拖着步子走出起居室,探员紧随其后。没有人说话。埃亨站起来,开始在地板上踱来踱去。因佩里亚莱还穿着外套,而且裹得更紧了。

"我想,"哲瑞·雷恩和蔼地说,"我们最好在壁炉里生个火。"

埃亨一动不动地站在那里,环视着房间。他突然打了个寒战,好像刚感觉到空气中的凉意。他无可奈何地向四周扫了一眼,犹豫片刻,然后走到壁炉前,跪在地上,用颤抖的双手开始生火。过了

257

一会儿，一小堆柴火开始噼啪燃烧，火光在墙壁上跳跃。把火烧到满意之后，埃亨站起来，掸掸膝上的灰尘，继续踱步。因佩里亚莱脱下外套。布鲁克斯深陷在远处角落的一把扶手椅里，朝炉火挪了挪椅子。

他们都突然抬起头来。一阵混乱的说话声穿过门口，从温暖的空气中飘进来。他们僵硬地、不自然地转头朝那边望去——观察着、等待什么事情发生，姿态超然而怪异，仿佛一尊尊雕像。接着，德威特太太悄无声息地进入起居室，后面跟着那名探员和踌躇不决、依然神情恍惚的约根斯。

德威特太太进屋的动作像众人的举止一样不自然，像梦一样不真实，却把他们从恐怖邪恶的黑夜魔咒中解救了出来。他们全都松了口气。因佩里亚莱站起身，正式微微鞠了一躬；埃亨哼了一声，摇了摇头；洛德紧搂着珍妮的肩膀；布鲁克斯走向炉火。只有哲瑞·雷恩保持着先前的姿势。他虽然耳聋，却警觉地偏着头，眼睛敏锐地捕捉着可能发出声音的细微动作。

弗恩·德威特穿着一件异国情调的晨袍，匆匆裹在睡衣外面；她的头发依然乌黑发亮，披散在肩上。她现在比白天更漂亮：洗去了脸上的脂粉，火光软化了岁月的痕迹。她迟疑着停下脚步，用同约根斯相似的眼神环顾着四周，目光落到珍妮身上时奇怪地往回一缩。她穿过房间，俯下身去看着精疲力竭的女孩："珍妮，珍妮，"她低声说，"我真的——真的……"

那姑娘没有抬头，也没有看继母一眼，而是用水晶般的声音应道："请你走开。"

弗恩·德威特身子往后一退，仿佛挨了珍妮一巴掌。她一言不发地转身离开了房间。一直站在她身后密切注视着这一幕的探员挡住了她的去路:"先回答几个问题,德威特太太。"

她无助地停下来。因佩里亚莱拿着一把椅子快步走过来。她一屁股坐在椅子上,盯着炉火。

探员清了清嗓子,打破了无比沉重的寂静:"你今晚什么时候回来的?"

她深吸一口气:"为什么问这个?为什么?你不……"

"回答问题。"

"呃——两点过几分。"

"大概是两小时以前吧?"

"是的。"

"你去哪儿了?"

"就是开车兜兜风。"

"开车。"探员粗鲁的声音里充满怀疑,"有人跟你在一起吗?"

"就我一个人。"

"你什么时候出门的?"

"晚饭后很久,大概七点半。我开自己的车,开着开着……"她的声音越来越小,探员耐心地等待着,她舔了舔干燥的嘴唇,又开口道,"我开车去纽约了。过了一段时间,我发现自己进了大教堂……圣约翰大教堂。"

"在阿姆斯特丹大道和第一百一十街的交叉口?"

"是的。我停好车,走了进去,坐在那里,想了很久……"

"你是什么意思,德威特太太?"探员粗暴地问道,"你是说,你跑到纽约城郊只是为了在教堂里坐上几小时？你什么时候离开大教堂的？"

"噢，这有什么要紧的？"她尖叫起来，"这到底有什么要紧的？你认为是我杀了他吗？你们就是这么想的——我知道你们就是这样想的。你们全都这样坐在这里，看着我，审判我……"

她绝望地哭起来，美丽的肩膀一起一伏。

"你什么时候离开大教堂的？"

她抽泣了一会儿，强忍住泪水，断断续续地说："大约十点半或十一点，我不记得了。"

"然后你做了什么？"

"我就是开车，一直开，一直开。"

"你是怎么回新泽西的？"

"从第四十二街坐渡船回来的。"

探员吹了个口哨，盯着她："又穿过纽约拥挤的车流，大老远跑到市中心来了？为什么？你为什么不从第一百二十五街乘渡船回去？"

她无言以对。

"快点，"探员粗暴地催促道，"你必须解释清楚。"

"解释？"她眼神呆滞，"我没什么可解释的。我不知道我为什么来到市中心了。我只是在开车，想着……"

"是的，想着，"探员恶狠狠地瞪着她，"想着什么？"

她站起身，将晨袍随便往身上一披："我认为你做得有点过分了。我想什么是我自己的事吧？请让我过去。我要回房间去了。"

探员挡到她面前。她突然停下，双颊失去了血色。

"不行,你不能——"探员开口道。

这时哲瑞·雷恩温和地插话道:"我真的认为德威特太太说的完全正确。她现在压力太大了,如果有必要的话,最好明天早上再问她。"

探员朝雷恩眨眨眼,咳了一声,走到一边。"好吧,先生。"他低吼道,然后不情不愿地说,"对不起,女士。"

弗恩·德威特退了下去,大家又陷入冰冷的沉默之中。

* * *

凌晨四点一刻,有人或许会看见哲瑞·雷恩先生在干一件奇怪的事。

他独自一人待在德威特家的书房里。他带披肩的长外套被扔到椅子上。他颀长匀称的身影不紧不慢地在房间里踱来踱去,眼睛四处张望,双手摸来摸去,搜寻着什么。房间中央有一张胡桃木大桌子,雕刻精美,年代久远。雷恩一个一个地检查抽屉,翻找文件,检查记录和材料。他显然对结果并不满意,因为他离开了桌子,第三次转向墙上的保险箱。

他又试了试把手,保险箱是锁着的。他转过身,在一层层书架、一排排书籍之间小心翼翼地慢慢翻找,不时打开一本查看。

他把书全部检查完毕后,站在那里陷入沉思。他明亮的眼睛又向墙上的保险箱瞟去。

他走到书房门口,打开门,来回张望。一个探员在走廊里闲逛,看到雷恩后迅速转过身。

"管家还在楼下吗？"雷恩问。

"我去看看。"他走开了，不久就带着步履缓慢的约根斯回来了。

"什么事，先生？"

哲瑞·雷恩靠在书房门框上："约根斯，老伙计，你知道书房保险箱的密码吗？"

约根斯一惊："我？不知道，先生。"

"德威特太太知道吗？或者德威特小姐？"

"我认为她们不知道，先生。"

"真奇怪。"雷恩和蔼地说。

探员没精打采地沿走廊走开。

"怎么回事，约根斯？"

"呃，先生，德威特先生……嗯，"男管家似乎很犯难，"这确实奇怪，先生，但德威特先生多年来一直没让别人碰那个保险箱。楼上卧室有个保险箱，德威特太太和德威特小姐把珠宝放在里面。但书房里的这个……我想只有他和他的律师布鲁克斯先生知道密码。"

"布鲁克斯？"哲瑞·雷恩沉吟道，"请叫他到这儿来，好吗？"

约根斯走了。他回来的时候，莱昂内尔·布鲁克斯跟在后面，布鲁克斯蓬乱的金发已经泛白，眼睛红彤彤的，像是一直没睡着。

"您找我吗，雷恩先生？"

"是的。据我所知，只有你和德威特知道书房保险箱的密码，布鲁克斯先生。"

布鲁克斯的眼睛里闪过一丝警觉的神色。

"可以告诉我吗?"

律师摸了摸下巴:"这是一个很不寻常的要求,雷恩先生。我认为,道德上,我无权把密码告诉您。法律上……这把我置于两难的境地。您知道,密码是德威特很久以前告诉我的。他叮嘱我,他不想让家人看到文件,如果他有不测,希望保险箱务必按照正式程序打开……"

"你真让我吃惊,布鲁克斯先生。"雷恩喃喃道,"在这种情况下,我就更要打开保险箱了。你当然知道,我有权提出这个要求。请你把密码转交给地方检察官,好吗?"他面带微笑,眼睛却观察着律师紧绷的下巴。

"如果您要看的是遗嘱,"布鲁克斯有气无力地说,"那就完全是公事了……"

"但我要看的不是遗嘱,布鲁克斯先生。顺便问一下,你知道保险箱里有什么吗?里面肯定有什么珍贵的东西,可以解开所有的谜团。"

"噢,不知道,不知道!我一直怀疑里面有什么奇怪的东西,但我当然从来不敢问德威特。"

"我想,布鲁克斯先生,"雷恩换上完全不同的声音说,"你最好把密码告诉我。"

布鲁克斯犹豫不决,挪开视线……不久,他耸耸肩,嘟哝出一串数字。雷恩严肃地注视着他的嘴唇,点点头,二话没说就退回书房,当着布鲁克斯的面关上了房门。

老演员匆匆穿过书房,走向保险箱。他摆弄了一会儿密码盘。

当沉重的小门打开时,他满怀期待地停了手,查看里面的东西,尽量什么都不碰……

十五分钟后,哲瑞·雷恩先生砰地关上保险箱门,转了转密码盘,回到桌边。他手里拿着一个小信封。

雷恩在书桌前的椅子上坐下,仔细观察信封正面。信封上的字是手写的,寄给约翰·德威特,盖着纽约中央车站的邮戳,于当年六月三日通过邮政总局配送。雷恩把信封翻过来,没发现回信地址。

他小心翼翼地把手指伸进信封开口一端,抽出一张普通信纸。信纸同信封一样,上面的字是手写的。墨水是蓝色的。信纸顶部写着日期:六月二日。开头的称呼颇为突兀:杰克[1]!

这封信本身很简短:

杰克!
这是你最后一次收到我的来信。
每个人都有转运的一天。我的很快就会到来。
准备好还债吧。你可能是第一个。

这封信并没有例行的结束语,只写了寄信人的姓名:马丁·斯托普斯。

---

[1] 约翰的昵称。

第六场

格兰特酒店套房
十月十日，星期六，凌晨四点零五分

萨姆探长、布鲁诺地方检察官和他们的手下大步穿过格兰特酒店十二楼的走廊时，达菲警佐正将宽大的后背贴在通往彻丽·布朗套房的门板上，警惕地同一个满面愁容的壮汉说话。

达菲介绍说，这个愁眉苦脸的人是酒店侦探[1]；这个侦探看到萨姆探长凌厉的目光，显得越发忧虑了。

"有情况吗？"萨姆用令人不安的声音问。

"像老鼠一样安静，"酒店侦探低声说，"像老鼠一样安静。现在不会有什么麻烦了吧，探长？"

"他们一点动静也没有。"警佐补充道，"我想他们一定是去睡觉了。"

酒店侦探立刻露出震惊的表情："我们酒店可不允许这样的事发生。"

萨姆低吼道："这个套房还有别的出口吗？"

"那扇门。"达菲挥了挥粗壮的手臂，"当然还有防火梯。但楼下已经有人在守那边了。屋顶上也派了个人，以防万一。"

"在我看来，这几乎没有必要。"布鲁诺反驳道，看上去有点

---

1 酒店侦探是被雇来监督酒店安全的便衣人员，负责调查酒店中各种违反安全、道德或规则的行为。

心神不宁,"他们不会想逃跑的。"

"嗯,这很难说,"探长冷冷地说,"都准备好了吗,伙计们?"他扫了一眼走廊。除了他的手下和酒店侦探外,周围一个人也没有。见两个探员走过去守住了另一扇门,萨姆便径直敲响了彻丽·布朗套房的门。

套房里没有任何声音。萨姆把耳朵贴在门上听了一会儿,然后把门敲得震天响。酒店侦探张开嘴想抗议,但紧接着就闭上了,开始紧张地在地毯上走来走去。

很长时间都没有人应门,但这一次探长隐约听到了一阵低语。他狞笑着继续等待。然后,里面传来电灯开关的咔嗒声、沙沙的拖脚走路声,以及笨手笨脚地拉开门闩的声音。萨姆瞥了眼手下,以示提醒。门开了不到两英寸。

"谁啊?你想干什么?"是彻丽·布朗的声音,听上去飘忽不定,相当紧张。

萨姆把大鞋子塞进门缝,撬开门,大如火腿的手放在门上,用力一推,门勉强打开。明亮的房间中,站着非常美丽又非常忧虑的彻丽,她身穿花边丝绸睡衣,赤裸的小脚插在缎子拖鞋里。

看到萨姆的脸,她发出无比瘆人的喘息,本能地后退了两步。"哎呀,是萨姆探长!"她用微弱的声音说,仿佛在质疑萨姆探长的真实存在,"出……出什么事啦?"

"没事,没事。"萨姆热情地说,眼睛却在滴溜溜乱转。他站在女演员套房的起居室里,房间有些凌乱:餐具柜上放着一个空杜松子酒瓶和一个几乎空了的威士忌酒瓶;桌上放着一堆抽了一半的香烟和一个镶着珍珠的晚装包;此外还有没洗的玻璃杯,一把翻倒的椅子……彻丽的目光从探长的脸移到了门口,一看到布鲁诺和外面走廊上那些沉默的探员,她就瞪大了眼睛。

通往卧室的门关着。

萨姆微微一笑:"我们进来吧,地方检察官——你们都待在外面。"地方检察官走进房间,顺手关上了门。

彻丽恢复了几分天生的镇定,脸颊又红润起来,用手摸了摸头发。

"我说,"她开口道,"你们真会挑时间来打扰女士。你有何贵干,探长?"

"是吗,小姐。"萨姆愉快地说,"你一个人吗?"

"这跟你有什么关系?"

"我说——你一个人吗?"

"这不关你的事。"

布鲁诺靠在墙上,萨姆咧嘴笑着,穿过房间,走向另一扇门。女演员惊慌地尖叫一声,追上去,拦住他,背靠卧室门。她怒不可遏,扑闪着亮晶晶的西班牙大眼睛。"少乱来!"她大喊道,"搜查令呢?你不能——"

萨姆把大手搭在她的肩膀上,把她推开……门突然在他面前打开,波卢克斯走了出来,在灯光下频频眨眼。

"算了,算了。"波卢克斯用沙哑的声音说,"没必要闹得不愉快。到底怎么回事?"

他穿着紧身丝绸睡衣,白天小心维护的虚假外表荡然无存。他稀疏的头发向上竖起,像涂了油一样;尖尖的胡子悲哀地耷拉着;金鱼眼下挂着不健康的乌黑眼袋。

彻丽·布朗把头一甩,从桌上的一片狼藉中抽出一支烟,划了根火柴,狠狠地吸上一口,然后坐下来,摇晃着双腿。波卢克斯只是站着不动;他似乎意识到自己的悲惨形象,不停地将身体重心从一只脚转移到另一只脚。

萨姆冷冷地打量了他一会儿,又将目光转移到彻丽身上。所有人都一言不发。

一片紧张的氛围中,探长打破沉默道:"好吧,你们这对鸳鸯能不能告诉我今晚去过哪儿?"

彻丽嗤笑道:"这种事知道了有什么用?你能不能告诉我们,为什么突然对我的事这么感兴趣呢?"

萨姆把红彤彤、恶狠狠的脸庞凑到她面前。"听着,小姐,"他心平气和地说,"你和我可以很好地相处——很好,明白吗?——只要你不装腔作势。但你再跟我嘴硬,我就打断你漂亮身体的每一根骨头。回答我,少给我来虚与委蛇那一套!"

萨姆玛瑙般的眼睛紧盯着她的眼睛。她轻笑一声:"好吧⋯⋯今晚演出结束后,波卢克斯来找我,我们⋯⋯我们就到这儿来了。"

"胡说八道。"萨姆说。

布鲁诺注意到波卢克斯皱着眉,试图隔着萨姆的肩膀向那女人递眼色。

"你大概两点半才到酒店,那之前去哪儿了?"

"哎呀,干吗这么生气?我们当然是来这儿了。我不是想告诉你,我们从剧院出来就直接来酒店了。我的意思是——我不是这个意思。实际上,我们去了第四十五街的一家地下酒吧,然后才来到这里。"

"你今晚不会碰巧在威霍肯渡口吧？午夜前不久？"

波卢克斯发出一声呻吟。

"还有你！"萨姆厉声道，"你也在那儿。你们俩在新泽西那边的渡口被人看见了。"

彻丽和波卢克斯绝望地面面相觑。女人慢慢地说："呃，那又怎样？有什么问题吗？"

"有大问题。"探长咆哮道，"你们俩要去哪儿？"

"噢，只是搭个渡船。"

萨姆厌恶地哼了一声。"老天，"他说，"你们是白痴还是怎么着？指望我相信这番鬼话？"他跺了跺脚："我已经厌倦了拐弯抹角，美人儿。你们在那艘渡船上，你们从新泽西那边下了船，因为你们在跟踪德威特那群人！"

波卢克斯嘟哝道："我们最好直接告诉他们，彻丽。这是唯一的办法。"

彻丽轻蔑地瞪了他一眼："你这个可怜的胆小鬼。你又来了，像个受惊的孩子，把秘密都泄露了。我们又没做什么错事，对吧？他们抓不到我们的把柄，对吧？那你瞎嚷嚷什么？"

"可是彻丽——"波卢克斯面部扭曲，摊开双手。

萨姆任由他们争吵。他已经盯着桌上那个镶着珍珠的晚装包很久了，现在趁机把它拿过来，若有所思地掂了掂重量……那对男女像被施了魔法一样突然停止争吵。彻丽看着那只沉重的晚装包在萨姆手中上上下下、上上下下……"给我。"她含糊地嘟哝道。

"这包挺重的，不是吗？"萨姆冷笑道，"将近一吨啊。我不知道……"

萨姆的大手指灵巧地掀开包，伸进里面。彻丽发出一声动物般的尖叫。波卢克斯脸色惨白，痉挛般地向前迈出一步。布鲁诺悄悄离开了之前靠着的墙，走到萨姆身边。

探长从包中拿出一把小口径珍珠柄左轮手枪。他打开手枪，检查内部，三个弹腔都装了子弹。萨姆用手帕裹住一支铅笔插进去，擦了擦枪管。手帕被取出来，是干净的。他把左轮手枪凑近鼻子嗅了嗅。他摇了摇头，把枪扔在桌上。

"我有持枪许可证。"女演员舔了舔嘴唇说。

"给我们看看。"

她走到餐具柜前，打开抽屉，又回到餐桌旁。萨姆检查了许可证，还给她。她又坐了下来。

"现在该你了。"萨姆对波卢克斯说，"讲讲吧，你们在跟踪德威特那群人，为什么？"

"我……我不知道你在说什么。"

萨姆的眼睛转到左轮手枪上："你知道这把枪让小彻丽显得很可疑，对吧？"

彻丽倒吸一口凉气。

"你是什么意思？"波卢克斯吓得下巴都快掉了。

"约翰·德威特今晚在西岸铁路的火车上遭到枪杀。"布鲁诺地方检察官说，这是他进入房间后第一次说话，"谋杀。"

彻丽和波卢克斯机械地重复着这个词，茫然而惊恐地望着对方。

"谁干的？"女人低声问。

"你不知道吗？"

彻丽·布朗丰满的嘴唇颤抖起来。波卢克斯迈出果断的第一步，这让萨姆和布鲁诺大吃一惊——他在萨姆还没来得及行动之前就跳到桌子上，抓起左轮手枪。布鲁诺冲到桌边，萨姆的手猛地伸向臀上的枪套，女演员惊声尖叫。但波卢克斯并不是要扮演一把戏剧中的孤胆英雄，他小心翼翼地拿着左轮手枪的枪管，萨姆的手停在配枪枪套上。

"看！"波卢克斯连忙说，颤颤巍巍地将枪把递给探长，"好好看看里面的子弹，探长！没有弹头——都是空包弹！"

萨姆拿过手枪。"是空包弹。"他喃喃道。布鲁诺注意到彻丽·布朗正盯着波卢克斯，就像从不认识他似的。

波卢克斯激动得舌头打转："上周我自己换的。彻丽直到现在才知道。我……我不喜欢她带着一把上了膛的枪到处跑。女……女人对这种事总是很粗心。"

"为什么只有三发子弹，波卢克斯？"布鲁诺问，"据我们所知，空枪膛里也许曾有一发实弹。"

"但我告诉你没有！"波卢克斯叫道，"我不知道为什么我没有装满子弹。我就是没装满。我们今晚也没上那趟火车。我们一直走到码头，然后就掉头坐下一班渡船回纽约了。你说是吧，彻丽？"

彻丽默默点点头。

萨姆又把晚装包翻了一遍："你买火车票了吗？"

"没有。我们甚至没走到售票处，更没到月台。"

"但你们的确在跟踪德威特那群人？"

波卢克斯的左眼皮开始滑稽地跳动起来，速度越来越快。但波卢克斯像乌龟一样啪地闭上了嘴。彻丽垂下视线,盯着地毯。

萨姆走进黑暗的卧室,双手空空地回来,接着毫不留情地搜查了起居室。没有人说话。最后,他背对彻丽与波卢克斯,迈着沉重的步子向门口走去。

布鲁诺说:"要随传随到。不许胡闹,你们两个都是。"然后随萨姆出了房间,来到走廊。

萨姆和布鲁诺出现的时候,等待的探员们都满脸期待。但探长摇了摇头,快步朝电梯走去,布鲁诺一个人疲倦地跟在后面。

"你为什么不拿走左轮手枪?"布鲁诺问。

萨姆用他粗硬起茧的食指戳了下电梯的按钮。"那对我们有什么好处?"他暴躁地说。

酒店侦探紧跟上来,脸上的愁容比先前更明显了。达菲警佐用肩膀把他挤到一边。

"毫无用处。席林医生说,伤口是点三八口径的枪造成的。而彻丽那把枪是点二二口径的。"

第七场

迈克尔·柯林斯的公寓
十月十日,星期六,凌晨四点四十五分

黎明时分的纽约处于黑暗与微明之间,呈现出一派令人难以置信的景象。警车毫无阻碍地冲过漆黑无人的街道,仿佛那只是山间小路。除了偶尔有一辆亮着车灯、匀速行驶的出租车，街上什么也看不见。

迈克尔·柯林斯住在西七十八街一座堡垒般的公寓里。警车缓缓停在路边，一个男人从房子的阴影中钻出来。萨姆跳下车，后面跟着布鲁诺和几个探员。那个从阴影中钻出来的人说："他还在楼上，长官。他进来以后就没有离开过这个地方。"

萨姆点点头，众人拥入门厅。桌后一个穿制服的老人吓得目瞪口呆。他们摇醒了一个正在睡觉的电梯侍者，后者赶紧把他们送上楼。

到了八楼，众人从电梯里出来。另一个探员立刻现身，意味深长地指了指一扇门。他们静静围过来，布鲁诺兴奋地叹了口气，看了看手表。"都准备好了吗？"萨姆用公事公办的语气问，"他很容易闹腾。"

萨姆走到门口，按了下门铃。远处传来一声尖叫，紧接着就是一阵急促的脚步声，一个男人用嘶哑的声音喊道："谁在外面？谁？"

萨姆大喊道："警察！开门！"

短暂的沉默，然后是喉咙被勒住的叫声："你们休想活捉我，该死！"同时响起一阵窸窸窣窣的脚步声，接着是一记左轮手枪的枪响，尖锐而清晰，犹如冰冻的树枝啪一声折断，然后是重物坠落的声音。

他们立刻采取激烈行动。萨姆后退一步，深吸一口气，向门撞去。门异常坚固，竟纹丝不动。达菲警佐和另一个肌肉结实的探员随萨姆后退几步，三人一齐猛撞，力量足以匹敌攻城锤。门颤抖

273

了一下,但还是坚持住了。"再来!"探长喊道……在第四次冲击下,门伴着刺耳的嘎吱声被打开了,他们一头栽进又长又黑的门厅。门厅尽头有一扇门,通向一个灯火通明的房间。

房间门口躺着身穿睡衣的迈克尔·柯林斯,他的右手拿着一支暗黑色的左轮手枪,枪还冒着烟。

萨姆爬上前去,沉重的鞋子摩擦着拼花地板。他咚一声跪在柯林斯身边,把头贴在他的胸口。

"他还活着!"萨姆喊道,"把他弄到房间里去!"

他们抬起那具死气沉沉的躯体,进入亮着灯的房间,把他放在长沙发上。柯林斯的脸色苍白得可怕:他闭着眼,像狼在嚎叫一样咧着嘴,大口大口地呼吸。在他头部右侧,除了乱蓬蓬的头发和正在滴落的鲜血,什么也看不见;他的半边脸全被染红了,血流到右肩,浸透了睡袍,立刻扩散出一片殷红。萨姆的手指碰到了伤口,顿时一手血红。"子弹没有贯穿厚实的颅骨。"他低声说,"只是从脑袋侧面深深划过。我猜他是吓晕了。准头太差劲了。叫个医生来……呃,布鲁诺,看起来案子破了。"

一个探员跑出去。萨姆跨出三大步,来到房间另一头,捡起左轮手枪。"没错,是点三八口径的。"他心满意足地说,然后沉下脸来,"不过只开了一枪,就是用来自杀那一枪。不知道子弹去哪儿了?"

"就在这面墙上。"一个探员主动说,指着墙上灰泥溅出的地方。

萨姆寻找子弹时,布鲁诺说:"他从门厅跑向起居室,边跑边开枪。子弹径直穿过房间,射入墙中,而他射偏之后摔在了门口。"萨姆皱眉看了看手中压扁的铅弹头,放进口袋,又用手帕把左轮手枪小心地包起来,交给探员。从八楼走廊传来一阵喧闹。众人转过身,发现一小群只穿着睡衣的人正惊恐地盯着这边。

两个探员走出房间。在随后的骚乱中,被派去叫医生的探员挤过人群,带来一个穿着睡衣和长袍、提着黑包、相貌出众的男人。

"你是医生吗?"萨姆问。

"是的。我住在这栋楼里。出了什么事?"

探员们站到一边,医生这才看到长沙发上一动不动的伤者。医生二话没说就跪了下来。"水。"他过了一会儿说,手指不停地飞舞,"要热的。"一个探员走进卫生间,拿着一壶热气腾腾的水回来。

熟练地对伤口做了五分钟处理后,医生站了起来。"只是严重的擦伤,"他说,"一会儿就会醒过来的。"他用棉签擦拭伤口,消毒,剃掉了伤者右侧所有的头发。在第二次清洗之后,医生无比平静地缝合了伤口,包扎了头部:"他需要立刻接受进一步治疗,但目前暂时没有大碍。他会头痛得厉害,非常严重的疼痛。喏,他醒了。"

柯林斯发出一声嘶哑、空洞的呻吟,打了个寒战。他渐渐恢复了意识,睁开双眼,眼中竟然充满了泪水。

"他会没事的。"医生冷漠地说,合上了救护包。

医生离开了。一个探员抓住柯林斯的腋窝,把他拽起来,让他半坐半躺着,还将枕头塞在他的脖子下面。柯林斯又呻吟一声,一只毫无血色的手慢慢挪到头上,摸了摸绷带,然后无助地落到长沙发上。

"柯林斯,"探长开口道,在伤者身边坐下,"你为什么想自杀?"

柯林斯用干燥的舌头舔了舔嘴唇。他现在成了可怕的怪物,右脸涂满干涸的血迹。"水。"他咕哝道。

萨姆抬起头。一个探员端来一杯水,小心翼翼地托住柯林斯的头。爱尔兰人将凉水一饮而尽,啜泣起来。

"可以说了吧,柯林斯?"

柯林斯喘息道:"你们抓住我了,不是吗?你们抓住我了,不是吗?反正我都毁了……"

"那你承认了?"

柯林斯想要说什么,又咽了回去,点点头,显得很吃惊,然后突然抬起眼睛,带着往日那种凶狠的神情:"承认什么?"

萨姆笑了一声:"现在你就别来这一套了,柯林斯。少给我装成无辜被害人的样子。你心知肚明。你杀了约翰·德威特,就是这个!"

"我——杀了——"柯林斯呆呆地说,挣扎着想坐起来,但萨姆把手压在他胸口上。他倒了下去,疯狂地叫道:"你到底在说什么?我杀了德威特?谁杀了他?我甚至都不知道他死了!你疯了吗?还是说,这是什么阴谋?"

萨姆看上去大惑不解。布鲁诺动了动身子,柯林斯的目光转向他。布鲁诺安慰柯林斯道:"听着,逃避对你一点好处都没有,柯林斯。你听到是警察来抓你之后,大喊'你们休想活捉我',并试图自杀。你如果是清白的,会在走投无路时说这样的话?刚才你还说:'你们抓住我了,不是吗?'这难道不是认罪?撒谎对你毫无益处。你的言行表现得就像是罪犯。"

"但我告诉你,德威特不是我杀的!"

"那你为什么好像在等警察来呢?你为什么要自杀呢?"萨姆厉声质问。

"因为……"柯林斯用强有力的牙齿咬住下唇,盯着布鲁诺,"这不关你们的事。"他用阴沉的嗓音说:"我完全不知道什么谋杀。我最后一次见到德威特时,他还活得好好的。"一阵剧痛掠过他无精打采的脸庞,他忍不住发出一声呻吟。他用双手抱住了头。

"那你承认今晚见过德威特了?"

"当然见过。有很多目击证人。我今晚在火车上见过他。他是在那里被杀的吗?"

"别拖延时间,"萨姆说,"你怎么会碰巧在前往纽堡的火车上?"

"我在跟踪德威特,这点我承认。整个晚上都在跟踪他。他和他那伙人离开丽兹酒店时,我跟踪他们到了车站。我想见他很久了,甚至在他被拘留的时候,我也尝试过去见他。我买了一张票,上了同一趟火车。车一开动,我就去找德威特——他和他的律师布鲁克斯以及另外两个人坐在一起,埃亨是其中之一——我恳求德威特跟我私下谈谈。"

"当然,当然,这些我们都知道。"探长说,"你们离开车厢,来到后连廊之后发生了什么?"

柯林斯充血的眼睛瞪得老大。"我要他赔偿朗斯特里特的错误消息给我在股市上造成的损失。朗斯特里特害我亏惨了,德威特和他合作开公司,他也有责任。我……我需要那笔钱。德威特不听。

他一个劲儿说不,说他……噢,见鬼,他简直就是铁石心肠。"柯林斯强压着声音中的愤怒,"我几乎向他跪下了,但他死活不同意。"

"你们说这番话的时候站在什么地方?"

"我们穿过车厢连接部,来到另一个连廊上,就是那节黑漆漆的车厢的前连廊……于是我决定下车。我彻底死心了。我们驶入一个叫里奇菲尔德公园的地方。火车停下来,我打开面朝轨道的车门,跳了下来。然后我举起手,关上车门,穿过铁轨。我发现那天晚上已经没有回纽约的火车了,于是就找了辆出租车,直接回到了这里。我敢对天发誓。"

柯林斯靠回枕头上,喘着粗气。

"你跳下去的时候,德威特还在最后一节车厢的前连廊上吗?"萨姆质问道。

"是的。他看着我,该死……"柯林斯咬着嘴唇,"我……我生那个人的气,"他结结巴巴地说:"但还没有到想杀人的地步——老天哪,没有……"

"你指望我们轻信你这套说辞吗?"

"我告诉你,我没有杀他!"柯林斯不由自主地尖叫起来,"我跳到铁轨旁拉上车门的时候,看见他用手帕擦了擦额头,又把手帕放回口袋,打开了那节黑漆漆的车厢的门,走了进去。至于为什么,只有上帝知道。我告诉你,我看见他了!"

"你看见他坐下了吗?"

"没有。我告诉过你,那时我已经下了火车。"

"你为什么不穿过亮着灯的车厢,从前面那道已经被乘务员打开的门下车呢?"

"我没有时间,火车已经停在车站了。"

"这么说,你生德威特的气了,是吗?"探长说,"吵架了?"

柯林斯喊道:"你想让我来背黑锅吗?我说的都是实话,萨姆。我告诉过你,我们有过争执。我当然生气了,谁不会呢?德威特也生气。他走进那节黑暗的车厢,可能就是为了冷静一下。他当时相当激动。"

"你随身带着左轮手枪吗,柯林斯?"

"没有。"

"你没有进入那节黑暗的车厢吧,浑蛋?"萨姆问。

"老天,没有!"爱尔兰人喊道。

"你说你在终点站买了票,给我看看。"

"就放在门厅衣橱中的大衣里。"

达菲警佐走到门厅衣橱前四处摸索,不一会儿就带着一张车票回来了。

萨姆和布鲁诺拿过票仔细查看。这是一张西岸铁路公司的单程票,没有打孔,指定乘坐区间是从威霍肯到西恩格尔伍德。

"为什么乘务员没有检票,浑蛋?"萨姆质问道。

"我下火车的时候,乘务员还没到我们这儿。"

"好吧。"萨姆站起身,伸开双臂,打了个大哈欠。

柯林斯坐起来,恢复了一些体力,开始在睡衣外套里摸索香烟。

"呃,柯林斯,我想差不多就这样了吧。你感觉怎么样?"

柯林斯嘟哝道:"好一点了。头疼得要命。"

"嗯，很高兴你感觉好点了。"萨姆爽快地说，"这意味着我们不用叫救护车了。"

"救护车？"

"当然。现在起来穿衣服，你要和我们一起回总局。"

柯林斯的香烟从嘴里掉下来："你……你要为那起谋杀案抓我？我告诉你，不是我干的！我已经告诉你真相了，探长——我对上帝发誓，绝无虚言……"

"废话，没人会因为德威特之死逮捕你。"萨姆向布鲁诺眨了眨眼，"我们只是把你作为重要证人拘留罢了。"

第八场

乌拉圭领事馆
十月十日，星期六，上午十点四十五分

雷恩先生漫步穿过炮台公园，披肩像乌云一样在身后飘动。他挂着手杖用力敲击人行道，嗅着带咸味的刺鼻空气。周围弥漫着海水的强烈味道，早晨的阳光温暖着他的面庞，令他感到分外惬意。他在炮台墙边停下脚步，观看一群海鸥冲向泛着油光的波浪，啄食漂浮的橘子皮。外海，一艘低矮、倾斜的邮轮缓缓穿过海面。一艘哈德孙河上的游船拉响刺耳的汽笛。风变大了，哲瑞·雷恩又嗅了嗅空气，把披肩紧紧裹在身上。

他叹了口气，看看手表，转身穿过公园，朝炮台广场走去。

十分钟后,他坐在一个简单朴素的房间里,对桌子另一侧穿着晨礼服、皮肤黝黑的小个子拉丁男人露出微笑。一朵鲜花在那人的上衣翻领上反射着柔和的光芒。胡安·阿霍斯是那种令人眼前一亮的人,棕色的面庞上露出白净的牙齿,黑黑的眼睛活力四射,小胡子修剪得异常精致。

"雷恩先生,"他用流利的英语说,"您大驾光临,真令敝领事馆蓬荜生辉。我记得,我还是一名年轻使馆职员时,您就……"

"你真是太客气了,阿霍斯先生。"雷恩回应道,"可你刚刚休完假回来,无疑只能抽出一点时间,我们就直奔主题吧。我今天是以警方顾问的特殊身份来这里的。你在乌拉圭期间也许听说过,在这个城市及其周边发生了一系列谋杀吧?"

"谋杀,雷恩先生?"

"是的。可以说,最近发生了三起有趣的谋杀。我一直在非正式地协助地方检察官进行调查。我通过私下调查发现了一条有争议的线索,也许与本案有关。我有理由相信你能帮我。"

阿霍斯笑了:"我尽力而为,雷恩先生。"

"你听说过费利佩·马基乔这个名字吗?一个乌拉圭人。"

衣冠楚楚的矮小领事眼里闪过一道格外明亮的光芒。"我们犯下的罪恶,终究要由我们自己承担。"他淡淡地说,"这么说,雷恩先生,您是来打听马基乔的。没错,我已经和那位好心的先生见过面,谈过了。您想知道他的什么事?"

"你是怎么认识他的,还有任何关于他的你认为有趣的事情。"

阿霍斯摊开双手:"雷恩先生,我会把事情的来龙去脉都告诉您,您可以自己判断这是否与您的调查有关……费利佩·马基乔是乌拉圭司法部的代表,是一个非常受尊重而且值得信任的人。"

雷恩扬起了眉毛。

"马基乔几个月前从我国来到纽约,是由乌拉圭警方派来追捕蒙得维的亚[1]大监狱的一名逃犯的。那个罪犯叫马丁·斯托普斯。"

哲瑞·雷恩先生坐着说:"马丁·斯托普斯……我对您的话越来越有兴趣了,阿霍斯先生。斯托普斯是一个盎格鲁人[2]的名字,他怎么会被关在乌拉圭的监狱里呢?"

"我对这个案子的了解,"阿霍斯答道,温柔地嗅了嗅上衣翻领上的花,"完全来自马基乔探员的转述。他带来了完整的案情记录的副本,还补充说明了与他本人有直接关系的事实。"

"请继续,阿霍斯先生。"

"事情好像发生在1912年,年轻的探矿者马丁·斯托普斯——一个受过地质学训练和良好技术教育的人——被乌拉圭法院判处终身监禁,因为他谋杀了自己年轻的妻子——一位土生土长的巴西人。他的三个探矿合伙人提供了将他定罪的确凿证据。他们在内陆有自己的矿,从蒙得维的亚穿过丛林,经过很长的水路才能抵达。他的三个合伙人在审判中做证说,他们目睹了谋杀过程,不得不殴打并捆绑了斯托普斯,从内陆乘船将他扭送到司法机关。他们带来了那个遇害女人的尸体,但由于高温,尸体状况非常糟糕。他们还带来了斯托普斯的女儿——一个两岁的孩子。他们还向警方出示了

---

[1] 乌拉圭首都。
[2] 美国的大部分人口是英国移民的后代,即盎格鲁-撒克逊白人。

凶器——一把中南美洲土著用的大砍刀。斯托普斯没有辩解。他一时精神错乱，神志不清，不能为自己据理力争。他被正式定罪并被送进监狱。那个孩子被法院安置在蒙得维的亚的一座女修道院。

"斯托普斯是一名模范囚犯。他慢慢地从不稳定的精神状态中恢复过来，似乎听天由命地接受了自己的囚徒身份，没有给看守惹任何麻烦，也没有同狱友称兄道弟。"

雷恩平静地问："审判中有没有确定他的犯罪动机？"

"说来也怪，没有。他的合伙人唯一能做出的推测是，斯托普斯在一次争吵中杀死了妻子。三个合伙人做证说，案发前他们不在小屋里，但他们听到了尖叫，跑进去正好看到斯托普斯用大砍刀劈开了那女人的头骨。斯托普斯似乎是个脾气暴躁的家伙。"

"请继续。"

阿霍斯叹了口气："在被监禁的第十二个年头，斯托普斯不知哪来的胆子，竟然逃跑了，让监狱看守大吃一惊。很明显，这次越狱行动的每一个细节都经过多年精心策划。您想听听这些细节吗？"

"没有必要，先生。"

"斯托普斯消失了，就像被大地吞没了一般。我们搜遍了整个南美大陆，但始终没有发现他的踪迹。大家都认为他进入了内陆深处，到可怕的丛林中去了，也许已经死在那里了。马丁·斯托普斯的故事就暂时说到这儿……来杯巴西咖啡吗，雷恩先生？"

"不用，谢谢。"

"也许您可以允许我为您沏一杯美味的乌拉圭饮料——马黛茶？"

283

"不，谢谢。马基乔的故事，可以继续说下去吗？"

"好的。另一方面，根据官方档案，斯托普斯的三个合伙人在第一次世界大战期间卖掉了他们的矿——一座很富有的矿。这座矿似乎出产品质极高的锰。战争期间，锰成了非常珍贵的军火制造原料。卖了矿之后，他们变成了大富翁，回到了美国。"

"回到了美国，阿霍斯先生？"雷恩用一种特殊的语调问道，"他们是美国人吗？"

"我犯糊涂了，忘了告诉您三个合伙人的名字了。他们是哈利·朗斯特里特、杰克·德威特，还有——让我想想——对了！威廉·克罗克特……"

"等一下，先生。"雷恩目光炯炯地说，"你知道最近在这里被谋杀的两个人正是德威特与朗斯特里特证券经纪公司的两位合伙人吗？"

阿霍斯的黑眼睛瞪得老大。"上帝啊！"他喊道，"这确实闻所未闻。那么他们的预感果然……"

"你是什么意思？"雷恩连忙问。

领事摊开双手："今年七月，乌拉圭警方收到一封匿名信，邮戳是纽约的，后来德威特承认这封信是他寄的。信里说逃犯斯托普斯在纽约，并建议乌拉圭警方进行调查。当然，尽管政府工作人员已经更换，但在查阅旧文件后，政府立即采取了行动，马基乔被分配去负责此案。和我一起调查之后，马基乔怀疑，只有斯托普斯的老合伙人有理由向乌拉圭报告斯托普斯的行踪，于是他查阅了那些人的资料，发现朗斯特里特和德威特正是住在纽约，而且地位显赫。他曾努力追踪威廉·克罗克特，他是当年那家矿业公司的第三个合伙人,但一无所获。当年这三人回到北美后,克罗克特退出了三人同盟,要么是因为他们爆发了争吵,要么是因为克罗克特想自由支配自己的财富——我真不知道是哪一种。也许这两种说法都不对。当然,这都是猜测。"

"这么说,马基乔见过德威特和朗斯特里特?"雷恩温和地追问道。

"没错。他见过德威特,告知了来意,并出示了那封匿名信。德威特犹豫了一下,承认那封信是自己写的。他邀请马基乔在美国期间住在他家,并将那里当作某种行动总部。马基乔自然首先想弄清楚德威特是如何知道斯托普斯在纽约的。德威特给马基乔看了一封信,署名是斯托普斯,信中威胁要杀了德威特——"

"等等。"哲瑞·雷恩拿出皮夹,取出在德威特书房保险箱里找到的那封信,递给阿霍斯,"是这封信吗?"

领事重重点了点头:"是的,因为马基乔在随后报告时给我看过这封信,然后拍了照,还给了德威特。"

"德威特、朗斯特里特和马基乔在西恩格尔伍德开过很多次会。马基乔当然打算立刻得到美国警方的帮助,因为他其实孤立无援。但德威特和朗斯特里特都劝他不要把这件事告诉警方,因为他们担心这件事被媒体曝光后,他们卑微的出身和肮脏的谋杀审判就会尽人皆知……这是理所当然的。马基乔不知如何是好,便找我商议。考虑到那两人已经功成名就,我们决定勉强同意他们的请求。他们说,在最近五年左右,两人都偶尔收到过类似信件,而且都来自纽约。他们把信撕了,但德威特对最后一封信感到非常不安,因为那封信中的威胁言辞更激烈,所以他就将信保存了下来。

"长话短说,雷恩先生,马基乔搜寻了一个月,结果徒劳无功。将这一结果报告给我和那两人之后,他就彻底收手不干,回乌拉圭去了。"

雷恩沉思片刻:"你说没有找到克罗克特这个人的踪迹?"

"马基乔从德威特那里了解到,克罗克特在离开乌拉圭后就和另外两个合伙人分道扬镳了,而且没有给出任何解释。他们说,他们曾经定期收到克罗克特的来信,主要来自加拿大,但两人都坚称他们已经六年没和他联系了。"

"当然,"雷恩喃喃道,"关于这件事,只有两个死人的证词。阿霍斯先生,档案中有没有提到斯托普斯幼女的命运?"

阿霍斯摇摇头:"记录相当有限。据说她在六岁时主动离开了蒙得维的亚的修道院,或者是被人带走了——具体情况尚不清楚——从那之后就再也没有听到过关于她的任何消息。"

哲瑞·雷恩先生叹了口气,站起身,俯视着桌后的矮小领事:"你今天为正义事业做出了卓越的贡献,先生。"

阿霍斯咧嘴一笑,露出洁白的牙齿:"我很高兴能略尽绵力,雷恩先生。"

"如果你愿意,"雷恩一边调整披肩,一边继续道,"你可以为正义做出更大的贡献。如果可能的话,你可以给贵国政府打一通电报,将斯托普斯的指纹照片传真过来。如果有这样的照片记录的话,请再传真一张他的面部照片,以及一份他的完整资料。我对威廉·克罗克特也很感兴趣,如果你能获得这位先生的类似信息……"

"马上就办。"

"我想，你们这个富有进取心的国家应该不乏现代科学设备吧？"雷恩微笑道，同阿霍斯一起向门口走去。

阿霍斯一脸震惊："当然！照片将用不亚于任何国家的一流设备传过来。"

"那就太好了。"哲瑞·雷恩先生鞠躬道，然后来到街上，朝炮台公园走去。"那就太好了。"他在心里又将这句话哼唱了一遍。

第九场

哈姆雷特山庄
十月十二日，星期一，下午一点三十分

在奎西的带领下，萨姆探长穿过蜿蜒的走廊，来到一部隐蔽的电梯里。电梯像飞往月球的火箭一样，将他们从哈姆雷特山庄的主塔楼内部飞速提升到塔顶的小平台上。萨姆跟着奎西走到一段看上去和伦敦塔一样古老的石阶前，顺着盘旋的石阶来到一扇带铁闩的橡木门前。奎西使劲拉动搭扣和沉重的门闩，终于将它们弄开，然后推开门，吐出一口老人的沉重气息。他们踏上了用坚固石块砌成的带城垛的塔顶。

哲瑞·雷恩先生几乎一丝不挂地躺在一张熊皮地毯上，手臂遮挡着头顶的阳光。

萨姆探长突然停住，奎西笑着走开。哲瑞·雷恩那充满活力的古铜色肌肤和健康结实的肌肉散发着年轻的气息,令探长惊讶不已。那四肢摊开的矫健身体上,除了淡淡的金色汗毛,再无其他体毛,全身坚硬而光滑,分明应该属于正值盛年的男人。萨姆的目光从这具洁净强壮的身体慢慢上挪,发现那头浓密的白发显得极不协调。

老演员唯一的蔽体之物是一条白色腰布。他那双棕色的脚光着,但在地毯旁边放着一双软皮鞋,另一边放着一把软垫躺椅。

萨姆伤心地摇摇头,把大衣裹得更紧了一些。十月的空气分外刺骨,一阵寒风吹过塔顶。萨姆大步走到躺着的雷恩身边;他看见雷恩的皮肤非常光滑,一点鸡皮疙瘩都没有。

某种警惕的直觉令雷恩睁开眼,也可能是因为探长站在他身边时投下了影子。"探长!"他坐起身,立刻清醒过来,抱着修长结实的双腿。"真是惊喜呀。请原谅我不正式的着装。把那把躺椅拉过来吧。当然,"他呵呵笑道,"除非你愿意脱掉衣服,和我一起躺在熊皮上……"

"不,谢谢。"萨姆急忙说,一屁股坐在椅子上。"在寒风中赤身裸体?不,谢谢。"他咧嘴一笑,"或许是我多管闲事吧,但您到底多大年纪了,雷恩先生?"

雷恩在阳光下眯起眼睛:"六十。"

萨姆摇摇头:"我五十四。我会脸红的——我向您保证,雷恩先生——如果我脱下衣服,让您看看我的身体,我会脸红的。哎,跟您比起来,我就是个满身赘肉的老头儿!"

"也许你没有时间照顾好自己的身体,探长。"雷恩懒洋洋地说。"而我有时间也有机会这样做。在这里——"他朝整座山庄挥了挥手,它仿佛一座由精致的积木搭起来的城堡,"在这里,我可以随心所欲。我用圣雄甘地的方式装饰我的腰部,唯一的原因是老奎西有点假正经。如果我不隐藏我赤裸身躯上——啊,更隐私的部分,他会震惊得难以言表。可怜的奎西!二十年来,我一直试图说服他和我一起参加日光浴狂欢。你应该看看他一丝不挂的样子!但话说回来,他已经很老了。我想他自己都不知道自己的确切年龄。"

"您肯定是我见过的最了不起的人。"萨姆说,"六十……"

他叹了口气:"对了,先生,情况正在好转。我是来报告新进展的——尤其是一件事。"

"我想是柯林斯吧?"

"没错。我想布鲁诺告诉过您,我们星期六凌晨闯进柯林斯公寓时发生了什么事吧?"

"是的。那个傻瓜企图自杀。这么说,探长,你已经将此人拘留了?"

"我们可是拼了命才抓住他的。"萨姆面色严峻。"在某种程度上,"他羞怯地说,"我觉得自己像个菜鸟,跑到您这里来,将我们在黑暗中摸索时发现的一些情况告诉您,而您应该什么都知道了。"

"亲爱的探长,很长一段时间以来,你对我都有敌意。你觉得我在不懂装懂。这是一种很自然的想法。你依旧不知道我保持沉默是迫不得已还是有意欺骗,但你又对我产生了新的信任,这对我来说是莫大的赞美,探长。我们如今都陷在这个可怕的迷局里,除非我们能驱散迷雾。"

"但愿真有那一天。"萨姆沮丧地说,"好吧,说说柯林斯的情况,我们掌握了一些内幕消息。我们重新研究了他的历史,发现他如此急于挽回市场损失的原因。他在他的所得税工作中挪用了国家的钱!"

"真的?"

"没错。到目前为止,他已经挪用了十万美元,或者更多,现在还不知道具体数字。这可不是小数目,雷恩先生。他似乎一直在'借'国家的钱去炒股。嗯,他亏了,越陷越深。在朗斯特里特给他通风报信,让他投资国际金属公司的时候,他挪用了最后的五万美元。那是他哗众取宠的把戏——试图弥补以前的损失,掩盖贪污。他好像露出了马脚,所得税局已经开始秘密查账。"

"柯林斯阻止了公开调查吗,探长?他是怎么做到的?"

萨姆紧抿嘴唇,又开口道:"这对他来说轻而易举。他一直在伪造记录,蒙混过关,拖了好几个月才被发现。此外,他还利用了很多被他廉价收买的官员。但他已经走投无路,再也拖不下去了。"

"真是展现人性的好例子啊。"雷恩喃喃道,"这个人,暴躁、执拗、易怒,他的生活很可能充斥着接二连三的强烈冲动,他的事业之路很可能铺满着政敌的尸体……但布鲁诺告诉我,这个人如今却在跪地乞怜!他毁了,探长。完全、彻底地毁了,身如槁木,心如死灰。他已经在为自己的罪行向社会赎罪了。"

萨姆似乎不为所动:"也许吧。不管怎样,我们对他的指控相当有力——又是间接证据,但管他的呢。至于动机嘛,他杀害朗斯特里特和德威特的动机都非常强烈。他认为朗斯特里特欺骗了他,为了报复,他杀了朗斯特里特。他灰心绝望,即将身败名裂,一无所有，已经没什么好失去的了。就在这时，他听到德威特拒绝赔偿朗斯特里特的错误消息给他造成的损失，便一怒之下杀掉了德威特。就目前的情况来看，警方认为柯林斯是杀害朗斯特里特和德威特的罪犯，而且不排除他杀害伍德的可能性。他很可能是'默霍克号'靠岸时逃走的渡船乘客之一。我们正在调查他当晚的行踪，柯林斯无法提供不在场证明……另外，当他出庭时，布鲁诺还可以拿出一项证据：在我们闯入柯林斯公寓的时候，他表现出罪犯才有的行为——他大喊大叫，企图自杀……"

"在法庭上，地方检察官雄辩滔滔，如有神助，"雷恩微笑着说，伸了伸瘦长的胳膊，"我毫不怀疑，柯林斯看上去会像罪犯。但是，探长，你有没有考虑过这样一种可能性——当柯林斯凌晨五点听到警察在他家门口时，他那疯狂的头脑立刻得出结论：他挪用国家资金的行为已被发现，他将因贪污或重大盗窃罪被逮捕？考虑到他的精神状态，这可以解释他为什么企图自杀，以及为什么说你们休想活'捉'他。"

萨姆挠了挠头："今天早上，我们就挪用公款的指控质问柯林斯时，他也是这么说的。您怎么知道的？"

"哼，探长，这简直太明显了，连孩子都想得到。"

"在我看来，"萨姆严肃地说，"您认为柯林斯说的是实话。您不相信他就是我们要找的人，对吧？事实上，布鲁诺私下派我来征求您的意见。您知道，我们想以谋杀罪起诉他。但布鲁诺上次起诉德威特时吃过苦头，不想再失败一次了。"

"萨姆探长，"哲瑞·雷恩说着光着脚站了起来，挺起棕色的胸膛，"布鲁诺绝不可能说服陪审团判定柯林斯是德威特谋杀案的凶手。"

"我就知道您会这么说。"萨姆握紧拳头，忧郁地盯着它，"但瞅瞅我们现在的处境吧。您读报纸了吗？看到我们上次指控德威特失败而遭到的嘲笑了吗？媒体把那件事翻出来，把它和德威特谋杀案联系起来，我们不得不躲着那些新闻记者。这话我只跟您说，我的工作似乎岌岌可危了。今天早上局长把我狠狠训斥了一顿。"

雷恩望着远处的河流。"如果我觉得这对你和布鲁诺有好处，"他温和地说，"你认为我不会说出我现在知道的事情吗？不过，游戏已经到了最后阶段，探长。我们离终场哨吹响很近了。至于你的工作……我想，如果你抓住真凶交给局长，他是不会降你的职的。"

"如果我……"

"是的，探长。"雷恩把赤裸的身子靠在粗糙的胸墙上，"现在告诉我还有什么新鲜事。"

萨姆没有立刻回答，过了一会儿才用几乎不自信的语调说："我不想逼您回答，雷恩先生，但自从我认识您以来，这已经是您第三次对罪案做出肯定判断。您怎么这么有把握认为柯林斯不会被定罪呢？"

"那，"雷恩温和地说，"说来话长，探长。不过，事情已经发展到我必须证明自己的推想，而不只是装腔作势的时候了。我想，就在今天下午，我就可以推翻你们对柯林斯的指控了。"

萨姆咧嘴一笑："这才对嘛，雷恩先生！我已经感觉好多了……至于调查进展嘛，倒是有很多。席林医生对德威特进行了详细尸检,取出了子弹。点三八口径,跟他一开始的判断一样。第二个进展有点令人失望。卑尔根县的地方检察官科尔还没追踪到尸体被发现前下火车的乘客。我们双方的人都没能在轨道或路基上找到左轮手枪。当然,布鲁诺认为,杀死德威特的子弹是从柯林斯的枪里射出的。我们正在对从德威特身上取出的子弹进行显微照相研究,以便与柯林斯左轮手枪里射出的子弹进行比较。即使比较结果不相符,也不能证明柯林斯是清白的,因为他可能用另一把枪杀了德威特。至少这是布鲁诺的观点。布鲁诺的理论是,如果柯林斯真的用了另一把枪,就很可能会在当晚把左轮手枪带上出租车,然后在出租车搭渡船回纽约时把枪扔进了河里。"

"一个有趣的巧合,"雷恩喃喃道,"请继续,探长。"

"嗯,我们找到了载柯林斯去纽约的出租车司机,询问他是否搭过渡船,以及柯林斯是否在渡船上偷偷下过车。司机不知道柯林斯有没有下过车,但他记得,柯林斯是在火车驶出里奇菲尔德公园站时打车的。情况就是这样。

"第三个进展根本算不上进展。我们在调查朗斯特里特的生意资料和个人档案时,没有发现任何值得关注的东西。

"不过,第四个进展非常有趣。因为在检查德威特办公室的文件时,我们有了一个惊人的发现。我们发现了已经注销的凭单——过去十四年里,每年两张支票——开给一个叫威廉·克罗克特的家伙。"

雷恩毫不惊讶。他看着萨姆的嘴唇时,灰色的眼睛呈现出几分淡褐色:"威廉·克罗克特。探长,你给我带来了好消息。这些支票的金额是多少?是通过哪家或哪几家银行注销的?"

"嗯，没有一张低于一万五千美元的，尽管数额各不相同。它们都是在同一家银行兑现的——加拿大蒙特利尔的殖民地信托银行。"

"加拿大？越来越有趣了，探长。这些支票上的签名是什么——是德威特的私人支票，还是公司支票？"

"似乎都是公司支票；上面有德威特和朗斯特里特两人的签名。关于这一点，我们也进行了思考。我们认为，德威特可能遭到了勒索。呃，但即便如此，因为付钱的是公司，所以朗斯特里特也有份儿。办公室里没有找到可以解释为何每半年开一张支票的记录；这些账是以五五平分的方式计入他们两人的私人账户。税务记录也没有问题——我们查过了。"

"你们调查过这个克罗克特吗？"

"雷恩先生！"萨姆责备道，"加拿大人一定认为我们疯了。我们发现凭单后就一直在纠缠他们。有趣的是，通过调查，蒙特利尔那家银行发现了一个名叫威廉·克罗克特的人——当然，每张支票上都有他的背书……"

"你核对过背书的签名吗？字迹都一样吗？"

"绝对是同一个人的。正如我刚才所说，我们发现这个叫克罗克特的人一直在通过邮件从加拿大各地存入支票，并用支票提取这些存款。显然，他花钱的速度几乎和他得到钱的速度一样快。银行无法提供关于克罗克特相貌的描述或者他目前的下落，只知道克罗克特要求将对账单和凭单邮寄到蒙特利尔邮政总局的一个邮箱。

"嗯，我们马上追查了这条线索。我们搜查了邮箱，连一件有价值的东西也没找到。没人记得多久以前有人来开过邮箱，尽管我们搜查的时候它是空的。我们又回头到德威特和朗斯特里特的办公室找线索，发现支票最初都是寄到同一个邮政总局。但邮局里没人知道威廉·克罗克特是谁，他长什么样子，也不知道他为什么要拿支票。至于邮箱，使用费是按年支付的，而且总是提前一年支付——这笔钱也是邮寄过来的。"

"真气人啊。"雷恩喃喃道，"我能想象到你和布鲁诺有多么生气。"

"我们现在还一肚子火呢，"探长嘟哝道，"我们越深入调查，案情就越扑朔迷离。傻瓜都能看出来，这个叫克罗克特的家伙一直在避不见人。"

"也许正如你所说，他一直在避不见人，但这与其说是他自己的意愿，不如说是德威特与朗斯特里特公司的唆使。"

"嘿，这想法真棒！"萨姆喊道，"我从没想过这个。总之，我不确定克罗克特的事意味着什么。也许与谋杀无关——这是布鲁诺的想法，他当然有大量的先例来支撑他的观点。谋杀案的主要问题，往往都被无关紧要的错误线索所纠缠，我还从来没见过一个例外。不过话说回来，克罗克特的事可能真的有点意义……如果克罗克特在勒索德威特和朗斯特里特，那我们就找到谋杀动机了。"

"探长，"雷恩微笑着说，"既然克罗克特能通过勒索拿到钱，又为什么要杀死下金蛋的鹅呢？"

萨姆皱起了眉："我承认勒索理论有点问题。首先，最后一张支票凭单上的日期是今年六月，因此，克罗克特显然是每半年定期获得收入。那么，他为什么要像您说的那样，杀死下金蛋的鹅呢？何况最后一张支票是所有支票中金额最大的。"

"不过，探长，按照你的勒索理论，克罗克特可能没有下金蛋的鹅了，或许六月份的支票就是最后一张了，或许德威特和朗斯特里特已经通知克罗克特不会再开支票了。"

"这话有道理……当然，我们找过德威特他们与克罗克特的通信记录，但一无所获。这说明不了什么，因为他们自然可以与他取得联系而不留下任何痕迹。"

雷恩轻轻摇了摇头："不知为什么，我不能仅仅根据你陈述的事实就同意勒索的说法，探长。为什么每次支付的金额都不一样？敲诈通常都会是固定金额。"

萨姆嘟哝道："这也说得通。事实上，六月的支票是一万七千八百六十四美元。干吗不凑个整呢？"

雷恩笑了。他望了一眼在下方树梢间泛着粼粼波光的哈德孙河，远远看去仿佛一条细线，然后他深深吸了口气，穿上软皮鞋。

"一起下楼吧，探长。我们已经到必须'用行动表示我的意志'的时候了。因此——'想到便下手'[1]！"

他们朝塔楼的楼梯走去。萨姆对着主人赤裸的胸膛咧嘴一笑。"老天！"他说，"连我都被您影响了，雷恩先生。我从没想过我会喜欢这样的引文。这个叫莎士比亚的小子很有见识，不是吗？我敢打赌您引用的是《哈姆雷特》。"

"你走前面，探长。"他们步入昏暗的塔楼，开始沿着盘旋的石阶走下来。雷恩在萨姆宽阔的脊背后面会心一笑："我常常引

---

[1] 这句话里的两处引文均出自莎士比亚戏剧《麦克白》第四幕第一场。

用那个丹麦人的话,我想,你是根据我的这个坏习惯做出的大胆推论。但你错了,探长。我这次引用的是《麦克白》。"

* * *

十分钟后,两人坐在雷恩的书房里。雷恩赤裸的身体上披着一件灰色晨袍,正在查阅一张新泽西大地图,萨姆探长在一旁困惑地看着。雷恩那位身材矮胖、昵称福斯塔夫的管家正穿过一个塞满书的拱门退下去。

雷恩目不转睛地查看了几分钟后,把地图推到一边,面带满足的微笑转向萨姆:"探长,是时候去朝圣了,一次重要的朝圣。"

"我们终于要出发了?"

"噢,不——不是最后一次朝圣,探长,"雷恩喃喃道,"也许是倒数第二次朝圣。你得再次相信我,探长。德威特谋杀案发生后,我就开始怀疑自己的能力。虽然我可以预见到这件事,却无法直接阻止……你看,我在为自己找借口。德威特的死……"雷恩沉默了,萨姆好奇地盯着他。他耸了耸肩:"继续游戏吧!我的戏剧本能不允许我破坏为你准备的完美高潮戏。照我说的做吧,如果命运与我们同在,我可以提供有力的证据,推翻你们对柯林斯的指控。这自然会令我们的好朋友地方检察官心烦意乱,但我们必须保护活着的人。马上从这里给有关部门打电话,探长。派一队人今天下午尽快在威霍肯见我们,其中必须有人携带拖网。"

"拖网?"萨姆满脸不解,"您是说……深水打捞用的拖网?打捞尸体?"

"我是说,你的人要做好应付任何意外情况的准备。啊,奎西!"

矮小的假发制作师腰间系着旧皮围裙,拿着一个大马尼拉纸信封,步履蹒跚地走进书房。在他不满的视线下——他看出睡衣下雷恩什么也没穿——雷恩急切地伸手接过信封,上面盖着领事馆的印戳。

"一条从乌拉圭传来的消息。"雷恩快活地对萨姆说,萨姆一脸茫然。雷恩撕开信封,取出几张背部衬有纸板的照片和一封长信。他看完信,扔在桌上。

萨姆掩饰不住好奇地问:"这是一组指纹照片,对不对,雷恩先生?"

"探长,"雷恩答道,在空中挥了挥照片,"这是一个名叫马丁·斯托普斯的先生的指纹传真照片,他这个人很有意思。"

"噢,抱歉,"萨姆立刻说,"我以为这和案子有关。"

"亲爱的探长,这就是案子本身!"

萨姆凝视着雷恩,就像一只突然被强光照射而短暂失神的兔子。他舔了舔嘴唇。"可是……可是,"他结结巴巴地说,"您说的是什么案子?我们正在调查的这些谋杀案?老天,雷恩先生,马丁·斯托普斯究竟是谁?"

雷恩做出一件冲动的事——他搂住了萨姆厚实的肩膀:"我在这方面领先你一步,探长。我不该笑的——那样做非常粗鲁……马丁·斯托普斯就是我们一直在寻找的X——就是这个人,将哈利·朗斯特里特、查尔斯·伍德和约翰·O.德威特从这美好的世界抹除了。"

萨姆倒吸一口凉气，眨眨眼，以茫然不解时特有的方式摇了摇头。"马丁·斯托普斯，马丁·斯托普斯，马丁·斯托普斯，杀死朗斯特里特、伍德、德威特的凶手……"他在嘴里反复念叨这个名字，"哎呀，我的老天！"他大喊出来："我从没听说过这个名字，它甚至从来没有出现在这个案子里！"

"名字有什么要紧的，探长？"雷恩把照片放回马尼拉纸信封。

萨姆紧盯着照片，仿佛它们是珍贵无比的文件。他的手指不知不觉勾了起来。

"名字有什么要紧的？亲爱的探长，你有幸见过马丁·斯托普斯很多很多次！"

第十场

波哥大站附近
十月十二日，星期一，下午六点零五分

经过几小时的搜寻，萨姆探长看上去确实非常沮丧。尽管他对哲瑞·雷恩先生未卜先知和逻辑推断的能力越来越有信心，但还是禁不起这种猛烈打击。他们这一支小队装备着状如西班牙宗教裁判所遗物的古怪仪器，整个下午都在西岸铁路线跨越的大小河流的浑浊水底搜寻。拖网来来回回捞了好多遍都一无所获，萨姆探长的脸不由得越拉越长。雷恩什么也没说，他指导着具体的搜寻工作，对可能有所发现的水域提出建议,看上去颇为满意。

这群浑身湿透、筋疲力尽的人来到波哥大镇附近的一条小河时,天已经很黑了。萨姆探长一声令下,队员二话不说就分头行动。慑于探长魔法般的权威,队员这次动用了更多的设备。铁轨附近架起了强光探照灯,扫射着平静的水面。整个下午都在使用的铲子模样的铁质器具又被投入河中。雷恩和闷闷不乐的萨姆并排而立,看着队员用机械化的动作进行打捞。

"简直就是大海捞针,"探长抱怨道,"绝对不可能找到的,雷恩先生。"

萨姆的悲观言论仿佛唤起了命运之神的怜悯,就在这时,在离路基二十英尺远的地方,一个划小船的人叫了起来。这喊声打断了雷恩的回答。另一盏探照灯对准了小船。大铲子挖上来的是和先前一样的泥浆、水草和碎石,但这一次,有什么东西在强光中闪闪发亮。

随着一声胜利的欢呼,萨姆不顾一切地滑下斜坡,雷恩则镇定地跟在后面。

"是……是什么?"萨姆探长吼道。

小船慢慢地向他靠近,船夫沾满泥巴的手将闪亮的东西递了过去。萨姆满脸敬畏地抬头看着已经走到他身边的雷恩,然后摇摇头,开始检查这个东西。

"是点三八口径的吧?"雷恩温和地问。

"就是这东西,天呀!"萨姆叫道,"好家伙,今天我们真走运!只有一个弹膛是空的,我敢打赌,再开一枪的话,弹头上的膛线痕迹肯定和我们从德威特身上取出的弹头上的一致!"

他温柔地抚摸着那把湿漉漉的武器,用手帕包好,放进大衣口袋。

"来吧,兄弟们!"他向满身泥污的搜索队员喊道,"我们找到啦!收好家伙,回家喽!"

他和雷恩沿着铁轨向一辆警车走去,那辆车整个下午都载着他们到处转。

"好吧,先生,"萨姆说,"我把情况捋一捋。我们在这儿找到了一把和杀死德威特所用的凶器口径一致的枪,就在那晚火车经过的水域里。根据发现地点不难判断,枪是在凶案发生后被扔出火车的。扔枪的就是凶手。"

"还有一种可能,"雷恩说,"凶手在波哥大站之前或波哥大站下了车,向前或向后走到那条小河,把左轮手枪扔了进去。我只是指出了这种可能性。"他说:"左轮手枪是从火车上扔出去的可能性要大得多。"

"您把所有可能性都考虑到了,是不是?嗯,我同意您的说法……"

他们走到警车跟前,无比庆幸地靠在黑色车门上。雷恩说:"无论如何,既然我们在这里发现了左轮手枪,就绝不可能有机会给柯林斯定罪了。"

"您是说柯林斯完全是清白的?"

"明智的判断,探长。火车在凌晨零点三十分停进里奇菲尔德公园站,柯林斯赶在火车开走之前叫到了出租车——这很重要。从那一刻起,出租车司机便为他提供了不在场证明。出租车朝与火车相反的方向行驶——前往纽约。左轮手枪不可能在零点三十五分之前，火车经过小河时被从火车上扔进河里。即使左轮手枪是被一个步行的人扔进河里的，他自然也不可能在火车之前到达河边。而柯林斯不可能步行或开车到河边，把武器扔进去，在火车还没驶离之前就回到里奇菲尔德公园站！里奇菲尔德公园站和小河之间大约有一英里的距离，来回就是两英里。当然，我们也可以认为，举个例子，左轮手枪是在谋杀发生很久之后被扔进河里的，柯林斯也许几小时后回来过。在一般情况下，这并非不可能，但这次情况非常特殊，因为出租车把柯林斯直接送到了纽约的公寓，从那一刻起，他的行踪就处在警方的监控之下。所以——柯林斯先生的嫌疑被排除了。"

萨姆得意洋洋地提高嗓门儿道："我知道您忽略了什么，雷恩先生！您的论点完全正确——柯林斯自己不可能把枪扔到河里。但如果他有同谋呢？假设柯林斯杀了德威特，把枪交给同谋，自己下了火车，却让同谋在他离开五分钟后把枪从火车上扔进水里。这算得上精彩的推理吧，雷恩先生！"

"好了，好了，探长，别激动。"雷恩微笑道，"我们一直在讨论是否可能给柯林斯定罪的法律问题。我没有忽视同谋的可能性，完全没有。但我只问你一个问题——这个同谋是谁？你能把他带到法庭上吗？除了看似合理的推断，你还有什么能给陪审团吗？没有，在新的证据面前，柯林斯先生谋杀德威特的罪名恐怕无法成立。"

"您说得对。"萨姆说，脸又阴沉下来，"布鲁诺和我都不知道谁可能是同谋。"

"如果真的有同谋的话，探长。"雷恩冷冷地说。

搜索队员已经三三两两地上了岸。萨姆爬进警车,雷恩紧跟其后。其他人上了另一辆轿车,打捞设备放到拖车上,然后这支车队便开始返回威霍肯。

萨姆坐在那里,从表情可以看出,他陷入了痛苦的沉思之中。哲瑞·雷恩神情轻松,伸直了长腿。"你知道,探长,"他继续说,"即使从心理角度说,同谋的论点也站不住脚。"

萨姆咕哝了一声。

"我们姑且按照你的理论推演一番:假设柯林斯杀死了德威特,有一个同谋,柯林斯把武器交给了同谋,命令后者在柯林斯从里奇菲尔德公园站下车五分钟后把左轮手枪扔出火车。到目前为止,假设都没有问题。但该假设完全基于这样一个前提:柯林斯正在为自己建立无懈可击的不在场证明。换句话说,这把左轮手枪必须在火车出站五分钟后行驶到的位置被我们找到,而柯林斯离开车站后,是朝相反的方向返回纽约。"

"但是,如果我们没有在火车出站五分钟后行驶到的位置找到左轮手枪,柯林斯就没有不在场证明。因此,如果这一切都是柯林斯策划的,他必须确保那支左轮手枪能被找到。虽然我们在小河中发现了这把武器,但要不是上帝的恩典,它可能一直躺在那里,直到世界末日。一方面是柯林斯想捏造不在场证明的假设,另一方面是他明显竭力不让左轮手枪被找到的事实,我们如何将这两者统一起来呢?我想,你会说——"不过萨姆看样子并不想说话,"左轮手枪落进小河可能是个意外。同谋把它扔出窗外,本来是想让它落在路基边。但是,如果他想让那把左轮手枪被找到,以支持柯林斯的不在场证明,他会把枪扔出火车二十英尺吗?因为那就是我们发现枪的地方——离铁轨二十英尺的小河里。"

"不会。同谋只会让枪从窗边落下,那样一来,它就只可能落在路基边,确保以后能被找到。"

"换句话说,"萨姆嘟哝道,"您已经清楚证明了扔枪者并不希望枪被找到,这当然就排除了柯林斯的嫌疑。"

"正是如此,探长。"雷恩喃喃道。

"哎,"萨姆无可奈何地哼了一声,说道,"我承认我输了。每次布鲁诺和我抓到一个我们认为是X的人,您就会让我们空欢喜一场。这都成惯例了,老天。在我看来,现在的情况比以往任何时候都要复杂。"

"恰恰相反,"哲瑞·雷恩先生说,"马上就要真相大白了。"

第十一场

哈姆雷特山庄
十月十三日,星期二,上午十点三十分

奎西站在哈姆雷特山庄化装室的电话机旁。哲瑞·雷恩先生躺在旁边的椅子上。黑窗帘拉了起来,淡淡的阳光洒进屋子。

老奎西正在用嘶哑的声音说话。"可是,布鲁诺先生,雷恩先生是这么说的。是的,先生……是的,今晚十一点,你要到这里见雷恩先生,还要带上萨姆探长和一小队警察……请稍等。"奎西把听筒靠在瘦骨嶙峋的胸口,"布鲁诺先生想知道这些人是否要穿便衣，雷恩先生，他还问您打算做什么。"

"你可以通知布鲁诺地方检察官，"雷恩慢吞吞地说，"这些人不需要穿制服，我只是想带他们到新泽西走走。告诉他，我们将乘西岸铁路的火车到西恩格尔伍德去执行一项与本案至关重要的任务。"

奎西眨了眨眼睛，遵照命令传了话。

* * *

晚上十一点

当晚聚在哈姆雷特山庄书房的警察中，只有萨姆探长看上去无比轻松，这也许是他同雷恩的关系更亲密的缘故。哲瑞·雷恩先生不在场，布鲁诺地方检察官一屁股坐在一把旧椅子上，急躁地嚷嚷起来。

矮胖的福斯塔夫右脚擦地后退，鞠了一躬。

布鲁诺这才发现他的存在，连忙问："什么事？"

"雷恩先生要我向大家致歉，先生。他说请稍等片刻。"

等待的过程中，大家的眼睛都好奇地打量着这个巨大的房间。天花板很高；三面墙上，从地板到天花板都是开放式书架，里面摆着成千上万册书籍；取书的梯子靠在顶层书架上；书房周围环绕着一个古雅的阳台；沿着两个角落里的铁台阶盘旋而上，就可以进入阳台；书籍的青铜分类标牌上刻着古英语；房间一头有一张圆桌，尽管现在空着，但显然是那位特殊图书管理员的神圣座位；第四面墙上有一些奇怪的东西。布鲁诺不耐烦地从椅子上站起身,开始踱来踱去。他看到第四面墙中央是一张古地图,涂了厚厚的清漆,罩着玻璃,左下角的花体字表明,这是1501年的世界地图。此外,地板上靠墙的每个柜子里都收藏着一件伊丽莎白女王时代的服装……

书房门突然打开,所有人都转过身,只见干瘪小老头儿奎西溜进来,把门开得大大的,粗糙的老脸上露出期待的笑容。

一个高大魁梧、面色红润的男人从拱门走出来,挑衅似的环顾众人。他的下巴结实有力,双颊却微微下垂,两个黑眼圈无疑表明他生活放荡。他穿着粗花呢套装——宽大的运动长裤搭配便装短上衣——手插进没有盖的口袋里,怒视着大家。

他的出现立刻产生了爆炸般的效果。布鲁诺地方检察官呆呆地站在地板上,迅速眨动眼睛,仿佛无法相信视神经传送给大脑的信息。但如果说布鲁诺直接被吓傻了,那萨姆探长的反应就更微妙、更深刻了。他坚定的下巴像受惊的孩子一样颤抖了几下,啪地掉下来,微微摆动着;他的眼神通常严厉而冷酷,现在却闪烁着狂热的恐惧;他快速眨了几下眼,脸上血色全无。

"我的老天爷呀,"他发出嘶哑的低呼,"哈……哈……哈利·朗斯特里特!"

其他人一动也不敢动。门口的幽灵用一声暗笑打破了沉默,众人闻之无不毛骨悚然。

"'啊!谁想得到这样一座富丽的宫殿里,会容纳着欺人的虚伪!'[1]"哈利·朗斯特里特说。

---

1 出自莎士比亚戏剧《罗密欧与朱丽叶》第三幕第二场。

那是哲瑞·雷恩先生的美妙嗓音。

第十二场

威霍肯至纽堡的列车上
十月十四日，星期三，凌晨零点十八分

一趟奇怪的旅程……历史，如同一个乏味的女人，只知道重复自己。同样的地点，同样的黑夜，同样的时间，同样的车轮哐当声。

午夜过后十八分，哲瑞·雷恩先生召集的那群警察坐在威霍肯至纽堡的火车的一节尾部车厢，火车哐当哐当地行驶在威霍肯终点站和北卑尔根之间。除了雷恩、萨姆、布鲁诺和随行的队员外，车厢里几乎没有其他人。

雷恩穿着一件把自己包裹起来的轻便大衣，戴着一顶宽边毡帽，帽子拉下来盖住脸，所以看不清表情。他挨着萨姆探长坐在窗边，头转向玻璃窗，不跟任何人说话，显然要么睡着了，要么在思考什么问题。布鲁诺地方检察官坐在对面，他和萨姆探长都没有说话，看起来非常紧张。紧张的气氛已经传染给周围的探员，他们很少说话，只是笔直地坐在那里。他们似乎在等待某个戏剧高潮的到来，而他们对其性质还一无所知。

萨姆焦躁不安起来。他瞥了眼雷恩转过去的头，叹了口气，站起身，步履沉重地走出车厢。但他几乎立刻就折返了，兴奋得满脸通红。他坐下来,身体前倾,对布鲁诺耳语道:"奇怪……我发现埃亨和因佩里亚莱在前面的车厢里。我是不是应该告诉雷恩?"

布鲁诺打量着雷恩被大衣罩着的脑袋,耸了耸肩:"我想我们最好让他来指挥一切。他似乎知道自己在做什么。"

火车颤抖着停了下来。布鲁诺望向窗外,看到他们已经到了北卑尔根站。萨姆看了看表——时间正好是零点二十分。在车站朦胧的灯光下,可以看见几个乘客上了火车。信号灯晃了晃,车门砰一声关闭,火车又轰隆隆开动了。

过了一会儿,乘务员出现在车厢前端,开始检票打孔。走到那群警察时,他咧嘴一笑,表示认出了他们。萨姆阴沉着脸点点头,用现金支付了所有人的车费。乘务员从外侧胸袋里掏出几张标准复式车票,整齐地叠好,在两处打了孔,然后把一式两份的票撕开,递给萨姆一份,剩下的一份放进自己的另一个口袋……

不知是在打瞌睡还是在沉思的哲瑞·雷恩先生选择在这一刻醒过来,令人大惊失色。他站起身,匆匆摘下遮住脸的帽子,脱掉裹着身体的大衣,转过身来,正面乘务员。那人茫然地盯着他。雷恩一只手伸进上衣贴袋,掏出一个银盒,猛地打开,取出一副眼镜。他没有戴上,只是带着一种思索、好奇的神情专注地看着乘务员,那张轮廓分明、肌肉松弛、带着放荡之气的面庞似乎夺走了乘务员的神魄。

乘务员的反应十分怪异。他的手停在半空,手里握着打孔机。他仔细观察着面前这个可怕人物的细节,起初是大惑不解,然后突然意识到什么,满脸惊骇。他的嘴张得大大的,高大魁梧的身躯瘫软下去，酒红色的面庞顿时一片惨白。从他嘴里吐出一串哽咽的声音，只有五个字："朗斯特里特……"他站在那里，呆若木鸡，全身神经仿佛都丧失了功能，而那位假哈利·朗斯特里特嘴角露出一抹微笑，右手放下银盒与眼镜，然后轻松自如地再次伸进口袋，掏出一样没有光泽的金属物品……他猛冲上去，咔嗒一声，乘务员把目光从他微笑的脸上移开，浑浑噩噩、神情恍惚地低头看着腕上的手铐。

接着，哲瑞·雷恩先生又笑了，这次是冲着一脸阴郁、不知所措的萨姆探长和布鲁诺地方检察官，他们屏息凝神、一言不发地注视着这短暂的戏剧性场面，浑身动弹不得。两人的额头上都出现了细纹。他们看了看雷恩，又看了看乘务员。乘务员正蜷缩着身子，用颤抖的舌头舔着嘴唇，倚在座位靠背上——心力交瘁，羞愧难当，可怜巴巴地盯着腕上的手铐，仿佛不相信自己的眼睛。

哲瑞·雷恩先生对萨姆探长平静地说："你按照我的要求带印泥来了吗，探长？"

萨姆默默从口袋里拿出一个带锡盖的印泥和一张白纸。

"请提取这个人的指纹，探长。"

萨姆挣扎着站起来。令人难以置信的是，他照办了……雷恩站在惊恐万状的乘务员旁边，乘务员也像他一样靠在座位上。萨姆抓住那人无力的手，按在印泥上。这时雷恩从座位上拿起那件脱下的大衣，翻了翻口袋，取出星期一收到的那个马尼拉纸信封。萨姆把乘务员松弛的手指摁在纸上，雷恩从信封里拿出从乌拉圭传真过来的指纹，笑呵呵地比对起来。

"好了吗，探长？"

萨姆把乘务员还没有干的指纹印递给雷恩。雷恩将那张纸和照片并排摆放，歪着头仔细辨认螺纹。然后，他把没有干的指纹印和照片一起还给了探长。

"你怎么看，探长？毫无疑问，你已经比对过成千上万个指纹了。"

萨姆仔细检视指纹。"我看两者一样。"他喃喃道。

"当然完全一致。"

布鲁诺摇摇晃晃地站起来："雷恩先生，这个人是谁？"

雷恩毫不客气地抓住那个被铐着的人的胳膊："布鲁诺先生，萨姆探长，请允许我介绍上帝最不幸的子民之一：马丁·斯托普斯先生——"

"但是——"

"亦即，"雷恩继续说，"西岸铁路售票员爱德华·汤普森——"

"但是——"

"亦即渡船上一位不知名的先生。"

"可我看不出——"

"亦即，"雷恩和蔼地总结道，"乘务员查尔斯·伍德。"

"查尔斯·伍德！"萨姆和布鲁诺同时急促地喊道。他们转过身，盯着身体蜷缩的犯人。布鲁诺低声说："可查尔斯·伍德已经死了啊！"

"对你来说他死了，布鲁诺先生。对你来说也死了，萨姆探长。但对我来说，"哲瑞·雷恩先生说，"他还活得好好的。"

幕后：谜底揭晓

哈姆雷特山庄
十月十四日，星期三，下午四点

就像故事开头一样，哈德孙河横亘在远远的下方，河里掠过一片白帆，还有一艘缓缓行驶的汽船。就像五个星期前一样，汽车沿公路蜿蜒上行，载着萨姆探长和布鲁诺地方检察官，稳稳地朝脆弱而美丽的哈姆雷特山庄前进。坐落在红褐色森林里的山庄仿佛童话故事中色彩柔和的城堡。

五个星期过去了！

远远的高处，云中浮现出塔楼、防御墙、城垛和教堂尖塔……然后便是造型奇特的小桥、茅草小屋，还有面色红润的小老头儿，指着那块摇来荡去的木头告示牌……嘎吱作响的古老大门、桥、仿佛没有尽头的石子路、如今已呈红棕色的橡树林、城堡空地四周的石墙……

他们穿过吊桥，福斯塔夫在橡木大门边恭迎。他们走进中世纪领主宅邸风格的宽广大厅，抬头是天花板上纵横交错的古老横梁，身边是身穿盔甲的骑士塑像和伊丽莎白女王时代钉着铁钉的厚重家具。在那些令人难以置信的面具和巨大的枝形烛台下，站着矮小、秃顶、留着络腮胡的奎西……

在哲瑞·雷恩先生暖融融的私人套房里，两位客人在炉边烤着脚，放松下来。雷恩穿着一件棉绒夹克，在熊熊火光的映照下，显得非常英俊年轻。奎西对着墙上的一个小扩音器叽叽咕咕地说了几句,不一会儿,面色红润的福斯塔夫就笑盈盈地现身了,捧上一只托盘,盘里放着几个酒杯,杯中盛有芳香的调制利口酒;他还带来了几份开胃小菜,被不知羞耻的萨姆探长一扫而空。

"过去几个星期,"大家吃饱喝足,舒舒服服地坐在炉火前,福斯塔夫则回到了他的厨房老巢,这时哲瑞·雷恩先生开口道,"恐怕我不顾别人感受,一直在耍语言把戏。我想,你们两位先生是希望我能对此给出解释吧?应该不会又突然冒出一起凶杀案吧?"

布鲁诺喃喃道:"不太可能。但根据我过去三十六小时的亲眼所见,如果有案子需要向您请教,我一定会毫不犹豫地向您请教。我说得有点绕,但您应该明白我的意思。雷恩先生,探长和我都永远感激您——我真不知道该怎么表达我的感激之情。"

"换句话说,"萨姆苦笑道,"您挽救了我们的工作。"

"区区小事,何足挂齿?"雷恩轻轻挥了挥手,结束了这个话题,"报上说,斯托普斯已经招供。不知在什么地方,也不知用什么方式,有人得知我参与了这个案子,于是我整天都被一群不达目的誓不罢休的记者团团围住……斯托普斯的供词有什么有趣的地方吗?"

"对我们来说很有趣,"布鲁诺说,"但我想——尽管我根本不知道您是怎么做到的——我想您知道他招供的内容。"

"恰恰相反。"雷恩笑了,"有许多与马丁·斯托普斯先生有关的事情,我一无所知。"

布鲁诺与萨姆都摇了摇头。雷恩没有解释,只敦促布鲁诺把斯托普斯讲的故事复述一遍。于是布鲁诺便从头讲起——那还是1912年,在乌拉圭,有一位默默无闻却充满热情的年轻地质学家——雷恩这时并没有发表评论。不过,他似乎对某些细节很好奇,通过巧妙的询问,他打听到了一些他和乌拉圭领事胡安·阿霍斯谈话时没有获知的情况。

他了解到,正是马丁·斯托普斯在1912年发现了锰矿,当时他和合伙人克罗克特正在荒凉的乌拉圭内陆探矿。因为两人需要资金来开采矿山却又身无分文,便找了另外两个探矿者——朗斯特里特和德威特——做持股比例较小的合伙人。他们是由克罗克特介绍给年轻的斯托普斯的。斯托普斯在供词中痛苦地表明,他后来被指控的罪行——用大砍刀杀害他的妻子——是克罗克特犯下的。一天晚上,斯托普斯在附近的矿山,克罗克特喝醉了酒,色心大发,企图强奸斯托普斯的妻子,却遭到激烈反抗,便杀了她。主谋朗斯特里特抓住机会,制定了一个计划,联合另外两人指控斯托普斯谋杀。由于没人知道这座矿在法律上属于斯托普斯,他们就将其据为己有——矿山当时尚未注册登记。克罗克特这时已经毫无主见,他被自己的罪行吓傻了,急切地接受了这个计划。斯托普斯说,德威特性情比较温和,但他被朗斯特里特控制了,威胁之下,只好参与阴谋。

妻子的去世和合伙人的背叛,令这位年轻的地质学家既震惊又悲伤,丧失了理智。直到被定罪入狱后,他才恢复了正常的神志。这时他才意识到自己多么凄惨无助。从那一刻起,他的全部心思都转移到了复仇的痛苦欲望之上。复仇点燃了他的野心和抱负。他承认,他愿意用余生去执行复仇计划:越狱,然后杀死那三个恶棍。他逃出去的时候,已经苍老了许多。虽然他的身体和以前一样强壮，但严厉的禁闭破坏了他的容貌。他有理由相信，当复仇的时刻到来时，他不会被仇人认出来。

"然而，雷恩先生，这些事情，"布鲁诺总结道，"现在对我们来说——至少对我来说——远没有您以一种近乎超自然的方式破案那么重要。您究竟是怎么想到这个不可思议的谜底的？"

"超自然？"雷恩摇了摇头，"我不相信奇迹，当然我也从未创造过奇迹。在这些极有趣的调查中，我所能取得的成功，从某种程度上说，不过就是根据观察直接进行思考的结果。"

"我首先会进行归纳概括。例如，在我们面对的三起谋杀案中，最简单的是第一起，你们惊讶吗？但朗斯特里特离奇死亡的相关情况中，包含着令人难以置信的不可动摇的逻辑。你们应该还记得，我是通过一种通常不够可靠的途径得知这些情况的——就是听别人转述。由于没有到过犯罪现场，我在没有亲眼看见的不利条件下进行了深思。不过，我要说的是，"他一脸严肃地朝探长点了下头，"萨姆的叙述是如此直白详细，我能够像亲临现场一样清晰地想象出这部戏的各个部分。"

哲瑞·雷恩目光炯炯："在电车谋杀案中，有一个推论是毋庸置疑的，明眼人一眼便能看穿。我到现在都不理解，为什么你们没觉察这不言自明的推论。也就是说，这桩案子中的凶器显然应该具备这样的性质：它不能徒手操作，否则操作者就会被毒针扎伤，造成致命的后果。探长，你小心翼翼地不去徒手捡起插满针的软木塞——你用了一个镊子，后来还把软木塞密封在玻璃瓶里。你把凶器拿给我看，我马上发现，凶手在把凶器拿上车并将它塞进朗斯特里特口袋的过程中，一定使用了某种保护手掌和手指的工具。我说

'我马上发现',但事实上,即使我没有看到软木塞,你的描述也非常准确,我绝不会错过这明显的推论。"

"于是,一个问题自然浮现出来:保护手的工具通常是什么形式?答案当然是手套。这怎么能满足凶手的要求呢?嗯,手套实际上非常符合凶手的目的——手套质地坚韧,能提供周全的保护,尤其是皮革手套。作为常见的穿戴品,它比反常的护手工具更不引人注目。在一场精心策划的犯罪中,我们没有理由相信,在普通手套就能更好地满足需要的情况下,凶手会制作一种奇怪的护手工具。更重要的是,如果被看到或发现,普通手套相对来说并不显眼,也不可疑。唯一可以当手套用又不需要重新制作或引人怀疑的东西就是手帕,但手帕包在手上会显得笨拙、惹眼,更重要的是,它不一定能起到保护作用,抵御有毒的针头。我还想到,凶手可能会采用萨姆探长那种方法——就是用镊子夹起插满针的软木塞。但我稍想一下就明白,这样的方法虽然可以使凶手的皮肤免受毒针伤害,但另一方面,考虑到当时的情况——拥挤的电车,极度缺乏操作空间,操作时间也必然非常有限——用镊子夹起软木塞需要高超的技巧,成功的可能性微乎其微。

"所以,我敢肯定,当凶手把插满针的软木塞偷偷放进朗斯特里特的口袋时,他一定戴了手套。"

萨姆和布鲁诺面面相觑。雷恩闭上眼睛,用缺乏抑扬顿挫的低沉声音继续道:"现在我们知道,软木塞是在朗斯特里特上车之后被放进他口袋的。后来有证词表明了这一点。我们也知道,从朗斯特里特上车的那一刻起,门窗就一直关着,只有两次例外,这个我等会儿再说。毫无疑问,凶手一定是后来被探长搜查过的、那辆车里的一个人。自从朗斯特里特一行人上车以来，没有人离开过，只有一个人例外。此人奉达菲警佐之命离开，随后又回来了。"

"我们还从对车内所有人，包括乘务员和司机的彻底搜查中得知，车内所有人身上都没有发现手套，后来这些人在车库接受询问时，在扣押他们的房间里也没有发现手套。你们应该还记得，当他们从电车走向车库时，经过了警察和探员组成的警戒线之间的通道。但后来对通道做过搜查，结果毫无发现。请回想一下，探长，在你的叙述结束时，我还特别问过你有没有找到手套之类的东西，而你回答没有。

"换言之，虽然凶手还在电车上，我们却碰到了一个极不寻常的情况，即作案时一定用过的东西，在作案之后却没有被找到。它不可能被扔出窗外，甚至在朗斯特里特一行人上车之前，窗户就是关闭的，并且始终没有打开。它也不可能是被扔出了门，因为案发后车门只有达菲亲自打开和关上过，他没有觉察什么东西被扔了出去，否则就会提及此事。手套不可能被销毁或剪碎，否则搜车时就会有人发现残渣碎片并上报。就算手套交给某个同谋，或者偷偷塞到某个无辜者身上，也照样会被发现。因为如果是前一种情况的话，同谋处理手套的方法不可能比凶手更高明，而如果是后一种情况的话，后来搜查时会在无辜者身上发现手套。"

"那么，这只幽灵手套是怎么消失的呢？"哲瑞·雷恩心满意足地喝着一杯热气腾腾的咖啡，这是福斯塔夫刚才端给主人和客人的，"二位，我向你们保证，我简直兴奋极了。说到奇迹，布鲁诺先生，这只消失的手套便是奇迹；但作为怀疑论者，我要用现实的方法解释这种奇迹般的消失。几乎所有处理手套的方法都被排除了,只剩下唯一一种。因此,根据古老的逻辑法则,手套只可能是通过最后这种方法消失的。如果手套不可能被扔出车外,却最终没有留在车上,那它就只可能是被下车的人带走了。但只有一个人下过车!那就是乘务员查尔斯·伍德,达菲警佐派他去叫莫罗警员,还让莫罗向总局报告发生了凶案。西滕费尔德警员从第九大道的岗哨跑过来,达菲让他上了车,然后他就没有下过车。莫罗警员终于被乘务员伍德带回来之后,也没有下过车。换句话说,虽然这两个警察在案发后上了车,但除了查尔斯·伍德,没有人在案发后下过车。他虽然又回来上了车,但这并不影响前面的判断。"

"因此,我不得不得出这样的结论——尽管看似不可思议、荒诞无稽、脑子发热——电车乘务员查尔斯·伍德从犯罪现场拿走了那只手套,并把它扔到了某个地方。我一开始自然觉得这很奇怪,但我的推理是如此严谨缜密、不容辩驳,我不得不接受这个结论。"

"太精彩了。"布鲁诺地方检察官说。

雷恩呵呵一笑,继续说道:"所以,既然查尔斯·伍德将手套拿下车并处理掉了,那他不是凶手本人就是凶手的同谋——在拥挤的人群中从凶手那里拿到手套去处理。"

"你们应该记得,在萨姆探长的叙述结束时,我说过谋杀的过程我已清楚,但没有详细说明理由。原因在于我当时不能断定伍德就是凶手,他只是同谋的可能性一直存在。但无论他是何种身份,我确信他都是有罪的,因为如果那只手套是凶手在伍德不知情的情况下偷偷塞进他口袋的——也就是说,如果伍德是无辜的,不是蓄意共谋——那只手套就会在搜查他的时候被发现,或者被伍德

317

自己发现并报告给警察。换言之：既然手套不是他自己报告的，也不是在他身上发现的，那就一定是他在下车叫莫罗警官时故意处理掉。无论他是为了自己，还是为了别人，这种行为都是有罪的。"

"漂亮——您的推理像名画一样漂亮。"萨姆嘟哝道。

"对伍德有罪的逻辑依据，"雷恩和蔼地继续道，"还可以从心理角度进行验证。自然，他也不可能预料到自己有机会下车，把手套处理掉。没错，他一定是权衡了机会，接受了这样一种可能性：如果有人搜查，而他又没有机会扔掉手套，那就有可能在自己身上找到手套。但这就是凶手计划中最微妙的一点！因为即使在伍德身上真的发现了那只手套，即使在车上没有发现另一只手套，正如实际发生的那样，他也仍会感到相当安全，不会受到怀疑，因为通常情况下，即使在炎热的夏天，当其他人一般不戴或携带手套时，乘务员也会在工作时戴手套。作为乘务员，整天都在同脏兮兮的钞票打交道，他知道在他身上找到手套是理所当然的，所以从心理角度看，他便有恃无恐了。这方面的辅助推理也使我相信，我最初关于手套的想法是完全合理的，因为，如果伍德没有预料到有机会丢掉护手工具，就会采用最普通的形式，比如手套。采用手帕的话，会很容易被发现上面沾有毒药。"

"另一方面，伍德不可能计划在雨天作案，因为雨天就不得不关上门窗。相反，他一定是计划在晴天作案。天气晴朗的时候，他有足够的机会把手套扔出开着的门窗，警察肯定会推断——他对这点很有把握——那只手套可能是车上的任何人扔出去的。天气晴朗的时候，电车行驶路线上会有很多乘客频繁上下车，警察不得不考虑凶手逃跑的可能性。那么，既然晴朗天气会给他带来种种好处，他为什么要选择在雨天杀死朗斯特里特呢？这让我困惑了一阵，但专心思索一下就可以发现，这个特别的晚上，不管下不下雨，都给凶手提供了一个几乎独一无二的机会。也就是说，朗斯特里特有一大群朋友陪同，所有这些人都会受到直接怀疑。也许是这令人难以置信的好运暂时蒙蔽了伍德的双眼，没有意识到恶劣天气将带来的困难。

"当然，作为乘务员，他有一般杀人犯没有的两个优势。首先，正如大家所知，乘务员的外套有内衬皮革的口袋，用来存放零钱，他可以将凶器放在这样的一个口袋里，保证自己的绝对安全，在时机成熟时随手拿出来使用。他可能已经把那个插满浸过毒药的针头的软木塞放在口袋里好几个星期了；第二，作为乘务员，他肯定有机会把凶器放进被害人的口袋，因为在第四十二街穿城电车里，每个上车的人都必须从乘务员身边经过。在上下班高峰期，后门附近会塞满人，更有利于他掩人耳目。在我看来，这两个优势又从心理角度证明了伍德是凶手的论断……"

"不可思议，"布鲁诺说，"您的推理太神了，雷恩先生。因为斯托普斯的供词在每一个细节上都与您的推理相吻合，而我知道您没有同他说过话。具体来说，斯托普斯坦白，他自己制作了插满针的软木塞，并按照席林医生在尸检报告中明智猜想到的方式获取了毒药——对一种可以在公共市场上买到的杀虫剂进行蒸馏，直到留下含有高比例纯尼古丁的黏性物质。然后他把针浸入尼古丁，便得到了凶器。朗斯特里特留在后门附近，等着为同行者付车费、拿找回的零钱时，他将凶器放进了朗斯特里特的口袋。他还说——这进一步证实了您的推理——他本来打算在某个晴朗的晚上杀死这个人，但他看到朗斯特里特带着这么多与他过从甚密的人出现时，便想到可以将嫌疑转嫁给朗斯特里特的朋友和敌人。他无法抗拒这个诱惑，尽管当时还下着雨。"

"正如学者所说，精神战胜了物质。您只是基于逻辑进行推理，却让我们这些只知道拿证据说话的人相形见绌。"萨姆插话道。

雷恩笑了："作为公认的务实者，您的赞美有点脱离实际了，探长……我接着往下说。现在你们知道，在你讲完故事时，我已经肯定伍德有罪，但他到底是凶手本人，还是我所不知道的真凶的同谋或利用对象，我就不得而知了。当然，这是在收到匿名信之前。"

"哎，不幸的是，我们谁也不知道伍德写了那封信。当我们通过对比笔迹发现这一事实时，已经来不及阻止第二场悲剧的发生了。刚收到这封信的时候，看上去只是一个无辜的目击者写来的。这个人不小心获得了危险的重要信息，打算冒着生命危险通知警察。后来我发现是伍德本人写了那封信，而我知道伍德不是无辜的目击者，所以分析那封信的含义的话，便存在以下两种可能：第一，如果伍德是凶手，那他就是故意把一个无辜的人卷进来，误导警方，避免查到自己头上；第二，如果伍德是同谋，那他就是打算供出真正的凶手，或者在真正的凶手的教唆下，打算陷害一个无辜的人。"

"但后来就出了问题：伍德本人被谋杀了。"雷恩两手指尖相抵，再次闭上眼睛，"既然事实与我的分析产生了矛盾，我就不得不回头重新分析对这封信的两种解释。"

"最迫切需要解决的问题就是：如果伍德是杀害朗斯特里特的凶手，而不是同谋，那为什么他会在'默霍克号'上遭到谋杀？又是谁杀了他？"雷恩微笑着陷入回忆之中，"这个问题引发了许多有趣的猜想。因为我立刻想到了三种可能性：第一，尽管伍德自己就是凶手，但他有一个同谋，而这个同谋杀了他——在这种情况下，这个同谋要么是害怕伍德诬陷他是朗斯特里特谋杀案的凶手，要么是害怕伍德告发他虽然没有亲自动手，却是幕后教唆者；第二，伍德是独自作案，没有同谋，他打算陷害一个无辜者，结果却被这个人杀死了；第三，伍德是被某个不知名者杀害的，其原因与朗斯特里特谋杀案无关。"

雷恩未作停顿，紧接着说："我仔细分析了每一种可能。第一种可能性——不合情理。因为如果同谋害怕伍德诬陷他杀害朗斯特里特，或者告发他是犯罪的主谋，那么让伍德活着对同谋来说更有利。因为在第一种情况下，我假设伍德就是凶手，如果他陷害同谋，同谋就可以把所有的罪名全推给伍德。然而，如果他杀了伍德，就把自己变成了凶手，而且还是第一起谋杀案的从犯，在这种情况下，他免受惩罚的机会就更小了，而且没有机会做污点证人。"

"第二种可能性——同样不合情理。因为首先，无辜者可能事先并不知道伍德陷害他的诡计，不知道伍德会通知警察，说他杀死了朗斯特里特；其次，即使他知道，他当然也不会为了保护自己不被诬告谋杀而杀人。

"第三种可能性，即伍德被某个不知名者杀害，原因不明，这是有可能的，但可能性不大，因为这需要惊人的巧合——不相关的动机导致同样的结果，这未免太牵强。"

"二位,这样一来,我们就遇到了一件怪事。"雷恩注视了一会儿炉火,然后又闭上眼,"因为我是按照最严格的逻辑进行调查的,所以根据上述分析,我不得不得出这样的结论:我的解释是错误的——伍德本人并不是杀害朗斯特里特的凶手。我研究过的三种可能性都是不合情理的——很难令人信服。"

"因此,我调整了推理的思路,仔细研究了第二种可能的解释——伍德不是杀害朗斯特里特的凶手,而是凶手的同谋,他写信的意图是供出真正的凶手。这一假设让后来的伍德遇害事件变得相当容易理解。这表明真正的凶手发现伍德想告密,于是杀死了伍德,以防其泄露真凶的身份。这个推论完全符合逻辑,而且没有任何证据表明我错了。

"但我还没有脱离思维的芦荡。事实上,我在推理的沼泽中越陷越深。因为,如果这个假设是正确的,我就不得不问自己:为什么伍德这个朗斯特里特谋杀案的同谋和共犯,要背弃主犯,向警察告密呢?他不应该是想通过揭露凶手的身份来隐瞒自己在案件中的作用,要么他会在警察的审问中被迫说出真相,要么凶手自己会在被捕后出于绝望的报复而说出真相。那么,为什么,为什么伍德不顾自己的危险,选择揭露凶手的身份呢?唯一的答案是——这答案虽然合理,但还是有点令人不满意——他后悔参与了朗斯特里特谋杀案,担心会给自己招来可怕的后果,想通过当污点证人来自保。

"推理进行到这一步,已经没有选择的余地了。考虑到伍德给警方写的信,以及他在朗斯特里特谋杀案中的罪行,对伍德谋杀案最合理的解释便是:他被真正的凶手杀害了,因为他打算成为叛徒。"

雷恩叹了口气，把腿伸到靠近壁炉炭架的地方："总之，我的行动路线是明确的，实际上也是不可避免的。我必须调查伍德的生活和背景，以便找到主犯的身份线索——如果有两个罪犯而不是一个，那个人便是真凶。"

"这次调查提供了解决问题的转折点。一开始显然毫无成果，但一片新领域似乎偶然打开了，我对此深感震惊……但我还是按部就班地往下说。

"你还记得吧，探长，我去伍德在威霍肯的出租屋时，不可原谅地擅自冒充了你。我的目的不是要阴谋诡计。借助你的身份和权威，我就可以不受阻碍地继续调查，不必对人多加解释。我不知道去哪里找，也不知道去找什么。我检查了房间，没有发现任何反常之处。雪茄、墨水和信纸，还有存折。这是伍德令人叫绝的一手，二位！他竟然留下了一本存折，放弃了一笔对他来说应该是相当可观的钱，只是为了让他制造的假象看起来更逼真！我去了银行，钱还在，没动过。存款利率是固定的，没有任何可疑之处。我向附近的商户打听，想找到可能同这个人的隐秘生活相关的线索，或者问问有没有人看见他和谁在一起。结果一无所获，什么也没查出来。我拜访了附近的医生和牙医，这引起了我的兴趣。显然，这个人从未在附近看过病。我问自己为什么，想起他可能在纽约看过病——这一点是一个药剂师指出的——于是暂时打消了怀疑。

"去拜访电车公司的人事经理时，我还不知道我在找什么东西。然后，完全是在偶然的机缘下，我意识到一个可怕的、不可思议但越来越有趣的事实。你们应该还记得，'默霍克号'上被谋杀男子的员工证显示他是伍德，在此人的尸检报告中提到了一道两年前的阑尾手术留下的伤疤。可是,当我查阅伍德的工作记录并与人事经理交谈之后,我发现伍德在被谋杀前的五年里,每个工作日都在工作,没有休过假。"

雷恩的声音颤抖起来。布鲁诺和萨姆身体前倾,仿佛被老演员脸上的狂喜迷住了。"可是,看在所有戏剧守护神的分儿上,伍德在死前两年因阑尾炎做了手术,而在死前五年每天都在工作,这怎么可能呢?众所周知,阑尾炎手术至少需要住院十天——这种情形很罕见,大多数人都要休假两到六周。"

"答案就像麦克白夫人的野心一样不容置疑——这一矛盾毫无疑问地证明,那具被发现并被认为是伍德的尸体——那具有两年前阑尾手术留下的伤疤的尸体——根本不是伍德的。但这意味着——这一新发现令我眼前豁然开朗!——这意味着伍德没有被谋杀,而是有人故意使他看上去像被谋杀了。换言之,伍德还活着。"

随后寂静笼罩屋内,仿佛大教堂一般。萨姆带着一种奇怪的不自然的兴奋连连叹息。雷恩微笑着,继续用低沉的声音迅速讲述着他的推理:"第二起谋杀案的所有要素立刻重新排列整齐。伍德还活着这一不容置疑的事实表明,他寄给警察局的那封亲笔信是个骗局,是为了让警方对伍德显然被谋杀一事做好准备。从一开始,他就无意泄露朗斯特里特案凶手的身份。警察在伍德答应说出凶手身份之后发现他被谋杀了,所以只能相信凶手杀死伍德是为了永远封住他的嘴,而伍德就这样把自己完全从现场抹除了,让自己看起来像一个被尚不知名的凶手杀害的无辜者。因此,那封信,还有那具伪造了身份的水中尸体,都是巧妙的计谋,可以让警察完全找不到真正的罪犯——伍德本人。"

"有这个极为重要的推论,其他的谜团也都迎刃而解!伍德之所以在第二起案件中抹除自己,是因为他必须消失。这一点在我们讲到第三起案件时就会清楚了。因为他可能以爱德华·汤普森的身份在第三起案件中被传唤出庭做证,也可能同时以查尔斯·伍德的身份在第一起案件中被传唤出庭做证——他怎么可能在同一地点同时成为两个人呢?还有一点:伍德抹除自己的计划简直是一石二鸟——他不仅杀死了查尔斯·伍德本身,还杀死了一个不知名的人——那个人的尸体在渡船上被发现时穿着伍德的衣服。

"沿着最后这条线索思考下去。那具被认为是伍德的尸体在小腿上有一道特殊的伤疤,还有一头红发,其他特征被严重损毁和破坏,以至于让人无法识别。现在我们知道,伍德有一头红头发,而且从司机吉尼斯那里得知,伍德的腿上有一个相同的伤疤。但发现的尸体不是伍德的。红头发可能是巧合,但伤疤就不可能了。那伍德的伤疤肯定是假的,而且至少伪装了五年,也就是他在电车公司工作的这段时间,因为他在电车上开始工作后不久就向吉尼斯展示了伤疤。他打算在外表上模仿那个在'默霍克号'上被杀死的人——至少在头发和伤疤这两方面——如此一来,当尸体被发现时,就会毫无疑问地被认定是伍德的。所以,渡船上的犯罪至少策划了五年之久。但既然渡船案是朗斯特里特案的结果,那么朗斯特里特案也一定是五年或更早前就策划好的。

"另一个结论是,既然有人看到伍德上了渡船,而且没有像人们以为的那样被杀死,那他一定是乔装打扮逃离了渡船。他可能是那些在萨姆下令扣留所有乘客之前从船上溜下去的人之一,或者……"

"事实上,"布鲁诺插话道,"您还没说出的下一个假设才是真的。他其实是被扣留在船上的人之一。斯托普斯说他是亨利·尼克松,那个珠宝推销员。"

"尼克松,对吧?"哲瑞·雷恩喃喃道,"非常聪明。这个人真应该去做演员——他天生就有扮演他人的天赋。我一直不知道伍德在凶案发生后是否在船上。但现在你告诉我他假扮成推销员尼克松,那事实就一清二楚了。凶手先假扮乘务员伍德把廉价手提包带上渡船,然后又假扮推销员尼克松把手提包拿下渡船。他需要这个手提包,因为他必须运送推销员的伪装、用来打晕被害人的钝器,以及用来把被害人的衣服沉入河里的重物……确实非常聪明。作为流动推销员,他没有固定的住址,并且偶尔不在家,如果只是略加调查,就会认为这符合他的行业特征。此外,他还保留了那个事先装了小饰品的手提包——他穿上推销员的衣服,把被害人的衣服连同重物和钝器都扔掉了——从而让他的角色显得自然可信。我记得,他甚至费了很大力气给空白订单印上他的假名,还准备了一个据说过去曾偶尔住过的地址。为了扮演好尼克松这个角色,他以伍德的身份购买了新手提包。他不能以推销员的身份将旧手提包带下船,因为旧手提包很容易就会被认出是伍德的。为了完成这个骗局,他甚至弄断了旧手提包的提手。总之,我必须说,这是一个非常周密的计划,为没有在警察扣留所有人之前逃下船做足了准备。因为尸体被扔下船时会引发骚动,而他当然不可能预见到自己是否有机会在此之前溜走,也不可能在计划中冒这个险。"

"雷恩先生,"萨姆喃喃道,"我从来没听过这样精彩的推理。我跟您说实话——一开始我还以为您是一个信口开河的老古董哩。但这个推理——老天，这不是凡人能做到的！"

布鲁诺舔了舔薄薄的嘴唇："我倾向于同意你的看法，萨姆，因为尽管我了解整个案子的来龙去脉，但就算到此时此刻我也不明白，雷恩先生怎么能找到破解第三起谋杀案的线索。"

雷恩举起一只苍白的手，坦率地笑了起来："二位，请别夸我了。我都不好意思了。至于第三起谋杀案——第二起我还没说完呢！"

"推理到这一步，我对自己说：伍德究竟是帮凶还是凶手本人呢？在我发现渡船上的尸体不是伍德之前，所有迹象都指向前一种可能。现在，事实又表明应该是后一种可能才对。

"我之所以再次考虑是伍德亲自杀死了朗斯特里特，是因为有三个明确的心理依据。

"第一，伍德五年来一直在模仿某个不知名者的外表特征，为将来杀死此人做准备——这当然是一个处心积虑的凶手的行为，他绝不仅仅是一个工具。

"第二，寄出警告信，故意进行身份欺骗，自我抹除伍德这个人物——这样的计划更像出自真凶之手，而不是被利用的棋子。

"第三，所有的事件、状况、伪装，显然都是为了确保伍德的安全而策划的——这当然又是主犯的预谋，而不是从犯。

"无论如何，第二起谋杀案发生后，情况如下：伍德——他杀死了朗斯特里特和一个不知名者——用一种绝妙的手段，让自己看似已被杀害，从而将自己从现场抹除。在故意把约翰·德威特卷入这场伪装杀人案之后，他仍然活着。"

哲瑞·雷恩站起身，拉了拉壁炉架上的铃索。福斯塔夫突然出现在房间里。吩咐福斯塔夫再拿一大锅热咖啡过来之后，雷恩再次坐下说："显然，下一个问题是，伍德把德威特骗上渡船后，为什么要用雪茄来陷害他呢？既然伍德是幕后策划者，那他就应该用了某种手段把德威特骗上了渡船。而他之所以要陷害德威特，要么是因为德威特对朗斯特里特的强烈动机使德威特成了警方眼中最自然的嫌疑人，要么是因为伍德对朗斯特里特的动机也适用于德威特，这一点很重要。"

"在后一种情况下，如果陷害成功，德威特遭到逮捕、审判，但最终会被无罪释放，那我们完全有理由认为，凶手会试图通过袭击德威特来完成最初的计划。这就是为什么，"雷恩从福斯塔夫粗短的手里接过另一杯咖啡，示意给客人也续一杯，"尽管我知道德威特是无辜的，但还是愿意让他被起诉。只要德威特处在依法拘留的状态之中，就不会受到伍德的伤害。毫无疑问，你们对我这一奇怪的态度感到不解。这相当矛盾，因为我把德威特推入一个危险，是为了避开另一个更确定的危险。同时，我也给了自己喘息的机会，在这段安静的时间里，我可以展开反思，也许可以挖出证据，把凶手缉拿归案。别忘了，我根本不知道伍德诈死之后会以什么身份出现……此外，拘留德威特还有一个好处：我希望德威特所处的严重困境——他正在接受生死审判——会迫使他说出我知道他一直隐瞒的事实，这些事实无疑与那个自称伍德的人有关，也与此人在背后隐藏的、仍然不为人知的动机有关。"

"然而，由于审判形势对德威特不利，危及他的生命，我不得不介入，提出了德威特手指受伤的问题，尽管当时我并没有从德威特嘴里获得想要的信息。我要在这里指出，倘若我没有掌握德威特受伤的事实,就决不会允许你们起诉他。如果你们固执己见,非要起诉德威特,布鲁诺先生,我就不得不说出我所知道的一切。"

"无罪释放后,德威特的个人安危成了当务之急。"雷恩面色阴沉,声音也不安起来。"那晚之后,我多次试图说服自己,德威特的死不是我的错。显然我已经采取了所有的预防措施。我爽快地答应陪他去西恩格尔伍德的家,甚至还打算在那儿过夜。我无法预见自己会被愚弄到什么程度。我并不想为自己开脱,但我必须承认,我没想到伍德竟会在那个可怜的家伙被宣判无罪的当天晚上发起攻击。毕竟,由于我不知道伍德的新身份,也不知道他在哪里,我认为他需要用几周甚至几个月的时间来寻找杀死德威特的机会。但出乎意料的是,伍德是个彻头彻尾的机会主义者。德威特无罪释放当晚他就找到了机会,并牢牢抓住了它。伍德在这方面赢了我,做出了令我始料未及的事。当柯林斯靠近德威特的时候,我看不出有什么不对劲,因为我知道柯林斯不是伍德。然而,"雷恩明亮的眼睛里露出一丝自责,"在这桩案子上,我不能说我获得了真正的胜利。我不够敏锐,没有充分意识到凶手的潜在能力。恐怕我还是个业余的凶犯猎手。如果我有机会调查别的案子……"他叹了口气,继续说下去:"那天晚上我接受德威特邀请的另一个原因是,他答应第二天早上向我透露重要信息。当时我就怀疑——现在我敢肯定——他终于决定透露自己的真实背景,也就是斯托普斯在供词中告诉你们的那个故事。通过追查德威特的南美访客这条线索——我敢打赌,探长,你从来没有听说过这个人!——我了解到了这个故事。顺着这条线索,我找到了乌拉圭领事阿霍斯……"

布鲁诺和萨姆惊讶地看着雷恩。"南美访客？乌拉圭领事？"萨姆激动地连忙问道，"哎呀，我从没听说过他们！"

"我们现在暂不讨论这两个人，探长。"雷恩说，"伍德还活着，只是改头换面了——这一重要发现改变了我对伍德的判断：他不再仅仅是帮凶，而是高明的凶手本人。他以一种富有想象力、大胆且近乎完美的方式，实施了一系列策划多年、环环相扣的复杂犯罪。另一方面，虽然我确信伍德就是真凶，却根本不知道上哪儿去找他。我所知道的那个查尔斯·伍德已被从世上抹除，我只能徒劳地猜测他接下来会以何种模样现身。但我相信他一定会现身，而这正是我所等待的。"

"这就引出了第三起谋杀案。"

雷恩喝了口热气腾腾的咖啡，精神振作起来："德威特的迅速遇害，再加上其他一些要素，清楚地表明这起案件也是精心策划的——很可能是与前两起案件同时策划的。"

"我之所以能破解德威特谋杀案，几乎完全仰仗这一事实：那天晚上，我们在西岸铁路的等候室等火车时，德威特当着埃亨、布鲁克斯和我的面买了一本可以坐五十趟车的回数票簿。如果德威特没有这样做，我也说不准这桩案子是否会有令人满意的结局。因为，尽管我知道杀害朗斯特里特的凶手是谁，却永远不知道斯托普斯是伪装成谁来杀害德威特的。"

"关键是这本回数票簿在德威特身上的位置。在威霍肯终点站，德威特把票簿放在了背心左上角的口袋里，和他为其他同行者买的单程票放在一起。等他跟柯林斯前往最后一节车厢的时候，他从背心左上角的口袋里掏出单程票递给埃亨；我看到他没有把新票簿从原来的背心口袋里拿出来。但是,当我们的探长在最后一节车厢搜查德威特尸体的时候,我惊奇地发现那本新票簿已经不在背心左上角的口袋里了,而是放在了外套的内侧胸袋里!"雷恩感伤地轻笑一声,"德威特心脏中枪,子弹射穿了左边的外套、背心左上角的口袋、衬衫和内衣。结论很简单:他中枪时,票簿不在背心左上角的口袋里,因为如果在那里的话,票簿上就会有弹孔,而当我们找到票簿时,它没有被击穿,实际上没有任何痕迹。"

"我立刻问自己:怎么解释在德威特被枪杀之前,票簿被从一个口袋拿到了另一个口袋?

"回想一下尸体的状况。德威特的左手中指缠在食指上,形成了某种手势。由于席林医生断定德威特是当场死亡的,交缠的手指表明了三个重要的结论:第一,德威特是在中枪前做出手势的——没有濒死挣扎这回事;第二,因为他是右撇子,而这个手势是用左手做的,所以当他决定做这个手势时,他的右手腾不开;第三,因为这个手势需要费很大劲才能做出来,所以他做这个手势一定是为了某个明确的目的,在某种程度上与谋杀有关。

"现在仔细考虑第三点。如果德威特是一个迷信的人,手指也许代表抵御邪眼的标志,这可能意味着,他意识到自己将被杀害,于是本能地做出了这个挡住'邪眼'的迷信手势。但大家都知道德威特一点也不迷信。因此,这个手势是德威特故意做出来的,一定跟凶手有关,而不是他自己。毫无疑问,德威特之所以会做出这个手势,是因为在同柯林斯离开之前不久,他跟布鲁克斯、埃亨和我进行了一次谈话。我们谈到了濒死之人的最后想法,我讲了一个被谋杀者的故事,他在死前留下了一个表明凶手身份的线索。我敢肯定,德威特那可怜的家伙在临死前想到了刚听到的故事,给我——应该说是给我们——留下了一个手势,指明了凶手的身份。"

布鲁诺露出得意的神情。萨姆探长兴奋地说:"布鲁诺和我也想到了这一点!"然后他沉下脸来。"可是,"他说,"即便如此……这到底跟伍德有什么关系?他是个迷信的人吗?"

"探长,德威特的手势并没有在迷信意义上指向伍德或斯托普斯。"雷恩答道,"事实上,我应该告诉你,我从来不赞同从迷信角度解释这个手势。那样的解释简直太匪夷所思了。德威特的手势是什么意思,我当时还不知道。事实上,我必须彻底破解这个案子,才能弄清凶手和德威特的手势之间的关系——我很惭愧地承认,这种关系从一开始就摆在我面前……"

"总而言之,对手指交缠的唯一合理解释是,德威特想借用这种方式指出凶手的身份。但是,请注意!德威特留下凶手身份的线索,这证明他知道凶手是谁,而且他对凶手的了解足以让他留下指明这个人的标志。

"在这一点上,有一个更具说服力的推论。因为,不管这个手势本身意味着什么,它是左手做出来的,这就表明他的右手,他通常用来做事的右手,正如我刚才所说,在谋杀发生前腾不开。那他的右手在做什么呢?没有扭打的迹象。他可能是在用右手抵挡凶手,但似乎不可能—用右手抵挡凶手,一边用左手做手势——一个需要费很大劲才能做出的手势。我问自己,还有更好的解释吗?那具尸体上有没有什么东西可以解释右手可能在做什么呢?是的,有!——因为我知道票簿已经从一个口袋转移到另一个口袋。

"我迅速考虑了各种可能性。例如,德威特可能在谋杀发生前转移了票簿,也就是说,票簿从一个口袋转移到另一个口袋与犯罪本身没有任何关系。但这样一来,他的右手在谋杀发生时腾不开这件事依然得不到解释。然而,如果我提出这样一个假设,即票簿是在谋杀发生时被移动过,我就既能解释为什么他的右手腾不开,又能解释为什么他的左手被用来做通常应该由右手做的手势。这似乎是一个一举多得的假设,确实解释了所有的事实。正因为这个假设如此有用,所以需要仔细考察它,想一想:它能引发什么?

"首先,它能引发这样的思考:为什么在德威特被谋杀的时候,票簿会在他的右手里?只有一个站得住脚的解释——他打算用票簿。现在我们知道,柯林斯离开德威特时,乘务员还没有到他们那里去检票打孔,因为那天晚上你们在柯林斯的公寓逮捕他时,他手里还拿着那张没有打孔的票。如果乘务员赶到了,柯林斯的票就会被收走。所以,德威特走进昏暗的最后一节车厢时,乘务员还没有前来验票。当然,那天晚上在火车上我并不知道这件事。探长,直到你逮捕了柯林斯,我们才发现他还拿着那张票。但我在进行推理时,已经提出了这个后来被证实的假说。

"根据这个后来被证实的假说,德威特进入昏暗的最后一节车厢时,乘务员还没有前来验票,那么如何最自然地解释我的推论,即他在死前拿出票簿,用右手拿着呢?解释非常简单:乘务员来验票了。但两名乘务员都声称他们没有去找德威特验过票。那我的推论错误了吗?不一定。如果其中一名乘务员确实去找德威特验过票,是凶手,那他就会对我撒谎——如果是这样,我的推论就依然可以成立。"

布鲁诺和萨姆紧张地坐到了椅子边缘,被雷恩平静讲出的精彩

333

分析深深迷住。雷恩那和风细雨又惊心动魄的声音令他们越发无法自拔。

"这个推论是否涵盖了所有已知的事实？是的。

"第一，它解释了为什么那个手势是用左手做的。

"第二，它解释了为什么右手腾不开，以及右手在做什么。

"第三，它解释了为什么车票没有打孔。如果乘务员是凶手，在杀死德威特之后，看到德威特手里的票簿，他就不能打孔，因为打孔痕迹会留下绝对的证据，证明他可能是德威特生前见到的最后一个人，从而背上重大犯罪嫌疑，或者至少会成为警方重点调查对象——这自然是任何有预谋的凶手都不希望看到的情况。

"第四，它解释了为什么票簿是在内侧胸袋中发现的。如果乘务员是凶手，他自然不会让票簿留在德威特手里，被警察发现，其原因同他不能给车票打孔的原因一样——在德威特迅速遇害时，倘若手上拿着票簿，就表明德威特知道乘务员过来了，正打算拿票簿给乘务员，结果却被立即杀害，而这正是凶手希望隐瞒的。另一方面，乘务员又不愿取走票簿，因为票簿表面印有日期，表明车票是新买的，这就意味着，可能有人在当天晚上看到德威特购买票簿，倘若凶手拿走票簿，此人就会发觉票簿不见了并告诉警察，而警察也不难联想到乘务员有问题，这便危险了。不行，乘务员的最佳策略应该是，装作从未到过犯罪现场，从而撇清嫌疑。

"那么——既然最安全的做法是不把票簿拿走，那要把票簿留在德威特身上的话，乘务员该怎么做呢？他会把票簿放回德威特的口袋里——很有道理，对吧？放回口袋里？嗯，如果他不知道德威特通常把票簿放在哪里，就会在口袋里寻找德威特通常把票簿放在哪里的线索。他在内侧胸袋里发现了那本过期的旧票簿，有什么比把新票簿和旧票簿一起放进胸袋更自然的呢？即使他知道德威特把这本新票簿放进了背心口袋，也不能把它放回那个口袋，因为背心口袋就位于射入德威特体内的子弹的弹道上，如果把没有被子弹贯穿的票簿放回背心口袋，就会表明它是在谋杀后才放进去的。凶手必须防止警察得出这样的结论。

"第五，作为第四点的结果，该推论也解释了为什么票簿上没有弹孔。乘务员不可能再往票簿上开一枪，并指望能精确地击出一个弹孔，跟票簿放在背心口袋的情况下第一枪留下的弹孔一模一样。此外，再开的一枪还会带来额外的危险。如果在车厢里开了第二枪，子弹就会埋进某个地方，随后被警察发现。而且，最糟糕的是，这番操作将是复杂的、曲折的、耗时的，而且通常在表面上是愚蠢的。总之，他采取的是最自然的策略，似乎也是最安全的。"

"到目前为止，"哲瑞·雷恩继续道，"这个推论通过了所有细节的检验。有证据证明凶手是火车上的乘务员吗？有一个非常好的心理证据。火车上的乘务员几乎是看不见的，也就是说，他出现在火车上的任何地方都不会引起怀疑，没人有理由注意并记住他的行动。我们一行人的行动可能被人观察到，有时也确实让别人观察到了，但乘务员穿过车厢，走进昏暗的最后一节车厢时，却不会引起任何人的注意或留下任何痕迹。事实上，我自己并没有注意到他，而我当时应该处在高度警觉状态。柯林斯走了以后，他一定是从我身边钻进昏暗的最后一节车厢的，可我到现在都不记得他曾从我身边经过。"

"另一个证据是,凶器的消失和最终寻获。左轮手枪不是在火车上找到的,而是在谋杀案发生五分钟后火车经过的一条小河里找到的。难道仅仅是偶然的机会决定了凶手在谋杀发生五分钟后才把枪扔掉?难道枪落在了沿途的一个水体里纯属偶然?如果凶手在作案后立即把左轮手枪扔出火车,那会安全得多。但他等了五分钟——为什么?

"我的推论是,尽管天很黑,但他知道那条河的确切位置——那里是将凶器扔下去后的最佳藏匿地点——这意味着,投出凶器的人一定非常熟悉那一带的地形,知道那条河的位置,所以他才会等待五分钟。火车上谁可能如此熟悉那一带的地形呢?当然是火车上的雇员,因为火车每天晚上都在同一时间经过同一条路线。司机、司闸员、乘务员……当然是乘务员!凶手是乘务员的推论再次得到证明,尽管纯粹是心理角度的佐证。

"还有另一个证据,也是最令人信服的证据,它明确指出了凶手,但我等会儿再说。

"当然,案发之后,我从另一个角度推理出了凶器的藏匿地点。我问自己:如果我是凶手乘务员,我会怎样处理这把左轮手枪?我会怎样把它被发现的可能性降到最低?那些明显的地方——铁轨边,或者路基上——我应该排除,因为它们是警察最先搜查的地方。但应该说铁路沿线提供了一种天然的藏匿地点,不仅适合丢弃凶器,而且不需多费力气就能把凶器藏起来。河流!……于是我检查了火车线路图,找出了凶器可能被丢弃的区域内的所有水体,并成功找到了凶器。"

雷恩的声音突然激动起来:"那么,两名乘务员中谁是凶手——

是汤普森还是博顿利？除了这部分火车车厢由汤普森负责检票之外，没有直接证据表明谁的嫌疑更高。"

"啊，等等！因为我已经推断出第三起谋杀案的凶手是乘务员，而第一起谋杀案的凶手也是乘务员。两名乘务员可能是同一个人，也就是伍德吗？是的，很有可能。因为杀害朗斯特里特、渡船上的不知名者和德威特的，无疑是同一个人。

"但伍德的外貌特征是什么呢？忘掉他的红头发和伤疤吧，前者很可能是假发，而后者肯定也不是真的——我知道伍德至少又高又壮。老售票员博顿利矮小而瘦弱，汤普森则又高又壮。因此，汤普森就是我们要找的人。

"那时我才意识到：德威特是被汤普森所杀，而我有充分的理由相信，汤普森就是查尔斯·伍德。

"可这个伍德／汤普森到底是谁？显然，这三起谋杀案都有相同的动机，而这个动机至少五年前就存在了，可能还要早得多。接下来的任务就清楚了——调查德威特和朗斯特里特两人的历史背景，努力找出一个有足够动机希望两人去死并为此谋划多年的人。

"现在你们知道斯托普斯是谁了，但要记住，当时我对他们三人的历史背景一无所知。通过询问德威特的管家约根斯，我知道不久前有一位神秘的南美访客来过德威特家——在追查这条线索方面，探长，你必须承认我领先你一步……这条线索似乎很有价值，我在南美各国领事间悄悄询问，最终从乌拉圭驻纽约领事胡安·阿霍斯那里打听到了这个故事。这个故事你们现在也知道了，但对我来说，这个故事第一次把朗斯特里特和德威特同另外两人联系起来——这两人就是威廉·克罗克特和逃犯马丁·斯托普斯。前者是德威特与朗斯特里特证券经纪公司不为外人所知的第三名合伙人。这两个人中，斯托普斯肯定就是伍德／汤普森。他的动机显而易见——复仇，刀锋直指另外三人。所以，我断定斯托普斯就是乘务员，而克罗克特就是渡船上被杀的那个人——五年来，斯托普斯一直在模仿克罗克特的红头发和小腿伤疤，为将来杀死此人做准备。所以，发现克罗克特的尸体时，由于他的身体惨遭碾碎，其他辨认方法都失去了作用，警方就会凭红头发和小腿伤疤误以为他是伍德。

"在我听到阿霍斯讲述的故事很久以前，我曾要求你们提供失踪人口报告。我这样做的原因是，我已经推断出那具尸体不是伍德的，伍德应该杀了一个不知名者，而这些报告中可能含有关于这个不知名者身份的线索。然而，听了阿霍斯讲述的故事后，我知道那个不知名者就是克罗克特。他不可能只是一件用来抹除伍德身份的工具，不可能同别的谋杀案毫无关联，不可能只有提供一具尸体这么简单的作用，因为伍德为了杀死这个人，至少已经模仿他的伤疤和头发五年之久。克罗克特是如何被斯托普斯诱骗到渡船上并惨遭杀害的，我以前不知道，现在也不知道。斯托普斯解释了吗，布鲁诺先生？"

"是的。"地方检察官用沙哑的嗓音说，"斯托普斯伪装成德威特与朗斯特里特证券经纪公司的一名被解雇的记账员与克罗克特通信——他从来没有给克罗克特写过威胁信，就是为了不让克罗克特记住他的笔迹，从而产生怀疑——说尽管这两个人每年两次给克罗克特寄去大额支票，但克罗克特应得的三分之一公司收益却被骗走很大一部分。当初他们三人回到美国时,克罗克特坚持要分享另外两人取得的任何成功。为了不让鲁莽、残忍、不负责任的克罗克特泄露他们在乌拉圭陷害合伙人的秘密,朗斯特里特和德威特同意给他投资启动生意所需的三分之一资本,并给他三分之一的利润分成。我认为,正是德威特的坚持才使朗斯特里特多年来没有食言。不管怎样,信中还说,他这个记账员掌握了欺诈证据,如果克罗克特到纽约来,他愿意把证据卖给克罗克特。他暗示即将发生可怕的事情——显然是为了让克罗克特相信,德威特与朗斯特里特正在考虑揭发克罗克特才是当年谋杀案的真凶。他让克罗克特在到达纽约后看《纽约时报》的私人广告栏。克罗克特上了当,到纽约时又气又怕,在《纽约时报》上找到了斯托普斯的指示——那就是,悄悄退掉酒店房间,登上十点四十五分出发前往威霍肯的渡船,在顶层甲板北侧与写信人见面,注意不要引起别人的注意。谋杀当然就是在那里发生的。"

"不仅如此,"萨姆探长插话道,"狡猾的斯托普斯还告诉我们他是如何骗德威特上船的。正是斯托普斯假扮成克罗克特在周三早上打电话给德威特,命令后者登上当晚十点四十五分出发前往威霍肯的渡船,在底层甲板碰面,借口是有急事要谈,还对德威特发出诸多威胁。他警告德威特要'小心',不要被人看到——这样就把德威特和克罗克特见面的机会降到最低,因为他也如此警告过克罗克特。"

"有意思,"雷恩喃喃道,"因为这解释了为何德威特拒绝说出他和谁约会;他不得不对克罗克特的事保持沉默,因为他害怕克罗克特会在慌乱中泄露乌拉圭往事的肮脏细节;斯托普斯知道德威特会保持沉默——他通过这种巧妙的手法,将德威特卷入了第二起谋杀案当中。"

"事实上,"雷恩沉思着继续道,"斯托普斯这个人的灵活多变和过人胆识一再让我惊叹不已。记住,这些都不是激情犯罪,没有冲动,也不带严格意义上的情绪;这些都是冷酷的蓄意犯罪,其动机经过多年的磨炼已经坚定无比。来看看他在第二起谋杀案中做了什么吧。他不得不以伍德的身份在顶层甲板和克罗克特见面;引诱克罗克特靠近船舱西北角的那个小房间,用手提包里的钝器袭击克罗克特;换下自己的衣服,将其穿在克罗克特身上,从包里拿出新衣服——尼克松的衣服——穿上;把克罗克特的衣服绑在包中取出的重物上,一同扔下船,沉入河里;等'默霍克号'驶入威霍肯码头,再把失去知觉的克罗克特抛下船,使其在船身和码头木桩之间反复碰撞、挤压;装扮成尼克松,在无人觉察的情况下,急忙跑到底层甲板上,同其他乘客一起呼叫'有人落水啦!'……当然,换衣服不太安全,但他在河上来回搭了四趟船,这样一来,换衣服就容易多了。他很可能在前三趟完成了打昏克罗克特、换衣服、处理掉克罗克特的衣服等事项,在第四趟才实施杀人。何况,当时已经很晚,天黑漆漆、雾蒙蒙的,而且在从第四十二街到威霍肯的渡船上,乘客很少去顶层甲板,因为过河的时间很短。事实上,就算好整以暇地做完所有的事情也没关系。如果有必要的话,他大可以搭八趟渡船,警察还是会在威霍肯那边等他。"

雷恩苦笑着摸了摸自己的喉咙:"我发现自己嗓子不中用了。曾经有一段时间,我可以毫不劳累地连续演讲几小时……继续推理吧。"雷恩简要讲述了德威特被谋杀当晚在西恩格尔伍德发现的一封恐吓信,那是斯托普斯几个月前寄给德威特的。雷恩拿出信,递给两位访客,让他们查看。

"当然,"雷恩说,"我在发现这封信之前就已经破案了。就算没有发现这封信,我也仍然可以找到答案,因为我已经知道伍德和汤普森是同一个人。"

"但从法律角度看,这封信很重要。一眼就可以看出,斯托普斯的笔迹同伍德的告密信与电车员工证上签名的笔迹完全吻合。我必须再说一遍,三份笔迹吻合的事实并不是推理破案的必要条件,这只是法律上的确认。

"但现在,我面临一个问题,那就是检方会如何提出我的结论。知道伍德、斯托普斯和汤普森同为一人是一回事,证明他们同为一人又是另一回事。于是,我请求胡安·阿霍斯给乌拉圭政府发电报要一张斯托普斯的传真指纹照片。汤普森被捕后,探长,我让你做的第一件事就是采集他的指纹。你也照做了,汤普森的指纹和斯托普斯的传真指纹完全吻合。于是,我有法律证据证明汤普森就是斯托普斯,而从同样的笔迹推断,伍德就是斯托普斯。因此,根据初等代数,可以得出结论:汤普森也是伍德。案件至此已经破解。"

他重新精神饱满地继续道:"不过,还是有一些未解决的问题。斯托普斯是如何安排他的三个角色——伍德、尼克松、汤普森——使他们仿佛同时存在,不相冲突的?我承认在这一点上,我还是有点茫然。"

"斯托普斯也澄清了这一点。"地方检察官说,"首先,这并不像看上去那么难。扮演伍德的时候,他从下午两点半工作到晚上十点半；扮演汤普森的时候，他从凌晨零点工作到凌晨一点四十分，这是火车上的短时工作，很特殊。扮演伍德的时候，他住在威霍肯，以便在上火车执勤前换装易容；扮演汤普森的时候，他住在西哈弗斯特罗，这是他执勤那班列车的最后一站，他在那里过夜，第二天早上乘较晚出发的火车回到威霍肯的住处。尼克松的角色更加灵活，但他很少扮演这个角色。至于渡船谋杀案那晚，斯托普斯之所以选择了那个特别的夜晚，是因为那晚汤普森休息！就这么简单！……顺便说一句，伪装成不同的角色也并没有那么复杂。您知道，斯托普斯是秃头。他扮演伍德时戴着红色假发。扮演汤普森时，他是真正的自己。扮演伍德时还需要略加修饰……但您知道这是多么容易。至于扮演尼克松，他有更多的时间，可以从容装扮。正如我所说，他很少扮演尼克松这个角色。"

"斯托普斯有没有解释过，"雷恩好奇地问，"他是如何弄到放在克罗克特尸体上用来陷害德威特的雪茄的？"

"那家伙，"萨姆粗声粗气地说，"全都解释了。他解释不了的是，您是如何破解这些该死的案子的。我到现在都不敢相信您做到了这一点。他说，就在朗斯特里特被杀前不久，德威特递给他——他当时扮演的是火车乘务员汤普森——一支雪茄，就像那些阔佬儿常干的一样。这对他们来说没有任何意义，他们只是随手发支烟罢了。还是一美元一支的雪茄哩。斯托普斯把烟收藏了起来。"

"当然，"布鲁诺补充道，"有很多事情斯托普斯也无法解释。例如，朗斯特里特和德威特不断争吵的原因。"

"我想，"雷恩说，"给出恰当的解释很简单。德威特是一个有头有脸的人物，但他的道德铠甲上有一道裂痕。年轻的时候，他很可能受朗斯特里特的支配，后来对他当年被迫参与陷害斯托普斯后悔莫及。应该说，德威特无论在公司业务上还是在社交生活上，都不断力图摆脱朗斯特里特。朗斯特里特当然不会答应，依然用那个古老而血腥的阴谋来威胁德威特，这可能是因为朗斯特里特有施虐的心理怪癖，也可能是因为他知道德威特是可靠的额外收入来源。如果朗斯特里特执意威胁要向珍妮——德威特的掌上明珠——透露这段往事，我也不会感到惊讶。总而言之，这无疑解释了为什么两人之间会爆发争吵，解释了为什么德威特愿意资助朗斯特里特花天酒地，解释了为什么德威特对朗斯特里特的公开侮辱忍气吞声。"

"听起来很有道理。"布鲁诺承认道。

"至于克罗克特，"雷恩继续道，"斯托普斯杀他的手法显然有特别之处。杀害斯托普斯妻子的人肯定是克罗克特，因为斯托普斯将三种死亡方式中最可怕的一种留给了克罗克特。不过，斯托普斯要想把尸体弄成他自己或者说伍德的样子，确实需要毁坏克罗克特的五官。"

"您还记得传真照片送到哈姆雷特山庄这里的时候我说了什么吗，雷恩先生？"萨姆沉吟道，"那是我第一次听说马丁·斯托普斯这个名字，我问您这人到底是谁，您说马丁·斯托普斯就是那个将朗斯特里特、伍德和德威特从世上抹除的人，或者类似的话。您把'伍德'也包含在这句话里，不是在误导我吗？斯托普斯就是伍德，他怎么可能杀死伍德呢？"

雷恩呵呵一笑："亲爱的探长，我没说斯托普斯杀死了伍德。

我说的是,他把伍德从世上抹除了,这可是真的。他杀了克罗克特,给他穿上伍德的衣服,他就永远将伍德这个人物从世上抹除了,自己也不必再扮演这个角色了。"

三人静静坐着,陷入沉思。火焰蹿得更高了,布鲁诺看到雷恩平静地闭着眼睛。这时萨姆的大手掌突然拍了一下大腿,把布鲁诺吓了一跳。"老天!"探长叫道,俯下身,轻触雷恩的肩膀,雷恩睁开眼。"我就知道您有什么没讲完,雷恩先生。是的,先生!还有一件事我依然不明白,您也没解释清楚。就是德威特的手指把戏。您刚才说过您从不相信手指交缠同迷信有关,那它到底是什么意思?"

"是我粗心了。"雷恩喃喃道,"这个问题很重要,探长,我很高兴你提醒了我。这个问题确实很重要。从很多方面说,这是整个案件中最奇怪的部分。"雷恩线条清晰的侧脸紧绷起来,声音也越发激昂:"在推断出是汤普森谋杀了德威特之前,我完全无法解释德威特手指交缠的原因。只有一件事我是肯定的:德威特在生命最后一刻想起了我讲的故事,故意留下这个手势作为追查凶手身份的线索。因此,这个手势肯定和汤普森有关,否则我那小小的逻辑结构就会崩溃。只有弄清了手势的真正含义,我才能下决心安排逮捕汤普森。"

雷恩以他特有的方式从扶手椅上站起来——迅速、平稳,看不出在用力。萨姆和布鲁诺抬头看着他。

"不过,在我解释之前,我想知道,斯托普斯是否确切交代了开枪杀死德威特之前两人之间发生的事。"

"嗯,"布鲁诺说,"这一点他已经坦白。从德威特一行人上车那一刻起,他就保持着高度警觉。别忘了,他在寻找德威特落单的机会。如果有必要,他可以等上一年,等待一个正好能神不知鬼不觉地杀死德威特的机会。但当他看到柯林斯和德威特一起走向最后一节车厢,又看到柯林斯从前面的车门溜下火车时,他知道机会来了。然后,他穿过您坐的那节车厢,立刻发现德威特就坐在昏暗车厢中我们后来发现他尸体的地方。斯托普斯走了进去。德威特抬起头,看见乘务员,本能地拿出新票簿。但一时激动之下,汤普森没有注意德威特是从哪个口袋掏出票簿的。汤普森意识到这是他复仇大业的最后一步,于是突然掏出左轮手枪,在惊恐地瞪大双眼的德威特面前,表明了自己的真实身份——马丁·斯托普斯。他幸灾乐祸,对德威特大肆嘲讽,告诉德威特他要报仇雪恨。可是,据斯托普斯说,德威特的兴趣似乎都在斯托普斯——或汤普森——腰间皮绳上挂着的镀镍打孔机上。德威特脸色惨白,一动不动地坐着,一言不发——他一定是在以闪电般的速度思考,并在那一刻留下了那个手势——这时,汤普森怒不可遏地开了枪。愤怒来得快,去得也快。当德威特无力地向前垂下脑袋时,斯托普斯意识到德威特的右手还拿着那本没有打孔的票簿。他立刻决定不能把票簿拿走,但又不想把它留在德威特手里,于是他翻遍了德威特的口袋,把新票簿放进装旧票簿的胸袋里。斯托普斯声称,他根本没有注意到德威特那两根交缠的手指。后来他看见我们发现了这一疑点,感到万分惊讶。到那时为止,他和我们一样,都不知道该怎么解释那个手势。"

"总之,到了波哥大站,他打开那节昏暗的最后一节车厢的车门,跳出来,又关上车门,沿着车站向前跑,上了前面一节车厢。

正如您所解释的那样,他打算将左轮手枪扔到河里去,原因也如您所说。"

"谢谢。"雷恩严肃地说。在炉火的斑驳红光的衬托下,他高大的身影如同醒目的黑色剪影:"那么,我们回过头来谈谈那个令人着迷的手势问题。汤普森和手指,手指和汤普森……我问自己,这两者之间有什么联系?"

"直到我回忆起一个极其微不足道的事实,我才突然灵光一现,想到了这个恼人问题的唯一可能的答案……"雷恩平静地继续道,"除了邪眼这种无稽之谈,交缠的手指还能作何解释呢?尤其是解释它同汤普森的关系?"

"在这方面,我放弃了以前那种浮躁的思维方法,完全从另一个角度进行思考。交缠的手指从形状上看有什么意义?也就是说,手指的奇特造型是否近似于一个特定的几何符号?经过片刻的思考,我发现了一个有趣的事实:交缠的手指最接近的几何符号无疑是一个X!"

雷恩停顿了片刻,两位客人的脸上露出了恍然大悟的神情。萨姆将两根手指交缠起来,用力点了点头。

"然而,"哲瑞·雷恩先生用洪亮的声音继续道,"X是代指未知数的通用符号。所以我又错了,德威特肯定没有打算在身后留下一个谜语!但是——X、X……我无法忘记这个符号,不知怎的,我感到自己迷上了它散发的魅力。于是,我努力寻找X和汤普森之间的关联。二位,遮挡我可怜眼睛的面纱终于落下,我想起了铁路乘务员汤普森的一个特征,那是汤普森的一个清晰而固定的身份标志——就像这个人的指纹一样独特。"

布鲁诺和萨姆茫然不解地面面相觑。布鲁诺眉头深锁；萨姆绝望地反复模仿那个手指交缠的手势，最后摇了摇头。"我放弃了，"他极不耐烦地说，"我想我就是笨。您说的身份标志是什么呢，雷恩先生？"

为了作答，雷恩又翻了翻皮夹，这次取出了一张印着车站名的长纸片。他深情地看了看，然后在炉火前迈出两步，将那张纸放在布鲁诺手里。布鲁诺和萨姆俯身查看纸片时，脑袋撞在了一起。"二位，这不过是乘务员爱德华·汤普森打过孔的一张复式车票。"哲瑞·雷恩先生轻声说，"亲爱的探长，就在他被捕之前，你给我们付了车费。"

雷恩转过身，大步走向炉火，呼吸着袅袅青烟中的木头香味。萨姆和布鲁诺凝视着最后的证物。

在纸片上的两个地方——"威霍肯"和下方"西恩格尔伍德"的旁边——是乘务员爱德华·汤普森留下的干净利落的十字打孔记号——X。

读客®
悬疑文库

认准读客读悬疑,本本都是大师级。

专注出版中、英、美、日、意、法等世界各国各流派的顶尖悬疑作品。

为读者精挑细选,只出版两种作品:
经过时间沉淀,经典中的经典;口碑爆表、有望成为经典的当代名作。

跟着读客悬疑文库,在大师级的悬疑作品中,
经历惊险反转的脑力激荡,一窥人性的善恶吧。

扫一扫,立即查看悬疑文库全书目,
收集下一本精彩悬疑!